KB231581

새벽 세시, **바람**이 부나요?

이 도서의 국립중앙도서관 출판예정도서목록(CIP)은
서지정보유통지원시스템 홈페이지(http://seoji.nl.go.kr)와
국가자료공동목록시스템(http://www.nl.go.kr/kolisnet)에서 이용하실 수 있습니다.
(CIP제어번호: CIP2008001076)

새벽 세시, 바람이 부나요?

Gut Gegen Nordwind

다니엘 글라타우어 장편소설 * 김라합 옮김

문학동네

···1장

1월 15일

제목: 구독 취소

정기구독을 취소하고 싶습니다. 이렇게 이메일로 취소 신청을 해도 되겠지요? 그럼, 이만 줄입니다. E. 로트너.

18일 뒤

제목: 구독 취소

정기구독을 취소하려고 합니다. 이 이메일로도 되겠지요? 간단하게나마 답변 부탁드립니다. 수고하십시오. E. 로트너.

33일 뒤

제목: 구독 취소

존경하는 '라이크' 사의 신사 숙녀 여러분,

여러분이 저의 정기구독 취소 신청을 이토록 고집스럽게 무시하는 것은 점점 수준이 떨어져가는 당신네 잡지를 계속 팔아먹겠다는 의도 때문인가본데, 유감스럽지만 저로서는 이렇게 말씀드릴 수밖에 없군요. 더는 구독료를 내지 않겠습니다!

그럼, 이만. E. 로트너.

8분 뒤

Aw*:

이메일을 잘못 보내셨습니다. 저는 그 잡지와는 상관없는 사람입니다.

제 메일 주소는 woerter@leike.com입니다. 댁이 메일을 보내려던 주소는 woerter@like.com일 겁니다. 라이케(leike)와 라이크(like)를 혼동하셨나봅니다. 저에게 구독을 취소하겠다고 하신 게 벌써 세번쨉니다. 그 잡지가 정말 형편없어진 모양이군요.

---

* Antwort, '대답'이라는 의미의 독일어.

5분 뒤

Re:

어머, 죄송해요! 그리고 전후 사정을 설명해주셔서 고맙습니다. 안녕히 계세요. E. R.

9달 뒤

제목 없음

즐거운 성탄절과 복된 새해 맞으시기를 에미 로트너가 빌어드립니다.

2분 뒤

Aw:

에미 로트너씨, 우리는 아는 사이라고도 할 수 없는데, 이렇게 지극히 독창적인 단체메일을 보내주셔서 고맙습니다! 말씀드리자면, 저는 제가 속하지 않은 집단 구성원에게 보내는 단체메일을 좋아하거든요. 그럼 안녕히 계십시오. 레오 라이케.

18분 뒤

Re:

라이케씨, 엉뚱한 메일로 귀찮게 해드려 죄송합니다. 몇 달 전에 제가 잡지 정기구독을 취소하려다가 라이케씨의 이메일 주소로 메일을 보낸 적이 있었지요? 그때 실수로 라이케씨 메일 주소를 제 고객 명단에 넣어두었나봅니다. 고객 명단에서 라이케씨 이름을 당장 지우겠습니다.

추신: 누구에게 '즐거운 성탄절과 복된 새해'를 기원할 때 '즐거운 성탄절과 복된 새해'라고 인사하는 것보다 더 독창적인 문구가 떠오르시면 제게 좀 알려주십시오. 그럼 그때까지는, 즐거운 성탄절과 복된 새해 맞으시길! E. 로트너.

6분 뒤

Aw:

로트너씨도 유쾌한 성탄절 보내시기 바라며, 다가오는 해가 로트너씨의 생애에 가장 좋은 한 해가 되기를 기원합니다. 그리고 혹시라도 그동안 불행한 날들을 정기구독하셨다면 마음 놓고 저에게—실수로—구독을 취소하십시오. 레오 라이케.

3분 뒤

Re:

감동입니다! E. R.

38일 뒤

제목: 단 한 푼도!

존경하는 『라이크』지 발행인님,

저는 서면으로 세 번, 전화로 두 번(미스 한이라는 여자가 전화를 받더군요) 그 잡지를 더는 보지 않겠다고 알렸습니다. 그런데도 계속 저에게 잡지를 보내신다면, 그건 발행인님의 자기만족을 위해서라고밖에 생각할 수 없습니다. 방금 제게 보내신 186유로 청구서는 마침내 제가 『라이크』지를 받지 않게 되었을 때 그 잡지를 기억하기 위한 기념품으로 간직하겠습니다. 부디 제가 단 한 푼이라도 낼 거라고는 기대하지 마십시오. 경의를 표하면서, E. 로트너.

2시간 뒤

Aw:

친애하는 에미 로트너씨, 일부러 이러시는 겁니까? 아니면 혹시 아직도 불행한 날들을 정기구독하고 계시나요? 레오 라이케.

15분 뒤

Re:

친애하는 라이케씨,

지금 제가 얼마나 괴로운지 모르실 거예요. 제가 'ei' 때문에 자꾸 실수를 하네요. 솔직히 말씀드리자면, 저는 'i' 앞에 무의식적으로 'e'를 붙이는 고질병이 있답니다. 글을 빨리 쓰다보면 저도 모르게 자꾸 'i' 앞에 'e'를 넣어 쓰게 돼요. 저의 양손 가운뎃손가락이 자판 위에서 서로 경쟁을 하거든요. 왼손 가운뎃손가락이 항상 오른손 가운뎃손가락보다 앞서려고 해요. 저는 타고난 왼손잡이인데 학교에서 오른손잡이로 교정을 당했거든요. 제가 오른손잡이로 변절한 걸 왼손이 아직까지도 용서하지 않고 있어서 오른손이 'i'를 미처 입력하기 전에 자꾸만 가운뎃손가락 끝으로 'e'를 끼워넣는답니다. 성가시게 해드려서 죄송해요. (장담할 수는 없지만) 앞으로는 이런 일이 없도록 주의하겠습니다. 편안한 밤 보내세요. E. 로트너.

4분 뒤

Aw:

친애하는 에미 로트너씨,

한 가지 여쭤봐도 되겠습니까? 아, 이미 질문을 한 번 했으니 하나가 아니라 둘이 되는군요. 자, 두번째 질문입니다. 'ei' 실수와 관련한 이메일을 쓰시는 데 시간이 얼마나 걸렸습니까? 레오 라이케.

3분 뒤

Re:

그럼 저도 두 가지 질문을 할게요. 얼마나 걸렸을 것 같아요? 그리고 그런 걸 왜 물으시죠?

8분 뒤

Aw:

제 짐작으로는 이십 초 이상 걸리지 않았을 것 같습니다. 제 짐작이 맞다면, 그 짧은 시간에 흠잡을 데 없는 메일을 뚝딱 써내신 것 축하드립니다. 에미 로트너씨가 저를 웃게 만드시는군요. 오늘 저녁엔 정말이지 웃을 일이라고는 없었는데 말입니다. 그런 걸 왜 묻느냐는 두번째 질문에 답하겠습니다. 제가 요즘 직업상 이메일 언어를 다루고 있기 때문입니다. 다시 한번 묻겠습니다. 이십 초 이상 걸리지 않았으리라는 제 짐작이 맞습니까?

3분 뒤

Re:

그런대로요. 직업상 이메일을 다루신다고요? 흥미로운 말씀이기는 하지만, 제가 마치 실험용 쥐라도 된 듯한 기분이군요.

하지만 뭐 상관없습니다. 혹시 홈페이지 있으세요? 없으시다면 하나 갖고 싶지 않으세요? 이미 있으시다면 더 멋진 걸 갖고 싶지 않으신가요? 저는 직업상 홈페이지를 다루거든요. (여기까지 쓰는 데 딱 십 초 걸렸네요. 스톱워치로 시간을 재봤어요. 하지만 뭐 이건 늘 빠르게 쏟아내는 직업상의 얘기니까요.)

'i' 앞에 'e'를 넣는 실수에 관한 저의 진부한 이메일의 경우, 유감스럽게도 라이케씨의 짐작은 크게 빗나갔네요. 그 이메일이 제 인생에서 빼앗아간 시간이 삼 분은 족히 될 거예요. 그러고 보니 궁금한 게 또 생기는군요. 어째서 제가 'ei' 실수 메일을 이십 초 만에 썼을 거라고 생각하셨어요? 그리고 제가 라이케씨를 영원히, 궁극적으로 귀찮게 해드리지 않기 전에(『라이크』 사에서 또다시 저에게 청구서를 보내오는 경우는 예외입니다) 궁금한 게 또 있어요. 아까 쓰신 메일에서 '한 가지 여쭤봐도 되겠습니까? 아, 이미 질문을 한 번 했으니 하나가 아니라 둘이 되는군요. 자, 두번째 질문입니다. 'ei' 실수와 관련한……' 이러셨잖아요. 이것과 관련해서 두 가지를 물을게요. 첫째, 이 개그를 떠올리는 데 얼마나 걸렸어요? 둘째, 평소에 늘 이런 식의 유머를 구사하나요?

1시간 30분 뒤

Aw:

친애하는 미지의 인물 에미 로트너씨,

답변은 내일 해드리겠습니다. 이제 컴퓨터를 끄려고 합니다.

좋은 저녁, 좋은 밤, 차례로 보내기 바랍니다. 레오 라이케.

나흘 뒤

제목: 공개 질문

친애하는 에미 로트너씨,

이제야 연락을 드리게 되어 죄송합니다. 요즘 제가 조금 혼란
스러운 상태에 있어서 그러니 양해 바랍니다. 제가 어째서 로트
너씨가 'ei' 실수를 설명하는 데 이십 초밖에 안 걸렸을 거라고
생각했는지 궁금하시다고요? 아마 제가 로트너씨의 그 메일을
읽었을 때 말을 '주르르 쏟아낸' 듯한 느낌을 받았기 때문일 겁
니다. 장담컨대, 로트너씨는 틀림없이 말이 빠르고 글도 빠를 뿐
아니라, 뭘 해도 후딱후딱 해치우는 매우 활달한 분일 겁니다.
로트너씨의 이메일에서는 조금도 주저하거나 머뭇거리는 기색
을 읽을 수가 없습니다. 말의 톤과 템포가 강하게 몰아치는 듯하
고, 숨 가쁘고, 힘이 넘치고, 날렵하고, 심지어 조금 들떠 있는
것같이 느껴집니다. 혈압이 낮은 사람은 결코 로트너씨처럼 글

을 쓰지 못할 겁니다. 제가 보기에 즉흥적으로 떠오르는 생각들이 그대로 텍스트 속으로 흘러들어간 것 같습니다. 게다가 언어에 대한 자신감이 눈에 띕니다. 로트너씨는 말을 아주 능숙하고 재치 있게 다루십니다. 그런데 그 메일을 쓰는 데 삼 분은 족히 걸렸다고 하시니, 제가 로트너씨에 대한 잘못된 상을 그린 셈이 되어버렸군요.

제 유머에 대해 물으신 건 유감입니다. 이건 슬픈 주제입니다. 유머를 구사하려면 적어도 약간의 재치는 있어야 하는 법이지요. 그런데 솔직히 말씀드리면, 요즘 저에게는 재치가 눈곱만큼도 없습니다. 제가 봐도 스스로 한심할 만큼 그냥 덤덤해요. 지난 몇 주를 돌아보면 웃음이 절로 가십니다. 하지만 이건 제 개인사라 여기에서 할 얘기는 아닌 것 같습니다. 어쨌든 로트너씨의 유쾌한 태도에 감사드립니다. 로트너씨와 이렇게 얘기를 주고받은 것이 무척 즐거웠습니다. 물으신 질문에 그럭저럭 답이 되었을 것 같군요. 어쩌다가 로트너씨가 또다시 잘못해서 제 주소로 메일을 보내오신다면 저로서는 반가울 겁니다. 그래도 『라이크』 정기구독은 이제 정말 취소하시기 바랍니다. 조금 신경이 쓰이는군요. 제가 대신 취소해드릴까요? 안녕히 계세요. 레오 라이케.

40분 뒤

Aw:

라이케씨, 고백하고 싶은 게 있어요. 사실 제가 'ei' 메일을 쓰는 데 걸린 시간은 이십 초를 넘지 않았어요. 단지 제가 메일을 그렇게 간단히 뚝딱 써낸 것을 라이케씨가 알아차리고 저를 평가하신 게 화가 나서 어깃장을 놓아본 거예요. 라이케씨 말씀이 옳기야 하지만 그렇다고 그걸 그렇게 미리 알아버릴 권리는 없으세요. 아무튼 대단하군요. 유머는 (요즘) 없으신지 모르지만 이메일에 대해서는 아주 훤히 꿰고 계시는군요. 저를 그렇게 단번에 꿰뚫어보시다니, 감탄스럽습니다! 혹시 독어독문학 교수세요? 그럼, 이만 안녕히 계세요. '활달한' 에미 로트너 드림.

18일 뒤

제목: Hallo!

안녕하세요, 라이케씨? 『라이크』 사가 저에게 더는 잡지를 보내오지 않는다는 사실을 말씀드리고 싶습니다. 혹시 라이케씨가 개입하셨나요? 그게 아니더라도 저에게 연락 한번 주실 수 있는 거 아닌가요? 말하자면, 라이케씨가 교수이신지 아닌지 제가 아직 모르잖아요. 아무튼 구글은 라이케씨를 모르더군요. 아니면 알면서도 꼭꼭 숨겨놓고 안 내놓는 건지…… 참, 유머는 좀 나

아졌어요? 어차피 사육제 기간이니 유머가 없다고 해서 문제될
건 없겠군요. 그럼, 이만 줄입니다. 에미 로트너.

2시간 뒤
Aw:

에미 로트너씨, 이렇게 로트너씨의 메일을 받으니 기분이 참
좋습니다. 그동안 좀 허전했거든요. 하마터면 제가 『라이크』정
기구독을 떠안을 뻔했습니다. (이제 막 싹트기 시작한 유머에
유의하세요!) 그건 그렇고, 정말로 '구글'에서 저를 찾아보셨어
요? 꽤 흐뭇한데요. 하지만 솔직히 고백하자면, 제가 로트너씨
에게 '교수'일 수도 있다는 사실이 그다지 마음에 들지는 않습
니다. 저를 노땅으로 여기신다는 거 아닙니까? 뻣뻣하고, 좀스
럽고, 아는 체하기 좋아하는. 뭐 그렇다고 제가 그 반대라는 걸
증명하려 발버둥치지는 않겠습니다. 그래봐야 저만 괴로울 테니
까요. 아마도 제가 요즘 실제보다 나이들어 보이게 글을 쓰나 봅
니다. 그러고 보니 의혹이 생기는군요. 혹시 에미 로트너씨는 실
제보다 어려 보이게 글을 쓰는 거 아닙니까? 말이 나온 김에 말
씀드리면, 저는 커뮤니케이션 카운슬러이자 대학의 언어심리학
조교수입니다. 이메일이 우리 언어생활에 미치는 영향과 감정
전달수단으로서의 이메일에 관한 연구를 진행중입니다. 진짜 흥

미로운 부분은 후자 쪽이지요. 그래서 제가 좀 전문적인 장광설로 상대방을 지루하게 만드는 경향이 있습니다. 하지만 이 자리를 빌려 약속드리겠습니다. 앞으로는 그런 일이 없도록 자제합지요.

그럼 사육제의 요란한 행사들 잘 견뎌내시기 바랍니다!

제 짐작이 맞다면 에미 로트너씨는 틀림없이 돈을 꽤 들여 종이 코가면과 나팔을 장만했을 겁니다. :-)

안녕히 계십시오. 레오 라이케.

22분 뒤

Re:

존경하는 언어심리학자님, 이번에는 제가 학자님을 시험하겠습니다. 학자님이 방금 쓰신 문장들 가운데 제가 어떤 문장을 가장 흥미롭게 여길 거라고 생각하세요? 너무 흥미로워서 당장 질문을 던질 수밖에 없는 문장이 있는데요?

그리고 학자님의 유머와 관련해서 한 가지 유익한 조언을 해드리지요. '하마터면 제가 『라이크』 정기구독을 떠안을 뻔했습니다.' 이 문장에서 저는 희망의 싹을 보았어요! 그런데 그다음에 덧붙인 '(이제 막 싹트기 시작한 유머에 유의하세요!)', 이 문장으로 안타깝게도 모든 것을 망쳐놓으시는군요. 그 말은 뺐어야지요! 그리고 종이 코가면과 나팔 얘기도 재미있었어요. 학자님과 제가 똑같이 어이없는 유머감각을 지니고 있나봐요. 하지만 제가 학자님의 익살을 이해 못 할 정도는 아니오니 저를 믿고 스마일 이모티콘은 포기하시지요! 그럼, 이만 줄입니다. 라이케씨랑 이렇게 수다 떠는 게 정말 즐거워요. 에미 로트너.

10분 뒤

Aw:

에미 로트너씨, 유머에 관한 충고 고맙습니다. 이러다가는 어느 날엔가 로트너씨가 저를 재미있는 사람으로 만들어놓고야 말겠군요. 시험은 더욱 더 고맙습니다! 제가 '독단적인 노땅 교수'가 (아직은) 아니라는 사실을 입증할 기회가 생긴 셈이니까요. 제가 만약 '독단적인 노땅 교수'라면 이렇게 생각했을 겁니다. 로트너씨가 '이메일이 우리…… 감정 전달수단으로서의 이메일에 관한 연구를 진행중입니다', 이 문장을 가장 흥미로워했을 거라고요. 하지만 아닙니다. 저는 로트너씨가 '그러고 보니 의혹이 생기는군요. 혹시 에미 로트너씨는 실제보다 어려 보이게 글을 쓰는 거 아닙니까?', 이 문장을 가장 흥미로워할 거라고 확신합니다. 그 문장을 보고 어쩔 수 없이 의문이 들었겠지요. 이 남자가 뭘 보고 이런 생각을 했을까? 그리고 또 자연스레 의문이

이어졌을 겁니다. 이 사람이 나를 몇 살이라고 생각하는 거지? 어때요, 제가 제대로 짚은 건가요?

8분 뒤
Re:

레오 라이케씨, 정말 대단하시네요!!! 자, 이제 제가 왜 제 글보다 나이가 많은 게 틀림없는지, 충분한 근거를 들어 설명해보시지요. 아니, 더 엄밀히 따지고 싶군요, 제 글이 몇 살짜리가 쓴 글 같은데요? 실제로 제 나이는 몇 살이고요? 그리고 그렇게 생각하시는 이유는 뭐죠? 이 문제를 풀었으면 제 신발 치수가 몇인지도 말씀해보시지요. 그럼, 이만. 에미. 라이케씨랑 얘기하는 거 정말 재밌어요.

45분 뒤
Aw:

당신은 서른 살처럼 글을 씁니다. 하지만 실제 나이는 마흔 즈음이겠지요. 마흔둘이라고 합시다. 뭘 보고 그렇게 생각하느냐고요? 서른 살 먹은 여자는 『라이크』 같은 잡지를 정기구독하지 않습니다. 『라이크』 정기구독자의 평균 나이는 쉰 정도이지요. 하지만 그보다는 젊습니다. 홈페이지 다루는 걸 직업으로 삼고 있으니까요. 따라서 서른일 수도 있고 심하면 그보다 아래일 수도 있습니다. 그렇지만 서른 살 먹은 여자는 '즐거운 성탄절과 복된 새해'를 빌어주기 위해 고객들에게 단체메일을 보내지 않습니다. 그리고 마지막으로 당신 이름은 에미입니다. 에미야 애칭일 테고 정식 이름은 에마겠지요. 제가 아는 에마가 세 사람 있는데, 세 사람 모두 마흔이 넘었습니다. 서른 살 먹은 사람은 에마라는 이름을 쓰지 않습니다. 스물 아래로나 내려가야 에마라는 이름이 다시 나옵니다. 하지만 당신은 스물 아래가 아닙니다. 만약 스물도 안 되었다면 '쿨하다' '깬다' '짱이다', 뭐 이런 말들을 썼겠지요. 게다가 당신은 대문자와 소문자를 정확히 구별해 쓰고, 문장도 완전한 형태로 씁니다. 아무튼 당신이 스물 아래라면 교수로 추정되는 유머 없는 남자와 얘기하고, 그 남자가 자기를 몇 살이나 됐다고 생각할까에 흥미를 느끼겠습니까? 더 재미있는 일이 얼마든지 있을 텐데요. 그리고 '에미'와 관련해서 한마디 더 하자면, 에마라는 이름을 쓰면서 실제 나이보다 젊어 보이게 글을 쓸 수도 있지만, 에마가 아니라 에미라는 이름을 쓰면 스스로 실제 나이보다 현저히 젊게 느끼기 때문에 에미라는 이름을 쓰는 것이겠지요. 이제 최종 결론을 내리겠습니다. 에미 로트너, 당신은 글은 서른 살처럼 쓰지만 실제 나이는 마흔둘입니다. 맞죠? 신발 치수는 36, 키는 작고, 귀염성 있고 활달한 성격이며, 머리는 검은색이고 짧습니다. 그리고 말이 빠른 편이고요. 맞죠? 편안한 저녁시간 되시기를. 레오 라이케.

다음 날
제목: ???

친애하는 에미 로트너씨, 마음 상하셨어요? 제가 로트너씨를 모른다는 거 아시잖아요. 로트너씨가 몇 살인지 제가 어찌 알겠습니까? 스무 살일지도 모르고 환갑일지도 모르지요. 키가 1미터 90이나 되고 몸무게는 100킬로일지도 모르고요. 신발 치수가 46이라 맞춤구두 세 켤레밖에 없어 새로 맞춤구두를 장만하려고 『라이크』 정기구독을 취소하고, 크리스마스 인사로 홈페이지 고객들의 마음을 잡아둘 수밖에 없는지도 모르지요. 그러니 마음 상해하지 마세요. 그냥 재미로 해본 거니까요. 제 나름대로 어렴풋이 로트너씨의 이미지를 그리고 있는데, 그걸 로트너씨에게 지나치게 시시콜콜 알리려고 했던 것 같군요. 정말이지 마음 상하게 해드릴 생각은 아니었습니다. 안녕히 계세요. 레오 라이케.

2시간 뒤

Re:

존경하는 '교수님', 저는 교수님의 유머가 좋아요. 그 유머가 고질적인 엄숙주의를 아직 반밖에 떨쳐내지 못해서 좀 미숙해 보이기는 하지만요!! 내일 연락드릴게요. 벌써 내일이 기다려지는걸요! 에미.

7분 뒤

Aw:

고마워요! 이제 마음 놓고 잠들 수 있겠어요. 레오.

다음 날

제목: 마음 상함

레오, 이제 '라이케씨'는 떼어버릴래요. 그 대신 당신도 '로트너'를 잊으세요. 어제의 당신 메일을 읽고 또 읽고 음미했어요. 당신에게 경의를 표하고 싶어요. 전혀 모르는 사람, 한 번도 본 적이 없는 사람, 필시 앞으로도 볼 일 없을 사람, 아무것도 기대할 게 없는 사람에게 그렇게 관심을 기울이실 수 있다는 게 참 흥미로웠어요. 언젠가 그 사람으로부터 똑같은 관심을 받게 될지 아닌지조차 알 수 없는 상황인데 말이에요. 이건 완전히 전형에서 벗어난 남자의 모습이고, 저는 당신의 이런 점을 높이 평가해요. 그럼 이제 몇 가지 점에 대해 얘기할게요.

1) 당신은 '진부한 크리스마스 단체메일' 신경증을 앓고 계시는군요. 어쩌다가 그런 신경증이 생긴 걸까요? '즐거운 성탄절과 복된 새해'라는 말을 들으면 죽도록 마음이 상하나요? 좋아요, 앞으로 그 말을 두 번 다시 하지 않기로 약속할게요! 말이 나온 김에 덧붙이자면, '즐거운 성탄절과 복된 새해'에서 나이를 끌어내려 한다는 게 놀라울 따름이에요. 제가 '즐거운 성탄절과 행복한 새해'라고 했으면 열 살은 젊어지는 거였나요?

2) 언어심리학자 레오씨, 유감입니다만, 어떤 여자가 '쿨하다' '깬다' '짱이다' 이런 말을 쓰지 않으면 스무 살 아래일 리 없다는 추론은 제가 보기에 현실과 거리가 멀군요. 세상 물정 모르는 책상물림에게서나 나옴직한 발상으로 보인다고요. 그렇다고 제가 스물도 안 되어 보이게 글을 쓰려고 발버둥치고 있다는 얘기는 아니에요. 하지만 혹시 또 정말로 그럴지 누가 알아요?

3) 제가 서른 살처럼 글을 쓴다고 하셨죠? 하지만 서른 먹은 여자는 『라이크』를 읽지 않는다고요? 이 점에 대해 해명하고 싶네요. 제가 『라이크』지를 정기구독한 건 엄마를 위해서였어요. 이제 뭐라고 하시겠어요? 드디어 제가 제 글보다 젊어지는 건가요?

4) 어쩌다보니 질문만 잔뜩 던져놓고 글을 마무리하게 됐네요. 미안하지만 약속이 있어서요. (직업과 관련된 수업? 댄스 학원? 네일아트 스튜디오? 다과회? 무슨 약속일지 맞혀보시지요.) 남은 하루 즐겁게 보내세요, 레오! 에미.

3분 뒤
Re:

아, 참, 레오, 한 가지 빠뜨린 얘기가 있어요. 신발 치수 말인데요, 그건 뭐 그리 나쁘지 않았어요. 제가 37을 신거든요. (뭐, 그렇다고 저한테 신발을 선물하실 필요는 없어요. 이미 종류대로 다 가지고 있으니까요.)

3일 뒤
제목: 허전함

레오, 사흘이나 저에게 메일을 안 쓰시니 두 가지 기분이 드네요. 1) 궁금하다. 2) 허전하다. 둘 다 유쾌하지 않아요. 어떻게 좀 해보세요! 에미.

다음 날

제목: 망설임 끝에 보냅니다!

에미, 변명부터 할게요. 사실 당신에게 날마다 메일을 썼어요. 보내지 않았을 뿐이지요. 아니, 보내지만 않은 게 아니라 다 지워버렸어요. 말하자면 제가 우리 대화에서 힘든 지점에 도달했습니다. 제가 당신, 신발 치수 37인 에미라는 여자에게 서서히, 그저 얘기 상대라는 틀에 맞는 선을 넘어 더 많은 관심을 갖기 시작한 겁니다. 그런데 신발 치수 37인 에미라는 이 여자는 처음부터 '필시 앞으로도 볼 일 없을 사람'이라고 못을 박으니…… 물론 그 여자 말이 전적으로 옳고 저 또한 그렇게 생각합니다. 저는 우리가 만나게 되는 일은 없을 거라는 전제에서 출발하는 게 아주, 몹시 현명한 처사라고 봅니다. 저는 우리의 대화 성격이 애인 구함 광고문구나 채팅방의 수다 수준으로 떨어지기를 바라지 않습니다.

자, 오랜 망설임 끝에 이 이메일을 보냅니다. 신발 치수 37인 에미라는 여자가 그녀의 메일함에서 제 흔적이나마 발견할 수 있도록 하려고요. (글이 흥미롭지 않다는 거, 저도 압니다. 이건 제가 당신에게 쓰고 싶은 글의 극히 일부일 뿐이기도 하고요.) 이만 줄입니다. 레오.

23분 뒤

Re:

아하, 그러니까 레오라는 언어심리학자께선 신발 치수 37인 에미라는 여자가 어떻게 생겼는지 알고 싶지 않다는 거죠? 레오, 저는 당신 말 믿지 않아요! 모든 남자는 생김새를 모르는 여자랑 얘기할 경우 그 여자가 어떻게 생겼는지 알고 싶어해요. 왜냐면 그걸 알아야 그 여자랑 얘기를 계속할지 말지를 결정할 수 있으니까요. 아닌가요? 진심을 담은 인사와 함께, 신발 치수 37인 에미라는 여자가.

8분 뒤

Aw:

이번 메일은 글에 드러난 것보다 더 많이 흥분한 상태에서 쓰셨군요. 맞죠? 에미, 당신이 이런 반응을 보인다 해도 저는 자신 있게 말할 수 있습니다. 저로서는 당신이 어떻게 생겼는지 알 필요가 전혀 없다고요. 어차피 당신은 내 앞에 있으니까요. 그리고 언어심리학까지 동원하지 않아도 눈앞에 당신 모습을 그리는 데 아무 어려움이 없습니다. 레오.

21분 뒤

Re:

레오씨, 잘못 짚으셨어요. 그 메일은 전적으로 차분한 상태에서 쓴 거예요. 제가 정말로 흥분한 모습을 몰라서 하는 말씀이세요. 어쨌든 당신은 원칙적으로 제 질문에 대답할 마음이 없으신가봐요. 맞죠? (당신이 '맞죠?' 하고 물을 때 어떤 모습일지 궁금해요.) 하지만 그 얘긴 이쯤에서 접고 당신이 오늘 오전에 보낸 메일로 돌아갈게요. 앞뒤 맞는 얘기가 하나도 없더군요. 제가 확인한 바로,

1) 당신은 저에게 이메일을 썼으나 보내지 않았어요.

2) 당신은 '우리 대화의 틀'에 맞는 선을 넘어 서서히 저에게 더 많은 관심을 갖기 시작했어요. 이게 무슨 말이죠? 전혀 모르는 사람에 대한 서로의 관심, 이게 바로 우리 대화의 틀 아닌가요?

3) 당신은 우리가 절대로 만나지 않는 게 아주 현명한 처사라고 생각해요. 아니, '아주 현명'한 정도가 아니라 '아주, 몹시 현명'하다고 생각하죠. '현명함'을 그렇게 강조하는 당신의 열정이 부러워요.

4) 당신은 채팅방 수다를 원하지 않아요. 그럼 뭘 원하죠? 당신이 저에게 '틀'을 넘어서는 관심을 갖지 않게 하려면 무슨 애

기를 할까요?

5) 그리고 당신이 저의 이런 물음들에 대답하지 않을, 얼마든지 있을 수 있는 경우에 대비해 미리 말해두자면, 당신은 그 메일이 당신이 저에게 쓰고 싶은 글의 극히 일부에 지나지 않는다고 했어요. 못다 한 얘기가 있으면 마음 푹 놓고 마저 하세요. 어떤 글이라도 반가울 거예요! 저는 레오, 당신 글 읽는 게 즐겁거든요. 에미.

5분 뒤

Aw:

에미, 당신은 1) 2) 3), 이렇게 번호를 붙여가며 쓰지 않으면 글을 못 쓰는군요. 맞죠? 내일 다시 쓸게요. 편안한 밤 보내세요. 레오.

다음 날

제목 없음

에미, 우리가 서로에 대해 아는 게 정말 아무것도 없다니, 참 이상하지 않아요? 우리는 환상 속의 가상 인물을 만들어내 서로에 대한 몽타주를 작성하고 있어요. 질문을 하지만 답을 들을 수 없다는 게 그 질문들의 매력이죠. 그래요, 우린 서로의 질문에 곧이곧대로 대답하는 걸 피하면서 상대방의 호기심을 자꾸 자극하고 계속 부채질해대고 있어요. 우린 행간을 읽으려 애쓰고 낱말과 낱말, 철자와 철자 사이에 숨은 뜻을 읽으려 애쓰죠. 상대방을 정확하게 평가하려고 안간힘을 써요. 그러면서도 자신의 본질적인 면만은 드러내지 않으려고 철저하게 조심 또 조심해요. '본질적인' 것이라는 게 뭘까요? 우린 자기 생활에 대해 얘기한 적이 없어요. 자신의 일상을 이루는 것들에 대해, 자기에게 중요한 무언가에 대해 언급한 적이 없지요.

우린 공허한 공간에서 대화를 나누고 있어요. 자기가 어떤 일을 업으로 삼고 있는지는 점잖게 고백했지요. 당신은 저에게 이론적으로 멋진 홈페이지를 만들어주고, 저는 그 대가로 당신에게 현실적으로 (형편없는) 언어심리 평가서를 작성해줄 수는 있겠지요. 이게 다예요. 우린 이 도시에서 발행되는 별 볼일 없는 잡지 덕에 우리가 같은 공간에 살고 있다는 것은 알지요. 그것 말고 또 뭐가 있죠? 아무것도 없어요. 우리 주위에는 다른 사람이 없어요. 우린 그 어디에도 살고 있지 않아요. 나이도 없고, 얼굴도 없어요. 우리에겐 밤낮의 구별도 없어요. 우린 시간 속에 살고 있지 않아요. 우리에게 있는 것이라고는 두 개의 모니터뿐입니다. 그것도 철저하게 하나씩 각자 따로 가지고 있지요. 그리고 우린 공동의 취미를 가지고 있어요. 전혀 모르는 사람에게 관심 갖기. 브라보!

저로 말하자면…… 음, 그러니까, 이제부터 고백입니다. 저는 에미, 당신에게 미친 듯이 관심을 느낍니다! 왜인지는 모르겠어요. 하지만 그럴 만한 계기가 분명히 있었다는 것은 압니다. 또한 이 관심이 얼마나 허무맹랑한 것인지도 압니다. 당신이 어떻게 생겼든, 나이가 몇이든, 그 무시할 수 없는 당신 이메일의 매력을 혹시 있을지도 모르는 실제 만남에서 얼마만큼 보여주든, 글에서 묻어나는 재치가 당신 성대, 눈동자, 입 꼬리와 콧잔등에도 배어 있든, 이런 걸 다 떠나서 우리의 만남은 결코 이루어지지 않을 겁니다. 때문에 이 '미친 듯한 관심'에 영양을 공급하는 것은 오로지 메일함뿐이라는 생각이 들더군요. 메일함에서 벗어나려는 모든 시도는 아마도 참담한 실패로 끝날 테지요.

에미, 이제 중요한 질문을 하겠습니다. 당신은 여전히 내가 당신에게 메일을 쓰기 원하나요? (이번에는 명쾌한 답을 주시면 대단히 고맙겠습니다.) 제 마음을 가득 담은 인사를 보냅니다. 레오.

21분 뒤

Re:

레오, 갑자기 한꺼번에 너무 많은 얘기를 쏟아놓으시네요. 오늘 월차 휴가라도 냈나봐요. 아니면 이것도 일에 속하나요? 메일 쓴 대가로 시간 수당 받아요? 세금 공제는요? 제가 말을 좀 삐딱하게 한다는 거, 저도 알아요. 하지만 글로 쓸 때만 그래요. 그리고 불안할 때만 그래요. 레오, 당신은 저를 불안하게 만들어요. 그래도 한 가지는 분명해요. 그래요, 저는 당신만 괜찮다면 당신이 계속 이메일을 쓰기 원해요. 이래도 잘 모르겠다면 다시 한번 말할게요. 그래요, 저는 원해요!!!!!!! 레오의 이메일을! 레오의 이메일을! 레오의 이메일을. 부탁이에요! 저는 레오의 이메일에 중독됐어요!

이제 당신이 무조건 대답해주셔야 해요. 저에게 관심을 가질 이유는 없지만 왜 '분명한 계기'가 있었다는 건지. 무슨 소린지 모르겠어요. 알고 싶어요. 제 마음을 가득 담고도 한 번 더 담은 인사를 보내요. 에미. (추신: 당신의 이번 메일은 아주 좋았어요! 유머라고는 눈곱만큼도 없지만 정말 좋았어요!)

다음다음 날
제목: 즐거운 성탄절

있잖아요, 에미, 오늘은 우리의 관례를 깨고 내 얘기를 좀 할게요. 그 여자 이름은 마를레네였어요. 석 달 전이었다면 '그 여자의 이름은 마를레네예요'라고 썼을 거예요. 하지만 오늘은 이미 과거형이 되어버렸어요, '마를레네였다'. 오 년 만에 마침내 미래 없는 현재가 과거로 접어드는 것을 목격하게 되는군요. 우리 관계가 어땠는지 시시콜콜 늘어놓지는 않을게요. 우리 관계에서 가장 아름다웠던 대목은 언제나 새로운 시작이었지요. 우린 둘 다 아주 열정적으로 기꺼이 새롭게 시작했기 때문에 두 달에 한 번 꼴로 새롭게 시작했어요. 우리는 그때마다 서로에게 '인생에서 가장 사랑하는 사람'이었지만, 함께 있을 때는 결코 그렇지 않았어요. 단지 다시 결합하려고 애쓸 때만 그랬지요.

그래요. 결국 지난가을에 올 것이 오고야 말았어요. 그 여자에게 다른 남자가 생긴 겁니다. 그 여자와 같이 말다툼하는 것뿐만 아니라 같이 있는 것까지 상상할 수 있는 남자가(그 남자는 한 스페인 항공사의 파일럿입니다만) 생긴 거지요. 그 사실을 알았을 때, 별안간 마를레네가 '내 인생의 여자'이며 그녀를 영원히 잃지 않기 위해서는 할 수 있는 모든 일을 다 해야 한다는 확신이 그 어느 때보다 강하게 들더군요.

저는 몇 주 동안 별의별 짓을 다했습니다. (이것 역시 자세한 얘기는 하지 않는 게 낫겠어요.) 그리고 정말로 그 여자가 저에게, 말하자면 우리 둘의 관계에 마지막 기회를 줄 듯했어요. 크리스마스를 파리에서 보내자고 하더군요. 에미, 당신이 비웃어도 어쩔 수 없습니다만 저는 파리에서 그 여자에게 청혼할 작정이었어요. 저도 참 한심한 인간이지요. 그 여자는 '스페인 놈팽이'에게 저와 파리에 대한 얘기를 털어놓으려고 그 작자가 스페인에서 돌아오기만 기다리고 있었어요. 그 작자에게 죄책감을 느낀다나요. 왠지 꺼림칙한 느낌이 들더군요. 마를레네와 그 파일럿만 생각하면 꼭 뱃속에 스페인 여객기가 들어앉은 것처럼 속이 거북하더라고요. 그게 12월 19일이었습니다.

그날 오후 그 여자에게서 연락이 왔습니다. 전화도 아니고 빌어먹을 이메일을 받았는데, '레오, 아무래도 안 되겠어. 난 못 가. 파리 얘기는 이번에도 또 그냥 거짓말이었어. 날 용서해 줘!', 뭐 이 비슷한 내용이더라고요. (아니, 이 비슷한 내용이 아니라 토씨 하나 안 틀리고 그대로입니다.) 그래서 곧장 답장을 썼지요. '마를레네, 난 너랑 결혼할 거야! 단단히 결심했어. 언제나 너와 함께 있고 싶어. 그럴 수 있다는 걸 이제는 알아. 우린 하나야. 나를 마지막으로 믿어봐. 제발 파리에 가서 얘기하자. 파리에 가겠다고 해줘. 부탁이야.'

메일을 보내고 답장이 오기를 기다렸죠. 한 시간, 두 시간, 세 시간. 그 사이 저는 이십 분이 멀다 하고 벙어리가 되어버린 그녀의 핸드폰 음성사서함과 얘기를 나누고, 컴퓨터에 저장되어 있는 옛날 연애편지를 꺼내 읽고, 둘이 다정하게 찍은 디지털 사진─죄다 그동안 수도 없이 떠났던 화해 여행 때 찍은 것들─

을 들춰보았습니다. 그러고는 또다시 넋 나간 듯 모니터를 뚫어지게 바라보고요. 새 메일이 도착했을 때 들리는 그 짧고 무덤덤한 신호음에, 툴바의 그 코딱지만 한 편지봉투 아이콘에 제 인생이 달려 있었어요. 그때 관점에서는 앞으로의 인생이 거기에 달려 있었던 겁니다.

저는 그 고통의 유예 기간을 밤 아홉시까지로 정했습니다. 그때까지 마를레네에게서 연락이 없으면 파리고 뭐고 우리의 마지막 기회는 사라진 거라 생각하기로. 그런데 여덟시 오십칠분에 별안간 딩동, 신호음이 울리고 편지봉투 아이콘이 뜨더군요. 소식이 온 겁니다. 심장이 멎는 것 같았지요. 저는 잠시 눈을 감고 초라하게 남아 있던 긍정적인 생각의 잔고를 닥닥 긁어모아, 고대하던 소식을, 나랑 둘이 파리에 가겠다는 마를레네의 그 한 마디를, 그녀와 영원히 함께할 제 인생을 마음속으로 그려보았습니다. 그런 다음 눈을 뜨고 메일을 열었습니다. 그리고 읽고 또 읽었습니다. '즐거운 성탄절과 복된 새해 맞으시기를 에미 로트너가 빌어드립니다.'

제 입에서 '진부한 크리스마스 단체메일 신경증' 얘기가 이렇게 해서 나오게 된 겁니다. 편안한 밤 보내세요, 레오.

2시간 뒤

Re:

레오, 이 이야기 참 좋네요. 무엇보다 이야기의 요점이 마음에 쏙 들어요. 제가 그렇게 운명적으로 끼어드는 역할을 한 게 자랑스럽기까지 하려고 해요. 당신이 당신 '환상 속의 가상 인물'이자 '환상으로 그린 몽타주'인 저에게 방금 자신의 아주 내밀한 얘기를 했다는 사실을 잘 알아두셨으면 해요. 이건 그야말로 '언어심리학자 레오표 사생활'이었어요. 오늘은 너무 피곤해서 당신 메일에 대해 영양가 있는 얘기를 할 수가 없네요. 괜찮다면 내일 만족할 만한 분석 메일을 보낼게요. 1) 2) 3), 이런 식으로요. 안녕히 주무시고 좋은 꿈 꾸세요. 마를레네 꿈은 꾸지 마시기를 권하는 바입니다. 에미.

다음 날

제목: 마를레네

레오, 좋은 아침! 제가 당신을 조금 모질게 다뤄도 괜찮겠어요?

1) 당신은 그러니까 여자에게 처음과 마지막에만, 다시 말해 처음 여자를 얻고자 할 때랑 여자가 자기를 떠나기 직전에만 관심을 가지는 그런 남자로군요. 그 사이의 시간—두 사람이 함

께 있는 시간이라고도 할 수 있죠—은 당신에게 너무 지루하거
나 피곤해요. 아니면 둘 다이든가요. 맞죠?

2) 당신은 (이번에는) 기적처럼 미혼으로 남게 됐지만, 당신
의 전 애인 침대에서 스페인 파일럿을 끌어내기 위해 경솔하게
혼례를 치르려고 했어요. 이건 오히려 당신이 결혼서약을 별로
존중하지 않는다는 증거예요. 맞죠?

3) 당신은 결혼 경력이 한 번은 있어요. 맞죠?

4) 눈앞에 당신 모습이 그려지는군요. 당신은 여자로 하여금
당신에게서 사랑의 징후나 지속적 관계에 대한 은근한 소망 같
은 걸 읽어낼 수 있다고 생각하게 만들 일을 하기보다는, 자기연
민에 따뜻하고 포근하게 파묻힌 채 연애편지를 읽고 옛날 사진
들을 보고 있어요.

5) 그런데 그때 저의 운명적인 이메일이 당신의 운명을 좌우
하는 메일함으로 뛰어들어요. 마치 제가 가장 이상적인 시점에,
마를레네가 몇 년 전부터 입에 올렸을 게 분명한 애기를 마지막
으로 전하기라도 하려는 것처럼요. 레오, 끝났어! 시작이라는
게 없었으니까! 이걸 다른 말로, 더 교묘하고 시적이고 분위기
있게 전해준 거지요. '즐거운 성탄절과 복된 새해 맞으시기를 에
미 로트너가 빌어드립니다.' 이렇게요.

6) 하지만 레오, 이젠 당당한 태도를 취하세요. 마를레네에게

답장을 쓰세요. 그리고 이런 말로 그녀의 결정을 축하해주는 거예요. 마를레네, 네 말이 맞아. 끝났어. 애당초 시작이라는 것이 없었으니까! 당신은 그걸 다른 말로, 더 교묘하고 활기차고 힘 있게 표현하고 있어요. '에미 로트너씨, 우리는 아는 사이라고도 할 수 없는데, 이렇게 지극히 독창적인 단체메일을 보내주셔서 고맙습니다! 말씀드리자면, 저는 제가 속하지 않은 집단 구성원에게 보내는 단체메일을 좋아하거든요. 그럼 안녕히 계십시오. 레오 라이케.' 당신은 실연한 사람치고는 놀라우리만치 선하고 고상하고 멋있어요, 레오.

7) 이제 중요한 질문입니다. 아직도 제가 당신에게 메일을 쓰기 바라나요? 월요일 오전, 편안하시기를. 에미.

2시간 뒤

Aw:

안녕, 에미!

1)에 대해: 저를 보고 언젠가 분명히 당신을 실망시킨—당신이 1번에서 묘사한 것처럼 세련되게—적이 있는 어떤 남자를 떠올리셨나본데, 그건 제 잘못이 아닙니다. 저를 지금 알고 있는 것보다 더 많이 안다고 착각하지 마세요! (당신은 저를 알지 못합니다.)

2)에 대해: 제가 결혼서약을 마지막 피난처로 삼으려고 했던 것에 관한 한, 그렇잖아도 저 자신을 '한심하기 그지없는 놈'이라고 욕하고 있습니다. 그런데 그것으로 모자라는지 신랄하고 남의 일에 분개하기 좋아하는 신발 치수 37의 에미는 명예로운 결혼서약을 옹호하기 위해 한 방 먹이기까지 하는군요. 아마도 눈을 질끈 감고 입을 앙다문 채 주먹을 날렸겠지요.

3)에 대해: 유감이지만 아직 결혼한 적 없습니다. 당신은 어때요? 여러 번 해봤을 것 같은데. 맞죠?

4)에 대해: 당신이 저를 보고 떠올린 1번의 남자가 또 나왔군요. 당신에게 지속적인 사랑을 증명해 보이기보다 철 지난 연애편지 꺼내 읽는 것을 더 좋아하는 남자 말입니다. 아마 당신 인생에는 더 많은 남자가 있었겠지요.

5)에 대해: 맞아요, 당신의 크리스마스 인사가 도착한 순간에 저는 감지했어요. 내가 마를레네를 잃었다는 것을.

6)에 대해: 그때 당신에게 답장을 보낸 건 참담한 기분을 돌려보기 위해서였어요, 에미. 그리고 지금까지도 당신과의 대화를 마를레네 극복요법의 일부로 여기고 있어요.

7)에 대해: 예, 쓰세요! 남자들에게 느낀 당신의 모든 실망감을 솔직히 쓰세요. 가차 없이 독선적으로, 시니컬하게, 신랄하게 쓰세요. 그렇게 해서 나중에 지내기가 좀 편해지면, 그건 제 메

일주소가 목적을 달성한 겁니다. 아니라면 그냥 도로 『라이크』 를 정기구독하시다가(어머니께 하시라고 하든지) 구독을 취소 하시구요. 월요일 오후, 편안하시기를. 레오.

11분 뒤

Re:

오예! 제가 당신에게 상처를 주었군요. 그러려던 건 아니었어 요. 당신이 견뎌낼 거라 생각했어요. 제가 너무 앞서갔나봐요. 반성하러 골방에 틀어박혀야겠어요. 안녕히 주무세요. 에미.

추신: 3)에 대해: 저는 결혼을 한 번 했어요. 그 결혼생활을 아직까지 하고 있고요!

···2장

일주일 뒤

제목: 개떡 같은 날씨

오늘 날씨 참 개떡 같네요. 그렇죠? 에미.

3분 뒤

Aw:

1) 비 2) 눈 3) 진눈깨비. 레오.

2분 뒤

Re:

아직도 마음 상해 있어요?

50초 뒤

Aw:

마음 상한 적 없어요.

30초 뒤

Re:

그럼 결혼한 여자랑은 얘기하고 싶지 않은 건가요?

1분 뒤

Aw:

아니요, 그렇지 않아요! 왜 결혼한 여자들이 나같이 생전 모르는 남자들이랑 얘기하는 걸 그렇게 좋아하는지, 이따금 그건 궁금해요.

40초 뒤

Re:

당신 메일함에 그런 여자가 여러 명 있나보죠? 당신의 그 마를레네 극복요법에서 나는 몇 번째 타자인가요?

50초 뒤

Aw:

좋아요, 에미, 서서히 본래 모습을 찾아가는군요. 아까는 당신이 좀 수동적이고 소심하고 숫기 없어 보이기까지 했거든요.

30분 뒤

Re:

레오, 아무래도 진지하게 말씀드릴 필요가 있겠어요. 제가 지난 월요일에 보낸 일곱 개 항목 메일, 정말 미안해요. 그 메일을 몇 번 다시 읽어보니 제가 봐도 참 불쾌하네요. 문제는 제가 그런 얘기를 할 때 어떤 표정, 어떤 말투, 어떤 상태인지를 당신이 알지 못한다는 거예요. 제가 그런 얘기 하는 모습을 보면 저한테 도저히 화를 낼 수 없을 거예요(적어도 제 생각엔 그래요). 제가 무척 실망한 줄 아시는데, 전혀 그렇지 않아요. 이건 빈말이 아니에요. 남자들에 대한 실망감이 도를 넘은 적도 없어요. 물론 이런 남자는 안 돼, 하고 제 나름대로 그어놓은 선이 있기는 하지만, 그동안 운이 좋았는지 기준 이하의 남자를 만나 실망하고 남자에 대한 적개심을 쌓을 일은 없었어요. 저의 냉소주의는 분노와 앙갚음보다는 재미와 놀이에 더 가까워요.

어쨌든 저에게 마를레네 얘기를 해준 건 무척 기쁘게 생각하고 있어요. (지금 막 깨달은 건데, 정작 마를레네에 대해서는 아무것도 얘기하지 않으셨네요. 그 여자가 뭘 하는 사람인지, 어떻게 생겼는지, 신발 치수는 어떻게 되는지, 어떤 신발을 신는지 따위 말이에요.)

1시간 뒤
Aw:

에미, 마를레네의 신발 취향에 대해 얘기하고 싶은 마음은 없습니다. 그렇다고 화를 내지는 말아주셨으면 해요. 마를레네가 바닷가에서는 주로 맨발로 다닌다는 정도만 말씀드리지요. 지금 손님이 와서 더 쓸 수가 없네요. 기분 좋은 하루 보내세요. 레오.

사흘 뒤
제목: 위기

레오, 당신한테서 메일을 받기 전에는 절대 먼저 쓰지 말자고 단단히 결심했었어요. 그런데, 저야 언어심리학을 전공하진 않았지만 머릿속에서 다음 두 가지가 톱니바퀴 맞물리듯 스르륵 맞물리는군요. 1) 제가 결혼했을 뿐 아니라 행복한 결혼생활을 유지하고 있다는 뉘앙스를 행간에서 풍겼어요. 2) 당신은 그것에 대해 우리의 가상 만남이 많은 기대 속에 시작된 이래(어느

덧 일 년이 넘었네요) 가장 마음 내키지 않는 답장으로 반응했
어요. 그리고 그 뒤로 더는 연락을 해오지 않아요. 저에 대한 관
심을 잃은 건가요? 제가 '꽝'이라 관심을 잃으셨나요? 더군다나
제가 '행복한 꽝'이라 관심을 잃으셨어요? 만약 그렇다면, 적어
도 그렇다고 대답하는 '남자의 아량'을 베풀어주세요. 안녕히
계세요. 에미.

다음 날
제목 없음
레오씨?

다음 날
제목 없음
레에에에오오오오오오오??????? 어휴우우우우우우우우
우!!!!!!

다음 날
제목 없음
꽁생원!

이틀 뒤

제목: 에미의 유쾌한 통신

안녕, 에미! 별다른 매력도 이렇다 할 색채도 없는 부카레스트(거기도 소위 봄이라는데 외려 눈보라가 치고 영하의 추위가 기승을 부립디다)로 피곤한 세미나 여행을 떠났다 집에 돌아오자마자 컴퓨터를 켜고 메일함을 열었는데, 몰라도 그만인 소식에서부터 악질적이고 천박한 내용에 이르기까지 무려 오백 통에 이르는 무자비한 메일의 덤불 속에서 뛰어난 언어감각과 표현력, 번호 매기기 프로그램으로 정평난 에미 로트너씨의 메일을 네 통 발견하고, 마침내 그 상냥하고 정감 있고 재치 있고 마음 따스해지게 만드는 문장을 읽을 수 있게 된 것을 해빙기의 루마니아 회색 곰처럼 기뻐하는 지금, 기분이 아주 그만인데요. 행복감에 젖어 첫번째 이메일을 열었을 때, 이 두 눈에 동시에 와 박힌 게 뭔지 알아요? 꽁생원! 이런 인사로 환영해줘서 고마워요!

에미, 에미! 이번에도 또 굉장한 걸 짜맞췄군요. 하지만 저로서는 당신을 실망시켜드릴 수밖에 없네요. 당신이 '행복한 꽝'이라는 사실이 저한테는 전혀 문제가 되지 않거든요. 당신을 더 가까이, 이메일 교환 이상으로 더 가까이 사귈 생각은 없습니다. 당신이 어떻게 생겼는지 알고 싶지도 않고요. 나는 당신이 내게 쓰는 글로 당신에 대한 나만의 그림을 그리고 있습니다. 나만의 에미 로트너를 만드는 거지요. 당신이 세 번의 슬픈 결혼 경험이 있든 다섯 번 행복한 이혼을 했든, 날마다 거칠 것 없이 자유롭고 토요일 밤에는 더더욱 홀가분한 몸이 되든 상관없이, 제 앞에 있는 당신은 본질상 여전히 우리가 처음 메일을 주고받기 시작할 때 그대롭니다.

그렇지만 저랑 이렇게 관계를 이어나가는 것이 당신을 힘들게 하는 것 같아 유감입니다. 이 점에 대해 한 가지 궁금한 게 있어요. 행복한 결혼생활을 하고 있고, 남자들에게 실망한 적도 없고, 재기발랄하고, 의연하고, 매력 있고, 자의식 강한, 신발 치수 37인 (그리고 나이를 알 수 없는) 여자가 왜 낯선 남자, 그러니까 무뚝뚝하고 실연이나 당하고 위기 대처능력도 유머도 없는 교수나부랭이랑 얘기하는 걸 그토록 중요하게 여기는지요? 이에 대해 당신 남편은 뭐라고 합니까?

2시간 뒤
Re:

가장 중요한 얘기부터 할게요. 회색 곰 레오가 부카레스트에서 돌아오신 것을 환영합니다! '꽁생원' 소리는 죄송하지만 어쩔 수 없었어요. 당신이 성실하면서도 도도하게 입바른 소리 잘

하는 자신의 메일 파트너가 꽝이라는 사실을 알고도 실망하지 않는, 부처님 가운데 토막 같은 남자라는 걸 제가 어떻게 알았겠어요? 당신이 현실의 에미 로트너를 알고 싶어하기보다 '자신만의 에미 로트너'를 만드는 데 더 관심 있는 남자라는 걸 제가 어떻게 알았겠어요? 이 점과 관련해 약간의 화를 돋워드려도 된다면, 친애하는 언어심리학자 레오씨, 당신이 아무리 대담한 상상력을 발휘해 당신만의 에미 로트너를 만든다 해도 그걸로 진짜 에미 로트너에게 다가서지는 못할 거예요.

어때요, 자극이 좀 되나요? 아니라고요? 생각해보니 오히려 반대인 것 같군요. 당신이 나를 자극하고 있어요, 레오. 당신은 정석을 따르지 않으면서도 지극히 목표 지향적인 태도를 취하고 있고, 그게 저를 점점 긴장하게 만들어요. 당신은 나의 모든 것을 알고 싶어하면서 동시에 아무것도 알고 싶어하지 않죠. 당신은 그날그날의 컨디션에 따라 저에게 '미칠 듯한 관심'을 나타내기도 하고 거의 병적인 무관심을 드러내기도 해요. 그리고 그게 저를 번갈아가며 화나게 하기도 하고 유쾌하게 만들기도 해요. 지금은 솔직히 말해 유쾌한 쪽이죠. 하지만 아마 당신은 여자의 눈을 똑바로 바라보지 못하는 외롭고 우울한 (루마니아) 회색 늑대일 거예요. 현실에서의 만남이 너무도 두려워 자신의 감정을 억누른 채 공연히 이곳저곳을 배회하는 그런 늑대 말이에요. 그런 회색 늑대는 끊임없이 환상의 세계를 만들어낼 수밖에 없을 거예요. 삶이 녹아 있는 구체적인 실제 환경에는 익숙해지지 못할 테니까요. 어쩌면 당신은 순수하게 여자에 대한 콤플렉스를 가지고 있는지도 몰라요. 아, 이 문제는 마를레네에게 물어보면 알 수 있을 텐데. 혹시 마를레네의 전화번호나 스페인 파일럿의 전화번호 가지고 계세요? (농담이니까 또 사흘씩 마음 상해 있고 그러지 마세요.)

레오, 저는 당신이 좋아요. 그것도 아주! 아주, 아주, 아주 많이! 저를 보고 싶지 않다고 하시는데, 그 말을 믿을 수 없어요. 우리가 실제로 만나야 한다는 말은 아니에요. 당연히 우리가 만나서는 안 되죠! 하지만 제 얘길 하자면, 저는 당신이 어떤 모습인지 알고 싶어요. 그걸 알면 많은 게 설명될 거예요. 예컨대, 당신이 어째서 지금 쓰는 것처럼 글을 쓰는지가 밝혀지겠죠. 당신은 당신처럼 글을 쓰는 사람처럼 생긴 모습을 하고 있을 테니까요. 그리고 저는 당신처럼 글을 쓰는 사람이 어떻게 생겼는지 알고 싶어 죽을 지경이에요. 그걸 알면 당신이 어떻게 생겼는지도 알 수 있을테니까요.

덧붙여 말하면, 사실 여기에서 남편 얘기는 하고 싶지 않아요. 당신은 당신의 여자들(메일함에 있는 여자만 아니라면)에 대해 얼마든지 얘기해도 괜찮아요. 내가 쓸 만한 조언을 해드릴게요.

저는 여자들 마음을 잘 알아요. 제가 여자니까요. 하지만 제 남편 애기는…… 좋아요, 말씀드리지요. 우리는 두 아이(제가 애 낳는 수고를 덜어주려고 친절하게도 남편이 데리고 온 아이들)와 매우 아름답고 조화로운 관계를 유지하고 있어요. 우리는 서로에게 비밀이 없어요. 남편에게 '꽤 괜찮은 언어심리학자'와 종종 이메일을 주고받는다고 애기했어요. 남편이 묻더군요. 그 남자랑 사귀고 싶어? 아니라고 했어요. 그러자 남편 왈, 그럼 뭐야? 나: 아무것도 아니에요. 남편: 아, 그래. 이게 전부예요. 남편은 더는 나한테서 뭘 알아내려 하지 않았고, 나 또한 더는 말하고 싶지 않았어요. 그리고 남편에 대해 더는 애기하고 싶지 않아요. 됐나요?

회색 곰씨, 이제 당신 차례예요. 당신 어떻게 생겼어요? 애기해주세요. 부탁이에요!!! 안녕, 당신의 에미.

다음 날

제목: 테스트

에미, 저 역시 당신의 그 냉온탕요법에서 쉽게 벗어날 수가 없습니다. 우리가 여기에 같이(인 동시에 따로) 앉아 보내는 시간을 누가 보상해주죠? 그리고 당신은 이렇게 저와 이메일 주고받는 걸 당신의 일, 당신의 가정생활과 어떻게 병행하죠? 모르긴

해도 당신의 두 아이는 저마다 햄스터나 뭐 그 비슷한 애완동물을 적어도 세 마리씩은 가지고 있을 겁니다. 그런 마당에 낯선 회색 곰에게 이토록 세심하면서도 강도 높은 관심을 쏟을 여유는 대체 어디서 나는 겁니까?

제가 어떻게 생겼는지 무조건 알고 싶다고요? 그렇다면 좋습니다, 놀이를 하나 제안하지요. 말이 안 되는 놀이라는 건 인정하지만, 당신은 나의 다른 면도 알아야 합니다. 그럼 얘기해볼까요? 저는 이를테면 당신이 스무 명의 여자 가운데 섞여 있다 하더라도 단 한 사람의 에미 로트너를 즉시 찾아낼 수 있다고 장담합니다. 당신은 그렇게 많은 남자들 사이에서 진짜 레오 라이케를 결코 알아내지 못하겠지만 말입니다. 한번 시험해볼까요? 당신만 동의한다면 적절한 방법을 찾아보도록 하지요. 오전 시간, 기분 좋게 보내세요. 레오.

50분 뒤

Re:

동의하고말고요! 당신, 모험을 진짜 좋아하시는군요! 미리 제 생각을 말씀드릴 테니 기분 나쁘게 받아들이지는 마세요. 레오, 저는 당신 외모가 마음에 들지 않을 경우도 계산에 넣고 있어요. 사실 그럴 가능성이 커요. 저는 몇몇 예외(주로 동성애 성향이

짙은 남자들)를 제외하고는 본래 남자들을 그다지 마음에 들어하지 않는 편이거든요. 반대로…… 아, 이 얘기는 안 하는 게 낫겠네요. 저를 즉시 알아볼 수 있다고요? 그렇다면 제가 어떻게 생겼는지 감을 잡고 있다는 말씀이신데, 전에 뭐라고 했죠? ‘나이 마흔둘. 키는 작고, 귀염성 있고 활달한 성격이며, 머리는 검은색이고 짧다’고 했죠? 저를 알아보는 데 성공하시기를 빌어요! 그럼 어떤 방법으로 할까요? 서로에게 사진을 스무 장씩 보내고 그 중에서 알아맞히기? 그럼, 이만. 에미.

2시간 뒤

Aw:

에미, 제가 제안하는 방법은 우리가 직접 만나는 겁니다. 물론 서로를 모르는 상태에서 많은 사람들 틈에 섞여서. 그러자면 만나는 장소를 에르겔슈트라세에 있는 후버 카페같이 사람이 많이 드나드는 큰 카페로 정해야겠지요. 후버 카페는 당신도 알고 있겠죠? 거긴 다양한 사람들이 끊임없이 드나드는 곳이잖아요. 일요일 오후 같은 때에 두 시간 정도 시간을 정하고 우리 둘 다 그곳에 가는 겁니다. 계속 들고 나는 사람들이 있고 거의 항상 홀에 손님이 꽉 차 있으니 우리가 서로를 찾아내려고 애쓰는 모습은 눈에 띄지 않을 겁니다.

제 외모가 당신 기대에 못 미쳐 당신이 실망하게 될 경우에 대해 얘기하자면, 제 생각은 이렇습니다. 우리는 그 만남 뒤에도 자신의 외모를 둘러싼 비밀을 누설할 필요가 없습니다. 각자가 상대의 어떤 점을 보고 그 사람을 알아보았다고 생각하느냐가 흥미로운 것이지, 우리가 실제로 어떻게 생겼는지가 흥미로운 것은 아닙니다. 적어도 제 생각은 그렇습니다. 다시 한번 말씀드리지만 저는 당신이 어떻게 생겼는지 알고 싶지 않습니다. 그냥 알아보고 싶을 뿐이고, 알아볼 겁니다. 그리고 덧붙이자면 전에 제가 밝힌 인상착의를 지금까지 고수하고 있지는 않습니다. 에마 로트너 부인, (남편과 아이들 얘기에도 불구하고) 지금 당신은 내게 그때보다 조금 더 젊어졌어요.

그리고 한 가지 더, 제 옛날 이메일들을 당신이 자꾸 인용하는 것이 저로서는 무척 기쁘다는 말씀을 드립니다. 그건 당신이 저의 지난 이메일들을 삭제하지 않고 보관하고 있다는 뜻이니까요. 역시 기분 좋은 일입니다.

우리의 만남에 대한 저의 제안, 어떻게 생각하시는지요? 그럼, 이만. 레오.

40분 뒤

Re:

레오, 한 가지 문제가 있어요. 당신이 저를 알아보면 제가 어떻게 생겼는지 알게 되겠죠. 제가 당신을 알아보면 당신이 어떻게 생겼는지 알게 될 테고요. 그런데 당신은 제가 어떻게 생겼는지 알고 싶지 않잖아요. 그리고 저는 당신 외모가 마음에 들지 않으면 어쩌나 걱정스러워요. 그러면 우리 두 사람의 흥미진진한 이야기는 끝나게 되는 건가요? 다른 말로 물을게요. 우리가 더는 메일을 쓰지 않게 되는 사태가 발생할지도 모르는데 별안간 이토록 급하게 서로를 확인해야 하는 걸까요? 만약 그렇게 된다면 제 호기심의 대가가 너무 비싼 것 같아요. 차라리 서로 모르는 채로 그냥 회색 곰의 메일을 죽을 때까지 받고 싶어요. 안녕. 에미.

35분 뒤

Aw:

그렇게 얘기해주니 기분 좋은데요! 저는 우리의 만남에 대해 걱정하지 않습니다. 당신은 저를 알아보지 못할 테니까요. 그리고 저는 당신에 대한 아주 분명한 상을 갖고 있기 때문에 우리의 만남이 저에게는 단지 그걸 확인하는 기회일 뿐입니다. 그렇지만 제가 그리고 있는 당신의 이미지(저의 온갖 기대와는 상반되는)가 실제의 당신과 맞지 않는다면 어차피 저도 당신을 알아보지 못하겠지요. 그럴 경우 저는 제 상상 속의 이미지를 유지할 수 있게 됩니다. 그러니 저로서는 걱정할 게 없지요. 안녕. 레오.

10분 뒤
Re:

레오 선생, 제가 어떻게 생겼는지를 그토록 확실하게 알고 있다고요? 미치겠군요! 너무 큰소리치는 거 아니에요? 제 모습을 어떻게 그리고 계신지, 한번 밝혀보시지요. 궁금한 게 하나 더 있어요. 레오, 당신이 보고 있는 상상 속의 제 모습이 마음에 들기는 하나요?

8분 뒤
Aw:

마음에 든다, 마음에 든다, 마음에 든다…… 마음에 드는 거, 그게 그렇게 중요합니까?

5분 뒤

Re:

예, 아주아주 중요해요, 도덕군자님. 적어도 저에게는요. 저는
1) 제가 남의 마음에 드는 걸 좋아하고, 2) 누가 제 마음에 드는
걸 좋아해요.

7분 뒤

Aw:

당신이 3) 당신 자신을 마음에 들어하는 것, 이것만으로는 안
됩니까?

11분 뒤

Re:

안 돼요. 그러기엔 제가 욕심이 너무 많거든요. 그리고 누구든
다른 사람이 자기를 마음에 들어하면 스스로를 마음에 들어하기
가 쉬워져요. 당신은 4) 아마도 당신의 메일함 마음에만 들면 되
나봐요. 맞죠? 메일함은 참을성이 많죠. 메일함을 위해 이를 닦
을 필요도 없고요. 참, 메일함에 저 말고 또 누가 있나요? 그것
도 그렇게 중요하지 않다고 말씀하실 건가요?

9분 뒤

Aw:

드디어 제가 또다시 에미의 혈액순환을 자극했군요. 이 얘기를 여기서 일단 마무리 짓기 위해 말씀드립니다. 저는 제 환상 속의 당신 모습이 무척 마음에 듭니다. 그렇지 않고야 그 모습을 이렇게 자주 떠올리지 않겠지요. 안녕. 에미.

1시간 뒤

Re:

그러니까 제 생각을 자주 하신다는 말씀이죠? 다행이네요. 저역시 당신 생각을 자주 해요, 레오. 어쩌면 우린 정말로 만나서는 안 될지도 모르겠어요. 좋은 꿈 꾸세요!

다음 날

제목: 건배

안녕, 레오. 늦은 시각에 귀찮게 해서 미안한데요, 혹시 지금 컴퓨터 앞에 계세요? 레드와인 한잔 할까요? 물론 각자 마시는 거지만. 사실 전 벌써 세 잔째예요. (혹시 와인을 원래 안 드신다면, 거짓말을 해주세요. 와인을 좋아하고 즐겨 마신다고. 도를 넘지 않는 선에서 정도껏 마신다고. 제가 견딜 수 없는 남자가 두 종류 있는데 술주정뱅이랑 금욕주의자거든요.)

Re:

네번째 잔을 마시고 있어요. 이걸 다 마시고 나면 정신을 놓을지도 몰라요. 지금이 오늘 당신의 마지막 기회라고요.

Re:

유감이네요. 당신이 기회를 놓쳤어요. 지금 당신 생각을 하고 있어요. 잘 자요.

다음 날
제목: 유감

에미, 각자 컴퓨터 앞에 앉아 낭만적인 한밤의 데이트를 즐길 기회였는데, 그 기회를 놓쳐 정말 유감이에요. 집에 있었더라면 기꺼이 당신과 한잔했을 텐데요. 화이트와인이었어도 괜찮았을까요? 레드보다 화이트를 좋아하거든요. 당신에게 거짓말할 필요가 없어서 다행이에요. 저는 자주 고주망태가 되지도 않거니와 금욕주의자도 아니에요. 술 한 방울 입에 대지 않는 것보다는 차라리 취하는 게 열 배 낫고, 사실 취하는 경우가 스무 배 더 많아요. 마를레네를 예로 들자면(마를레네 기억하지요?), 그 여자는 술을 한 방울도 안 마셔요. 술을 견디질 못해요. 더 기가 막힌 건, 그 여자는 내가 마시는 술도 견디지를 못한다는 거예요. 무슨 소린지 아시겠어요? 이런 것 때문에 정서적으로 대립하기 시작하는 겁니다. 술을 마시는 건 항상 둘이 같이 하거나 둘 다 하지 말아야 하잖아요.

아까도 말했지만 어젯밤 당신의 매혹적인 초대에 응할 수 없었던 게 무척 속상해요. 집에 너무 늦게 들어왔거든요. 다음에 또 기회가 있기를 기대할게요. 당신의 장래 온라인 술친구, 레오.

20분 뒤
Re:

집에 너무 늦게 들어오셨다고요? 레오, 레오, 밤늦게까지 어디를 헤매고 다니는 거예요? 마를레네 후계자라도 생긴 건가요? 만약 그렇다면 당장 저에게 그 여자에 대한 자세한 정보를 주세요. 그래야 제가 그 여자 문제에 대해 조언할 수 있잖아요. 제 직감은 당신이 지금 누구에게 얽매여서는 안 된다고, 당신은 아직 새로운 관계를 맺을 만큼 자유로워지지 않았다고 말해주네요. 어차피 당신에게는 제가 있잖아요. 그리고 당신이 그린 상상 속의 제 모습이 아마도 붉은 벨벳으로 장식했을 어떤 바(외로운 회색 곰 같은 교수 타입 남자들을 위한 바겠죠)에서 새벽 두시

즈음에 만나게 되는 근본을 알 수 없는 여자보다 당신의 이상형에 더 가까울 거예요. 그러니까 앞으로는 그냥 집에 계세요. 이따금 자정 무렵에 저랑 와인이나 한잔 하자구요(특별히 화이트 와인도 봐드릴게요). 그러다가 피곤해지면 주무세요. 그래야 다음 날 또다시 힘을 얻어 당신의 환상 속 여신, 에미 로트너에게 새로 이메일을 쓰지요. 아셨죠?

2시간 뒤

Aw:

아, 에미, 여기서 조금 더 나가면 질투로 인한 난투극 장면으로 접어들겠는데요? 그런 장면의 발단 치고는 아주 매혹적이에요. 그게 이탈리아 드라마식이라는 건 알지만 그래도 재미있는데요. 덕분에 잠시나마 즐거웠습니다. 제 여자관계에 관해서 한 가지 제안을 하지요. 그 문제는 당신 남편과 두 아이, 그리고 두 아이의 햄스터 여섯 마리와 같은 선상에 놓고 보면 좋겠습니다. 여기에서는 언급을 하지 말자고요! 이곳은 우리 둘만을 위한 공간으로 남겨둡시다. 우리 두 사람 가운데 하나가 죽거나 서로에 대한 관심을 잃게 되는 날(제가 먼저 그럴 일은 없으리라 봅니다만)까지 이렇게 관계를 유지하기로 해요. 아름다운 봄날, 한껏 즐기세요. 당신의 레오.

10분 뒤

Re:

방금 생각났는데, 우리의 '식별놀이'는 어떻게 된 거죠? 안 할 거예요? 제가 그 심야 벨벳 바의 애인 땜에 정말로 마음을 졸여야 하는 거예요? 일요일인 모레, 3월 25일, 오후 세시에 도떼기시장같이 북적대는 후버 카페에서 만나기로 하면 어떨까요? 그렇게 해요! 에미.

20분 뒤

Aw:

좋아요, 에미, 나도 하고 싶어요. 그런데 이번 주말은 벌써 일이 다 잡혀 있어요. 내일 저녁에 사흘 일정으로 프라하에 가야 해요. 아주 '개인적인' 일로. 하지만 다음 일요일은 괜찮아요. 우리의 놀이는 그때 하기로 하지요.

1분 뒤

Re:

프라하에 누구랑 가는데요???

2분 뒤

Aw:

에미, 이러지 말아요, 정말.

35분 뒤

Re:

좋아요, 당신 마음대로 하세요. 대신 실연의 아픔을 안고 저에게 돌아오지는 마세요! 프라하는 실연을 하기에 안성맞춤인 곳이죠. 특히 3월 말에는요. 모든 것이 잿빛에 싸여 우중충한 게 비관적으로 보이거든요. 저녁에는 세상에서 가장 진한 갈색 나무로 실내장식을 한 식당에서 일에 치여 축 늘어져 있는 종업원이 지켜보는 가운데 희끄무레한 크뇌델*과 누르스름한 맥주를 먹겠죠. 그 종업원은 아마도 브레즈네프가 프라하를 공식 방문했을 때 시중을 들고 난 뒤로 생기 띨 일이라고는 없어 살아도 사는 것 같지 않다는 표정을 짓고 있을걸요. 아무튼 그렇게 저녁을 먹고 나면 할 게 없어요. 차라리 로마로 가지 그러세요? 로마의 여름이 당신을 맞아줄 텐데요. 저라면 당신과 함께 로마로 가겠어요.

---

* 감자 전분을 뭉쳐만든 감자 경단.

어쨌거나 우리의 '식별놀이'를 하려면 좀더 기다려야겠군요. 저는 월요일부터 일주일간 스키 여행을 떠날 거예요. 누구랑 가는지 속 시원히 말씀드리죠. 남편과 두 아이랑 같이 가요(햄스터는 빼고요!). 부를리처는 옆집에서 봐주기로 했어요. 부를리처는 우리집 뚱보 고양이랍니다. 그런데 녀석은 스키 타는 사람들을 싫어해서 집에 남아 있게 되었어요. 저녁시간 멋지게 보내세요. 에미.

5시간 뒤
Re:

집에 들어오셨어요? 아니면 아직도 그 벨벳 바에 계시나요? 굿나잇. 에미.

4분 뒤
Aw:

집에 있어요. 에미가 나를 컨트롤해주기를 기다리고 있었지요. 이제 마음 놓고 잠자리에 들 수 있겠어요. 내일 일찍 떠나야 하니 미리 인사할게요. 가족과 함께 스키 타며 즐거운 한 주 보내세요. 굿나잇. 레오.

3분 뒤

Re:

파자마 입고 있어요? 굿나잇. 에미.

2분 뒤

Aw:

그럼 당신은 알몸으로 자나요? 굿나잇. 레오.

4분 뒤

Re:

이봐요, 레오 선생, 질문이 몹시 에로틱하군요. 당신이 그런 걸 물으실 줄은 꿈에도 몰랐어요. 갑자기 싹튼 우리 사이의 이 미묘한 긴장감을 깨지 않기 위해 당신 파자마가 어떻게 생겼는지는 묻지 않을래요. 안녕히 주무시고 프라하에 잘 다녀오세요!

50초 뒤

Aw:

알몸으로 자는 거 맞아요?

1분 뒤

Re:

정말로 그게 알고 싶으신가보군요! 레오, 당신의 환상을 위해 특별히 귀띔해드리자면, 그건 제가 누구 옆에서 자느냐에 따라 다르답니다. 그럼 둘이서 프라하 여행 잘 즐기시기를! 에미.

2분 뒤

Aw:

둘이 아니라 셋이에요! 오래된 여자친구랑 그 여자의 배우자랑 같이 가요. 레오. (이제 컴퓨터 끄겠습니다.)

닷새 후

제목 없음

에미, 스키 타러 간 곳에서 인터넷 접속할 수 있어요? 안녕. 레오.

추신: 프라하 얘기는 당신 말이 맞았어요. 친구 커플이 헤어지기로 했다네요. 하지만 로마로 갔으면 결과가 더 안 좋았을 거예요.

사흘 뒤

제목 없음

에미, 이제 슬슬 돌아올 때가 되지 않았나요? 나를 컨트롤해주는 당신의 이메일이 그리워요. 요즘은 밤에 벨벳 바를 어슬렁거리는 게 아무 재미도 없네요.

하루 뒤

제목 없음

당신의 '받은 편지함'에 제 이메일이 세 통은 들어 있게 해야겠어요. 안녕. 레오. (어제 특별히 당신을 위해, 아니 당신을 생각하면서 새 파자마를 샀어요.)

3시간 뒤

Aw:

이제 저한테 메일 안 쓸 거예요?

2시간 뒤

Aw:

메일을 아직 쓸 수 없는 거예요, 쓰고 싶지 않은 거예요?

2시간 30분 뒤

Aw:

제가 파자마를 산 게 문제라면 새 파자마를 무를 수도 있어요.

40분 뒤

Re:

아유, 레오, 당신 너무 귀여워요!!! 하지만 우리가 여기서 이러는 건 아무 의미도 없어요. 이건 실제 삶의 일부가 아니니까요. 저의 스키 여행, 그건 실제 삶의 일부였어요. 더할 수 없이 좋은 일부는 아니더라도 그런대로 괜찮은 일부였어요. 솔직히 저는 더 나은 상황을 기대하지 않았고, 그래서 있는 그대로의 상황을 받아들이고 있어요. 그리고 지금 이 상태는 뭐 그런대로 괜찮아요. 아이들은 조금 짜증을 내지만 그거야 아이들의 본분 아니겠어요. 더구나 그 아이들은 제 자식이 아니잖아요. 아이들은 이따금 제가 자기들의 생모가 아닌 걸 비난하기도 해요. 하지만 휴가는 그런대로 괜찮았어요. (이 얘긴 제가 벌써 했던가요?)

레오, 우리 솔직해지기로 해요. 당신에게 저는 환상 속의 여자예요. 현실에 있는 것이라고는 당신이 언어심리학에 의지해 그럴듯하게 짜맞출 수 있는 철자 몇 개일 뿐이에요. 저는 당신에게 폰섹스 상대같은 존재예요. 섹스가 없고 전화가 없을 뿐이지. 섹스도 다운받을 사진도 없을 뿐인 컴섹스라고 해야 할까요? 그리고 당신은 저에게 순수한 놀이 상대예요. 연애 감정을 되살려주는 중개인인 셈이지요. 저는 당신을 통해 제게 모자라는 부분을 채울 수 있어요. (실제로 가까워지지는 않으면서도) 연애 관계의 첫 단계를 경험할 수 있는 거죠. 지금까지는 우리의 관계가 그저 애교로 봐줄 만한 단계였지만, 우린 이미 접근해서는 안 되는 두번째, 세번째 단계에 접어들었어요. 이제 서서히 걸음을 멈춰야 한다고 생각해요. 그러지 않으면 우린 갈수록 우스워질 거예요. 우린 열다섯 철부지가 아니잖아요. 물론 제가 당신보다 훨씬 철부지지만 아무튼 우린 성인이고, 따라서 철부지처럼 구는건 도움이 되지 않아요.

레오, 조금 더 얘기할게요. 이따금 짜증스럽기는 했지만 전반적으로 엄청나게 쾌적하고 평온하고 조화롭고 재미있고, 때로 낭만적이기까지 했던 이번 가족 스키 여행 내내 저는 레오 라이케라는 이름의 알지도 못하는 회색 곰을 생각했어요. 여행은 괜찮지 않았어요. 고통스러웠다고요. 알아요? 당신에게 묻고 싶네요. 우리, 이 관계를 끝내면 안 될까요? 에미.

5분 뒤

Re:

참, 당신 친구 커플 일은 유감이네요. 정말 로마로 갔더라면 더 큰 재앙이 닥쳤을 거예요.

2분 뒤

Re:

새로 산 파자마는 어떤 거예요?

다음 날

제목: 만남

에미, 다른 건 몰라도 기왕에 말 꺼내놓은 우리의 '식별놀이'는 마무리 짓지 않을래요? 그걸 하고 나면 '애정이 애정이 되지 않게 하기'가 조금 수월해질지도 모릅니다. 에미, 저는 당신에게 메일 쓰는 걸 중단하고 당신의 메일 기다리는 걸 중단하는 식으로 당신에 대한 생각을 떨쳐낼 수는 없습니다. 그건 너무 유치하고 사무적인 것 같아요. 그러니 한번 시험해봅시다! 어때요? 안녕. 레오.

(새로 산 파자마는 어떻다고 말로 설명할 수 없어요. 눈으로 보고 손으로 만져봐야 합니다.)

1시간 30분 뒤
Re:

이번 일요일, 오후 세시에서 다섯시 사이에, 후버 카페에서
요? 에미.

(레오, 레오, 그 파자마 말이에요, '눈으로 보고 손으로 만져
봐야 한다'는 말, 정말 도발적이었어요. 그 말이 당신에게서 나
온 말이 아니었다면 제가 '엄청 졸렬한 도발'이라는 표현을 썼
을걸요!)

50분 뒤
Aw:

예, 좋습니다! 하지만 세시 정각에 들어갔다 다섯시 정각에
나오지는 말기로 해요. 그리고 계속 누구를 찾는 티가 나게 두리
번거리지도 말고요. 아무튼 자기가 드러나도록 눈에 띄는 행동
은 하지 말자고요. 저를 발견했다고 흥분해서 저에게 다가와
'당신이 레오 라이케죠. 맞죠?' 하고 묻지도 말고요. 서로를 못
알아볼 수도 있으니, 서로에게 '알아보지 못할 기회'도 줘야 합
니다. 아셨죠?

8분 뒤

Re:

예, 예, 예, 걱정 마세요, 교수님, 가까이 다가가지 않을게요.
혼란을 막기 위해 제안 하나 할게요. 일요일까지는 서로 메일을
쓰기 않기로 해요. 그날이 지난 다음에 다시 쓰기로요. 동의하
시죠?

40초 뒤

Aw:

동의합니다.

30초 뒤

Re:

하지만 그렇다고 해서 밤마다 벨벳 바나 기웃거리고 다니시
라는 소리는 아니니까 그런 줄 아세요.

25초 뒤

Aw:

압니다. 어차피 그것도 에미 로트너가 그럴지도 모른다고 상
상하며 시시각각 저를 문책해줘야만 재미있어요.

20초 뒤

Re:

그럼 마음 놓고 있을게요. 일요일에 뵈어요!

30초 뒤

Aw:

안녕!

40초 뒤

Re:

양치질하는 거 잊지 마시고요!

25초 뒤

Aw:

에미, 당신은 언제나 마지막 말을 당신이 해야 직성이 풀리는 가보군요. 맞죠?

35초 뒤

Re:

그런가봐요. 하지만 지금 당신이 한 번 더 답장을 쓰시면 이번에는 당신에게 기회를 줄게요.

40분 뒤

Aw:

파자마에 대한 뒷얘기. 제가 '눈으로 보고 손으로 만져봐야 안다'고 했더니 당신이 그 말을 다른 사람이 했더라면 '엄청 졸 렬한 도발'이었을 거라고 했잖아요. 그점에 대해 제 입장을 좀 얘기할게요. 앞으로는 제가 한 것이라도 졸렬한 도발이면 졸렬 한 도발이라고 평가해주세요. 제가 제 모습 그대로 졸렬하게 굴 도록요. 구체적으로 말씀드리자면, 정말로 당신이 제 파자마를 만져봐야 합니다. 감촉이 놀랍거든요. 주소를 알려주시면 감촉 테스트용으로 파자마를 보내드리겠습니다. (훨씬 더 졸렬한가 요?) 잘 자요!

이틀 뒤

제목: 자제력

에미, 정말 놀랍군요! 자제력이 대단해요, 당신! 모레 후버 카 페에서 봐요. 당신의 레오.

사흘 뒤

제목 없음

이봐요, 레오, 당신 거기 왔었어요?

5분 뒤

Aw:

물론이죠!

50초 뒤

Re:

에잇! 내 그럴 줄 알았다니까.

30초 뒤

Aw:

에미, 그럴 줄 알았다니, 뭐가요?

2분 뒤

Re:

레오 라이케일 것 같은 남자들은 제가 보기에는 모두 영 아니 올시다였어요. 물론 순수하게 겉모습만 두고 하는 말이에요. 매몰찬 소리 같아 유감이지만 사실대로 얘기하는 거예요. 레오, 솔직히 말해보세요. 정말로 어제 세시에서 다섯시 사이에 후버 카페에 있었어요? 화장실에 숨거나 맞은편 건물에 진을 치고 있거나 하지 않고 정말로 바나 테이블에 앉거나 서 있었냐고요?

1분 뒤
Aw:

그럼요, 에미, 정말로 거기 있었어요. 당신이 보기에 레오 라이케일 것 같은 남자가 어떤 사람들이었는지 물어봐도 될까요?

12분 뒤
Re:

레오, 시시콜콜 얘기하기가 겁나요. 당신이 얘기해주세요. 당신 혹시 그 남자…… 아, 뭐라고 해야 하나…… 자연 그대로의 방만한 몸에 철사 솔 같은 머리를 장착한, 땅딸막하다 못해 덜자란 듯한 남자 아니었나요? 흰 티셔츠 차림으로 엉덩이에 보라색 스키용 스웨터를 두르고 바 구석에 앉아 술인지 주슨지, 아무튼 무슨 불그스름한 음료를 마시고 있지 않았어요? 만약 그 남자가 당신이라면, 취향은 다양한 법이라는 말씀밖에 드릴 수가 없네요. 그런 타입에 엄청 흥미를 느끼고 걷잡을 수 없이 끌리는 여자도 얼마든지 있을 거예요. 분명, 언젠가는 그런 여자가 나타날 거예요. 하지만 솔직히 고백하면, 유감스럽게도 당신은 제 마음에 드는 타입은 아니에요.

18분 뒤
Aw:

에미, 상대를 무장 해제시키고 자신을 만천하에 드러내는 당신의 그 솔직함이 존경스럽습니다. 하지만 상대에게 상처를 주지 않으려는 배려 따위는 눈 씻고 찾아봐도 없군요. 당신에게는 외모가 정말로 최우선인가 봐요. 당신은 꼭 이메일 남자친구의 육체적인 매력 정도에 따라 앞으로 십 년간의 애정이 좌우될 것처럼 굴고 있어요. 아무튼 우선 안심부터 시켜드릴게요. 바에 앉아 날고기를 호시탐탐 노리고 있던 봉두난발 괴물은 제가 아닙니다. 그러니 걱정 말고 계속 얘기해보세요. 제가 어떻게 생긴 사람이어서는 안 되는 건지. 그리고 마지막으로 질문 하나. 당신이 보기에 제가 시각적으로 '영 아니올시다' 축에 든다면 우리의 이메일 통신은 끝나는 건가요?

13분 뒤

Re:

아니에요, 레오, 물론 우리의 이메일은 그것과 상관없이 계속될 거예요. 저를 아시잖아요. 제가 터무니없이 과장이 심하다는 거. 저는 이제 막 무언가에 빠져들기 시작했어요. 방해받지 않고 거기에 열중하고 싶어요. 어제 카페에서 레오 당신이 내게 쓰는 글처럼 흥미진진하게 느껴지는 남자는 단 한 사람도 못 봤어요. 그게 바로 제가 걱정하던 거예요. 글에서는 숫기 없고 조심스럽다가도 어느 순간 아주 예리하고 솔직한 모습을 보여주고, 회색 곰처럼 매력 있으면서 심지어 어떤 때는 살며시 관능적이기까지 한, 한마디로 무척이나 섬세하고 예민한 태도로 저를 대하는데, 아무리 멀리서 보았다 한들 일요일 오후 후버 카페에 있던 무미건조한 얼굴들 가운데 이런 당신 모습에 근접한 얼굴은 없었어요.

5분 뒤

Aw:

정말 단 하나도 없었어요? 어쩌면 당신이 그냥 못 보고 지나친 건지도 모르지요.

8분 뒤

Re:

레오, 다시 제게 용기를 주시는군요. 하지만 유감스럽게도 저는 제가 간과해서는 안 될 사람을 간과했다고는 생각하지 않아요. 왼쪽 세번째 테이블에 앉아 있던 피어싱 한 두 청년은 아주 귀여웠어요. 하지만 둘 다 스무 살도 안 되어 보이더군요. 요부 같기도 하고 천사 같기도 하고 모델 같기도 한 금발의 늘씬한 여자와 함께 (여자의 손을 잡은 채) 바 오른쪽에 서 있던 남자가 유일하게 관심을 끄는 타입이었을 거예요. 그런데 그 남자는 같이 있는 여자 말고 다른 사람은 보고 싶어하지도, 보지도 않더군요. 그럭저럭 호감이 가는 남자가 하나 더 있기는 했죠. 그런데 유감스럽게도 그 남자는 심술궂게 이죽거리는 웃음이 트레이드마크인데다 유럽 조정경기 선수권대회에 나가 노를 저어도 될 만한 체격을 갖고 있어요. 레오, 그 남자가 당신일 리는 없어요! 그리고 또 누가 있었죠? 소형 벌초기를 켜놓은 듯 끊임없이 떠들어대던 남자, 주류회사 주식이라도 가지고 있는지 맥주병 뚜껑 수집이 취미인지 줄줄이 병을 늘어놓고 마셔대던 남자, 점잖은 재킷 차림에 외교관 가방을 든 남자, 손가락에 굳은살이 박인 DIY 재료상 단골손님. 어린아이같이 꿈꾸는 듯한 눈빛을 가진, 말하자면 만년소년 행글라이더 학교 학생들. 하지만 아무리 봐도 카리스마 있는 타입은 없었어요. 그래서 걱정스런 마음으로 묻는데, 그 사람들 가운데 누가 나의 언어심리학자인가요? 누가 나의 레오 라이케죠? 그 운명의 일요일 오후에 후버 카페에서 제가 그이를 잃은 건가요?

1시간 30분 뒤
Aw:

건방진 소리 같지만 저는 당신이 저를 못 알아볼 줄 알고 있었어요, 에미.

40초 뒤
Re:

레오, 누가 당신이었어요? 말해주세요!

1분 뒤
Aw:

에미, 내일 얘기하기로 해요. 약속이 있어서 나가봐야 해요. 당신은 이미 인생을 같이 할 남자를 찾은 것에 대해 하느님께 감사해야 해요. 그건 그렇고 우린 아직 당신에 대해서는 아무 얘기도 하지 않았어요. 그거 알아요? 에미 로트너는 누구였을까요?

그 애긴 내일 하죠. 잘 있어요. 당신의 레오.

20초 뒤

Re:

뭐라고요? 지금 저를 두고 혼자 가버린다고요? 레오, 이런 법이 어디 있어요! 빨리 답글을 주세요! 당장!

30분 뒤

Re:

이 사람이 정말 답을 안 하네. 아무래도 그 봉두난발 괴물이이 남자였나봐……

···3장

다음 날

제목: 악몽

레오 라이케, 드디어 알았어요!! 방금 땀으로 멱을 감고 깨어
났어요. 근데 이제야 알았어요! 정말 완벽하게 연막을 쳤더군
요. 당신은 처음부터 제가 당신을 못 알아볼 거라고 확신하고 있
었어요. 놀랄 일도 아니죠. 당신은 종업원이었으니까! 당신, 그
카페 주방장과 친하죠? 그래서 그 사람이 당신한테 두 시간 동
안 종업원 노릇을 하게 해줬죠? 맞죠? 저는 어떤 종업원이 당신
이었는지도 알아요. 문제가 되는 종업원은 한 명뿐이었어요. 다
른 종업원들은 나이가 너무 많았으니까요. 동그랗고 까만 뿔테
안경을 낀, 마르고 키가 작은 종업원이 당신이에요!

15분 뒤

Aw:

그래서요? 실망했어요? (그건 그렇고, 굿모닝!)

8분 뒤

Re:

실망했냐고요? 정신이 확 들더군요! 속상하고! 화도 나고! 바보가 된 것 같고! 당신은 저를 속였어요. 사기당한 기분이에요. 당신은 처음부터 이 놀이를 이렇게 불공평하게 할 심산이었어요. 도떼기시장 같은 후버 카페에서 만나자고 한 건 당신이었어요. 아마 그 카페의 모든 종업원이 며칠 동안 저를 두고 입방아를 찧으며 즐거워했겠죠. 비열하고 잔인해요. 그건 제가 알고 있는 레오 라이케답지 않은 행동이에요. 제가 알고 있던 레오 라이케는 그런 사람이 아니에요. 제가 알고 있던 레오 라이케는 그렇지 않아요. 그건 제가 1밀리미터라도 가까워지고 싶던 레오가 아니라고요! 이번 일로 당신은 우리가 지난 몇 달간 쌓아온 모든 것을 깡그리 무너뜨리고 말았어요. 잘 먹고 잘사세요!

9분 뒤

Aw:

아무튼 제가 당신 마음에 들기는 했나보죠? 시각적으로?

2분 뒤

Re:

솔직한 대답을 원하세요? 끝나는 마당에 솔직한 대답, 얼마든지 해드릴게요.

45초 뒤

Aw:

번거롭지 않으시다면, 솔직히 대답해주시면 고맙겠습니다.

30초 뒤

Re:

잘생겼다고도 못생겼다고도 생각하지 않아요. 얘기하고 마잘게 없는 사람이라고 생각해요. 너무 따분해요. 전혀 관심 없어요. 완전 우웨에에에에엑이에요!

3분 뒤

Aw:

정말요? 정말로 잔인하시군요. 아무튼 제가 그 남자의 탈을 쓰지 않은 걸 기뻐해야겠어요. 그 남자의 종업원 유니폼 속에 숨지 않은 것도요. 간단히 말씀드릴게요. 저는 그 남자가 아니었고, 지금도 아니고, 앞으로도 그럴 일은 없을 겁니다. 저는 종업원도, 배달 직원도, 주방보조도 아니었어요. 제복 차림의 경찰도 아니었고, 화장실 청소부도 아니었어요. 저는 단지 일요일 오후 세시에서 다섯시 사이에 후버 카페에 손님으로 있던, 지극히 평범한 레오 라이케였어요. 잠을 설치셨다니 유감입니다, '외모지상주의자' 에미 로트너씨. 악몽이 헛수고로 끝나다니 유감스러울 수밖에요!

2분 뒤
Re:

고마워요, 레오!!!!!! 위스키 한 잔 마셔야겠어요.

15분 뒤
Aw:

당신의 신경이 좀 안정되도록 이제 당신 얘길 하는 게 좋겠어요. 우선 저에게는 한 여자의 외모가, 제가 그걸 아무리 중요하게 여긴다 하더라도, 당신에게 한 남자의 외모가 중요한 것만큼은 중요하지 않은 게 분명하다는 말씀부터 드립니다. 그렇기 때문에 저는 별로 긴장하지 않고 살펴볼 수 있었는데, 약속된 시각 그 카페에는 에미 로트너라 해도 손색없을 만큼 눈에 띄게 관심을 끄는 여자가 여럿 있더군요.

(여기서 잠시 중단해야겠어요. 회의가 있어서요. 제가 부업을 하고 있거든요. 하지만 머지않아 이 일은 못 하게 될 것 같아요.

두 시간쯤 뒤에 다시 쓸게요. 괜찮으시다면 이따 얘기를 계속하죠. 어쨌거나 위스키 병은 이제 그만 옆으로 밀어놓으시고요.)

10분 뒤

Re:

1) 저는 아직도 모르겠어요. 글로는 이렇게 친밀함을 드러낼 수 있는 사람이, 심지어 에미로 하여금 더없이 안온한 마음을 갖게 할 수 있는 사람이, 글을 이렇게 쓰는 사람이 후버 카페에서 제 눈으로 본 남자들 가운데 한 사람처럼 생겼다는 것을 납득할 수 없다고요! 그래서 말인데요, 레오, 다시 한번 물을게요. 제가 단순히 당신을 못 보고 지나친 거 아닐까요? 제발 그렇다고 말해주세요! 저는 당신이 어제 제가 언급한 남자들 카테고리 가운

데 하나에 속하는 사람이기를 바라지 않아요. 만약 그렇다면 무척 속상할 거예요!

2) 그 카페에 '눈에 띄게 관심을 *끄는 여자*'가 그리 많지는 않았을걸요. 아마 라이케씨가 (눈에 띄게 많은) 여자들에게 눈에 띄게 관심이 많은 것뿐이겠죠.

3) 그래도 저는 기꺼이 당신 입장이 되어보고 싶어요. '눈에 띄게 관심을 *끄는*' 품목 가운데서 상상력을 동원해 당신 좋을 대로 에미 로트너를 골라보세요. 저는 제가 못 보고 지나친 레오 라이케 쪽으로 타협하는 수밖에 없겠어요. 못 보고 지나쳤다는 것이 상품의 특성을 드러내주는 건 아니지만 지금으로서는 그나마 그게 있을 수 있는 경우의 수 가운데 최상의 수니까요.

4) 당신은 분명 제가 누구인지 모를 거예요.

자, 이제 다시 시작해보세요, 레오!

2시간 뒤

Aw:

에미, 마침내 다시 로트너식 번호 매기기 프로그램을 가동해줘서 고마워요. 곧바로 4)에 대해 얘기해도 될까요? 당신이 누구인지 제가 모른다고 생각하신다면 그건 오산입니다. 그렇지만 당신이 누구인지 정확하게 아는 건 아니라는 사실은 인정할 수밖에 없군요. 딱 세 가지 경우의 수가 있습니다. 저는 당신이 세 여자 가운데 하나라고 확신합니다. 각 타입에 번호를 매길 때 괜히 숫자에 따라 호감의 우선순위가 정해진 것처럼 보이지 않도록 숫자 대신 알파벳을 써도 괜찮겠지요? 제가 점찍은 에미 로트너 후보는 다음 세 사람입니다.

A) 에미 원형. 바에 서 있던 왼쪽에서 네번째 여자. 키는 165 정도, 귀염성 있고, 검은색 짧은 머리. 나이는 마흔이 채 안 되어 보임. 산만하고, 초조해하는 모습. 빠른 움직임. 자기 위스키 잔(!!)을 끊임없이 돌림. 고개를 꼿꼿이 들고 시선은 아래를 향하고 있음. (조금 불안해 보이기는 하나 품위 있는 도도함이 더 눈에 띔.) 바지에 재킷 차림. 유행에 맞는 펑크스타일. 앙증맞은 펠트 핸드백. 백 켤레 구두 가운데 일요일 오후의 승자로 뽑힌 것 같아 보이는 녹색 구두. (신발 치수는 약 37!!!) 남들이 눈치 못 채게 관찰하는 식으로 남자들을 주시하고 있었음. 얼굴 표정: 고상하고 약간 긴장한 듯 보임. 얼굴: 예쁨. 타입: 쾌활하고 재빠르고 정열적. 따라서 진정한 에미 로트너.

B) 다른 관점에서 보기—금발의 에미. 자리를 세 번 바꿈. 처음에는 오른쪽 앞에 앉았다가 다음에는 맨 뒤, 그 다음에는 가운데, 마지막으로 바 바로 옆에 앉음. 무척 침착하고, 움직임이 (에미 원형보다) 조금 느림. 금발의 생머리, 1980년대 스타일.

삼십오 세가량. 음료: 처음엔 커피, 다음엔 레드와인. 담배 피움. (담배를 피울 때 니코틴 중독자 같지 않고 아주 즐기며 피우는 모습.) 신체조건: 키가 175는 족히 되어 보이며 날씬하고, 다리가 김. 빨간색 유명 브랜드 운동화. (신발 치수 약 37!!!) 물 빠진 청바지, 딱 달라붙는 검정색 티셔츠(이런 말 해도 되는지 모르겠지만, 가슴 큼). 남자들을 아주 무심하게 관찰함. 얼굴 표정: 방심한 듯 보임. 얼굴: 예쁨. 타입: 여성스럽고 자신감 있고 쿨함.

C) 안티타입, 의외의 에미. 카페 안을 자꾸 순찰하고 다니다 잠깐씩 바에 서 있음. 무척 수줍어함. 이국적인 피부색, 아몬드 모양의 큰 눈, 사람과의 접촉을 꺼리는지 시선을 감추려는 경향을 보임. 어깨까지 내려오는 갈색머리. 삼십오 세가량. 음료: 커피, 생수. 신체조건: 키는 170 정도, 날씬함. 검정색과 노란색이 섞인 멋진 바지(값이 만만치 않을 것으로 보임)에 수수한 검정색 앵클부츠, 눈에 띄는 각진 귀고리! (신발 크기, 약 37!!!) 누구를 찾는지 주위를 두리번거리는데, 꿈꾸는 듯한 눈길. 아름답고, 우울하고, 슬퍼 보임. 얼굴 표정: 부드러움. 얼굴: 예쁨. 타입: 여성스럽고 관능적이며 소심하고 숫기 없음. 아마도 바로 그렇기 때문에 에미 로트너일 수 있음.

자, 에미, 제가 봐둔 여자는 이 세 사람입니다. 어쩌면 끝날지

도 모르는 마당인데, 당신이 저를 못 보고 지나쳤을 수도 있냐는
당신의 긴급한 질문 1)에 대답을 해드려야겠군요. 예, 말할 것도
없습니다. 당신이 저를 못 보고 지나쳤을 수도 있습니다. 하지만
안타깝게도 당신은 저를 그냥 지나치지 않았어요! 당신의 레오.

5시간 뒤
Aw:

에미, 오늘은 제가 당신 메일을 못 받고 마는 건가요? 시각적
상상력의 한계 때문에 괴로워하고 있나요? 제가 밤새 벨벳 바를
헤매고 다녀도 이젠 상관없나요? (누구랑 헤매고 다니는지도 상
관없고요?) 잘 자요. 레오.

다음 날
제목: 알쏭달쏭

안녕, 레오! 하도 저를 지치게 하셔서, 도무지 다른 생각을 할
수가 없어요! 세 여자를 아주 친절하게 묘사해주셨군요! 계속
저를 놀라게 하시니 당황스러워요. 아, 제가 당신을 못 본 거라
면 얼마나 좋을까요! 레오, 제가 정말로 세 여자 가운데 하나라
고 쳐요. 어떻게 남의 눈에 띄지 않으면서 그토록 자세히 관찰할
수 있죠? 혹시 비디오카메라라도 가지고 있었나요? 다른 방향

으로 접근해볼게요. 만약 제가 정말로 세 여자 가운데 하나라면 저 역시 당신을 아주 정확히 알아차렸을 거예요. 제가 당신을 아주 정확히 알아차렸다면 당신이 레오 라이케여서는 안 되는—죄송하지만 단지 지독하게 따분한 외모 때문에—남자들 가운데 하나일 거라는 제 의혹이 입증되는 셈이고요.

둘째(당신이 갑자기 숫자를 너무 애용하니, 제가 오늘은 숫자로 안 하고 그냥 말로 할게요. 당신이 여기저기 던져놓은 숫자들 가운데 빠진 게 있다면 그건 오로지 정확한 신체 치수뿐이로군요. 가슴, 허리, 엉덩이 둘레 이런 거 말이에요), 어째서 딱 그 세 여자만 꼽으세요?

셋째, 세 여자 가운데 누가 가장 마음에 드세요?

넷째, 당신이 누구인지 말해주세요. 부탁이에요! 작은 힌트라도 주시든가요.

점점 초조해지기는 하지만, 그래도 기분이 나쁘지는 않은걸요. 당신의 에미.

1시간 30분 뒤

Aw:

왜 딱 그 세 여자냐고요? 에미, 저는 오래 전부터 당신이 '빌어먹게 예쁜 여자'라고 확신하고 있었어요. 그냥 예쁘지 왜 '빌

어먹게'냐고요? 당신은 자기가 예쁘다는 걸 아니까요. 당신은
자기가 예쁘다는 걸 안다는 티를 내니까요. 당신은 자기가 예쁘
다는 사실을 행간에서 누차 드러내고 때로는 직접 글로 드러내
기까지 했어요. 자기가 남자들에게 매력 있는 존재라는 확신을
백 프로 갖고 있지 않은 여자는 감히 그러지 않아요. 당신은 '관
심을 끄는 여자'로서 다른 모든 여자들을 당장 능가하지 못하면
마음 상해하기까지 합니다. 저는 당신의 어제 메일 2번 항목도
기억하고 있어요. 당신은 "그 카페에 '눈에 띄게 관심을 끄는 여
자'가 그리 많지는 않았을걸요. 아마 라이케씨가 (눈에 띄게 많
은) 여자들에게 눈에 띄게 관심이 많은 것뿐이겠죠"라고 했어
요. 다시 말해 당신은 거기 있던 여자들 가운데 자신을 가장 관
심 끄는 여자라고 여기고 있고, 그걸 즉각 알아차리지 못하는 것
을 거의 무엄하다고까지 생각하고 있어요. 따라서 저로서는 어
려울 게 없었습니다. 일단 누구를 찾는 듯 보이고(찾는 티를 내
든 안 내든), 그 다음에는 신발 치수 37일 것 같은, 매력적인 여
자만 찾으면 되었던 거죠. 그리고 이 조건에 맞는 여자가 딱 세
사람이었어요.

　당신의 '셋째'에 대해 얘기하자면, 세 여자 가운데 누가 가장
마음에 드느냐는 질문은 성립하지 않습니다. 세 여자 다 나름대
로 매력 있지만, 셋 다 저에게는 아이가 둘 있고 여섯 마리 햄스

터는 없을망정 부를리처라는 고양이가 있는 '행복한 쫑' 이니까요. 셋 다 제가 가상공간에서만 들여다볼 수 있을 뿐 현실에서는 발을 들여놓을 수 없는 '다른 세계'에 살고 있으니까요. 이미 여러 번 말씀드렸듯이, 저는 저의 에미 로트너를 현실에서 뒤쫓거나 아쉬워하는 것보다 머릿속(내지는 컴퓨터 모니터 속)에서 그려보는 게 더 좋습니다. 하지만 이건 밝혀두고 싶군요. 제가 생각하는 에미 로트너는 1번, 원형의 에미가 가장 확실해 보이며, 원형의 에미가 저에게 메일을 쓰는 에미와 가장 가깝습니다.

'넷째'에 대해 말씀드리지요. 당신이 세 에미 후보 가운데 하나임을 고백하면 제가 누구였는지 힌트를 드리지요. 그럼, 이만. 당신의 레오.

20분 뒤
Re:

좋아요, 레오. 하지만 힌트 먼저 주세요. 그럼 제가 세 후보 가운데 하나인지 아닌지를 확인해드릴게요.

3분 뒤

Aw:

형제 있어요?

1분 뒤

Re:

예, 언니가 하나 있는데, 스위스에 살아요. 그건 왜 물어요?
그게 힌트인가요?

40초 뒤

Aw:

예, 힌트예요, 에미.

20초 뒤

Re:

무슨 힌트가 그래요? 그걸 가지고 알 수 있는 게 아무것도 없
잖아요!

1분 뒤

Aw:

저는 형이랑 여동생이 있어요.

30초 뒤

Re:

흥미롭군요, 레오. 하지만 그 얘기는 다른 기회에 하기로 해요. 지금은 그 형의 동생이자 동생의 오빠인 사람에게만 신경 쓰고 싶어요.

50분 뒤

Re:

레오, 어디에 계세요? 애간장 태우기용 휴식 시간인가요?

8분 뒤

Aw:

저는 여동생 아드리네를 자주 만납니다. 사이가 아주 돈독해요. 서로 비밀이 없을 정도로 모든 얘기를 다 하죠. 에미, 힌트를 너무 많이 드린 것 같은데요. 나머지는 직접 짜맞춰보세요. 그리고 이제 밝혀주시지요. 세 '에미' 가운데 한 사람, 맞죠?

40초 뒤

Re:

레오, 힌트가 너무 난해해요! 좀 쉬운 걸로 부탁해요! 그럼 말해드릴게요.

30초 뒤

Aw:

제 여동생이 어떻게 생겼냐고 물어봐주세요.

35초 뒤

Re:

여동생이 어떻게 생겼는데요?

25초 뒤

Aw:

키가 크고 금발이에요.

30초 뒤

Re:

내 참, 좋아요, 알았어요, 제가 물러서죠!

언어심리학자에 인간 관찰 도사 레오씨, 저는 실제로 세 여자 가운데 하나예요. 하지만 어차피 신발 치수 똑같은 세 여자가 당신이 묘사한 것처럼 그렇게 서로 다를 리는 없어요. 놀라운 것은, 당신이 세 여자에게 동시에 똑같은 관심과 매력을 느낄 수 있다는 점이에요. 뭐 남자들이 다 그렇긴 하지만요.

저녁 즐겁게 보내시기 바라요. 저는 그만 물러가겠습니다. 제 본분으로 돌아가야 해서요. 안녕. 에미.

1시간 뒤
Aw:

이제 보니 1번, 원형의 에미가 당신이었군요.

5분 뒤
Aw:

제 여동생은 모델이에요. 잘 자요!

다음 날
제목: !!!!!!!

그럴 리가!

45분 뒤

Aw:

사실이에요.

40초 뒤

Re:

다리 긴 금발의 요부-천사-모델?

25초 뒤

Aw:

그게 제 여동생이에요!

3분 뒤

Re:

그럼 그 여자 손을 잡고 사랑이 가득한 눈길로 그 여자를 바라
보던 남자가 당신이었군요.

1분 뒤

Aw:

그건 위장술이었을 뿐이에요. 그사이에 동생이 여자들을 관

찰하면서 에미일 것 같은 여자들의 생김새를 저에게 자세히 설명해주었어요.

40초 뒤
Re:

에잇, 당신이 어떻게 생겼는지 생각이 잘 안 나요! 그냥 건성으로 보아 넘겼거든요.

15분 뒤
Aw:

그래도 제가 그날 오후 그 카페에 있던 남자들 가운데서 유일하게 자존심을 지킨 셈이로군요. 당신이 '요부 같기도 하고 천사 같기도 하고 모델 같기도 한 금발의 늘씬한 여자와 함께 바오른쪽에 서 있던 남자가 유일하게 관심을 끄는 타입'이었다고 했잖아요. 이 글을 인쇄해서 액자에 끼워놓아야겠어요!

10분 뒤
Re:

너무 자만하지 마세요. 사실 제가 본 건 아주 예쁘고 쿨한 금발 여자뿐이었으니까요. 그 여자를 보고서 저런 여자랑 같이 있는 남자라면 분명 관심을 끌 만한 타입일 거라고 생각했던 거예요. 제가 당신에 대해 아는 것이라고는 키가 크고 마른 편이며 비교적 젊고 옷을 잘 입은 축에 든다는 것뿐이에요. 아 참, 당신, 머리카락도 있고 치아도 있었죠? 그 정도는 기억할 수 있어요. 정말로 인상적이었던 것은 뭐냐면요, 당신 애인으로 추정되던 여자, 그러니까 당신 여동생의 얼굴 표정이었어요. 그 여자는 정말 마음 깊이 좋아하고 높이 평가하는 사람을 볼 때의 표정으로 당신을 보고 있었거든요. 하지만 그것 또한 에미 로트너를 따돌리기 위한 연극이었는지도 모르죠. 아무튼 여동생을 데리고 거기에 나타난 건 아주 지능적인 플레이였어요. 당신이 여동생과 제 얘기를 한 것도 별로 나쁘지는 않군요. 기분이 괜찮아요. 당신 정말 괜찮은 사람이에요, 레오! (당신이 봉두난발 괴물도 기분 나쁜 후버 카페 종업원도 아니라서 무지무지 기뻐요.)

30분 뒤

Aw:

저야말로 당신이 어떻게 생겼는지 아는 게 없어요, 에미. 저는 아드리네가 에미 후보로 점찍은 여자들을 계속 등지고 서 있었거든요. 아드리네는 저에게 그 여자들을 '여자의 시각'으로 묘사해주었어요. 그 때문에 세 여자의 머리모양과 옷차림이 그토록 자세히 나온 거예요. 제 눈으로 직접 본 건 아무것도 없답니다.

1시간 뒤

Re:

우리가 이 식별놀이를 지혜롭게 시작했으니 끝낼 때도 지혜롭게 끝내야겠죠? 그전에 물어볼 게 한 가지 더 있어요, 레오. 당신 여동생은 어떤 '에미'가 제일 마음에 든다고 하던가요? 혹은 어떤 '에미'가 저일 거라고 생각하던가요?

10분 뒤

Aw:

한 여자를 보고는 "저 여자일지도 몰라!" 했고, 또 한 여자를 보고는 "분명히 저 여자일 거야!" 이랬어요. 그리고 또 한 여자를 보더니, "오빠가 저 여자랑 사랑에 빠졌을 것 같아!" 이러더군요.

30초 뒤

Re:

당신이 사랑에 빠졌을 것 같은 여자가 셋 중 누구예요????

40초 뒤

Aw:

에미, 그것만은 절대 밝히지 않겠어요. 그러니 알아내려 애쓰지 말아요. 저녁시간 즐겁게 보내요. 흥미진진한 '놀이'에 응해줘서 고마워요. 에미, 나는 당신을 무척 좋아합니다. 당신의 레오.

25초 뒤

Re:

가슴 큰 금발 여자, 맞죠?

50초 뒤

Aw:

알려고 하지 말라니까요!

1분 뒤

Re:

대답을 회피하는 것도 일종의 대답이죠. 가슴 큰 금발이 맞군요!

다음 날 저녁

제목: 좋지 않은 날

레오, 오늘 낮 시간 잘 지냈어요? 저는 별로 좋지 않았어요. 남은 저녁과 밤 시간도 잘 지내세요. 에미.

(그건 그렇고, 요즘은 에미를 생각할 때 어떤 에미를 떠올리세요? 요즘도 에미를 생각하기는 하시나요? 설마 아니라고 하지는 않기를!)

3시간 30분 뒤

Aw:

에미를 생각할 때는 동생이 묘사해준 어떤 에미도 아닌, 제4의 에미, 나만의 에미를 떠올리지요. 저야 물론 요즘도 여전히 에미를 생각해요. 오늘 왜 별로 좋지 않았어요? 나쁜 일이라도 있었나요? 잘 자고 좋은 아침 맞으세요. 당신의 레오.

다음 날

제목: 좋은 하루!

좋은 아침이에요. 보세요, 레오, 이렇게 좋은 날이 시작되고 있어요! 메일함을 열었는데 레오 라이케의 메일이 저를 맞아주지 뭐예요. 어젠 좋지 않은 날이었어요. 레오의 메일을 못 받았거든요. 레오에게서 전혀, 아무것도, 조금도 온 게 없었어요. 그런 날이 좋을 수가 있겠어요?

레오, 아무래도 우리, 끝내야 할 것 같아요. 당신에게 너무 매여 있게 돼요. 나를 만날 때 등을 돌리고 있는 남자, 나를 알고 싶어하지 않는 남자, 나한테서 메일만 원하는 남자, 실제로 만나는 여자들과는 (짐작건대) 쓰라림을 맛보다가 끝내 고통의 문 안으로 들어서고 말기 때문에 내가 쓴 말들을 상상 속의 여자를 창조해내는 데 이용하는 남자, 그런 남자의 메일을 하루 종일 기다리고 있을 수는 없어요. 이런 식으로는 안 돼요. 만족스럽지가 않아요. 이해하시죠, 레오?

2시간 뒤

Aw:

이해해요. 그 문제에 대해 네 가지 질문을 할게요. 로트너식 질문 체계를 따르도록 하죠.

1) 나를 직접 만나고 싶어요?

2) 왜죠?

3) 그 결과가 어떻게 될까요?

4) 당신 남편이 그걸 알면요?

30분 뒤

Re:

1) 나를 직접 만나고 싶어요?—물론이죠. 당신을 직접 만나고 싶어요. 간접보다는 직접이 낫지 않나요?

2) 왜죠?—그건 우리가 만나보고 난 다음에야 알 수 있을 것 같아요.

3) 그 결과가 어떻게 될까요?—될 대로 되겠죠. 될 대로 되지 않을 거라면 될 대로 되지 않을 테고요. 그러니까 어차피 되어야 할 대로 되게 되어 있어요.

4) 당신 남편이 그걸 알면요?—결과가 어떻게 됐는지 알아야 알 수 있겠죠.

5분 뒤

Aw:

그럼 남편을 속일 생각이에요?

1분 뒤

Re:

누가 속인대요?

40초 뒤

Aw:

나는 그렇게 읽었어요.

35초 뒤

Re:

너무 많은 것을 읽어내려고 하지 마세요.

2분 뒤

Aw:

남편한테 아쉬운 게 뭡니까?

15초 뒤

Re:

없어요. 전혀. 왜 제가 남편한테 아쉬운 게 있을 거라고 생각
하세요?

50초 뒤

Aw:

나는 그렇게 읽었어요.

30초 뒤

Re:

그걸 어디에서 읽으셨어요? (당신의 독해-언어심리학에 슬슬 화가 나려고 해요.)

10분 뒤

Aw:

당신이 나한테서 무언가를 원한다는 사실을 암시하는 방식에서 그걸 읽었어요. 당신이 나한테서 원하는 게 무엇인지는 나를 만나고 난 다음에야 말할 수 있겠지요. 하지만 당신이 무언가를 원한다는 사실만은 자명합니다. 달리 말하면 당신은 뭔가를 찾고 있는 겁니다. 그걸 모험이라고 합시다. 모험을 찾는 사람은 정작 모험을 하지는 못합니다. 맞죠?

1시간 30분 뒤

Re:

네, 저는 뭔가를 찾고 있어요. 남편을 속이는 게 뭔지를 저에게 설명해줄 성직자를 애타게 찾고 있다구요. 그 설명까지는 못 들어도 적어도 성직자가 남편 속이는 걸 어떻게 생각하는지는 들을 수 있겠지요. 아내를 속일 기회를 주는 여자가 없어서만이 아니라 성모 마리아 말고는 속일 여자조차 없기 때문에 아직 속여본 적 없는 성직자가 남편을 속이는 게 뭐라고 상상하고 있는지, 그걸 들을 수는 있겠어요. 아무렴요. 레오, 제발 '가시나무새' 역할을 자처하지 마세요! 저는 당신과의 '모험'을 꿈꾸고 있지 않아요. 단지 당신이 누구인지 보고 싶을 뿐이에요. 제 메일 파트너를 한 번쯤 제 눈으로 보고 싶은 거라고요. 그걸 '속이는 것'으로 여기신다면 제가 잠재적 배신녀임을 인정할 수밖에요.

20분 뒤
Aw:

그렇다 해도 당신은 만약의 경우에 대비해 남편에게 그 일에 대해 애기하지 않겠지요.

15분 뒤
Re:

레오, 저는 당신이 그렇게 위선적인 태도를 보이는 게 마음에 들지 않아요! 당신 문제에 그런 태도를 취하는 거야 상관없지만 제 문제를 두고 그러지는 마세요. 행복한 결혼생활을 한다는 게 배우자에게 자기가 만나는 사람들에 대해 시시콜콜 보고하고 설명하는 것을 뜻하지는 않아요. 제가 그렇게 했다가는 베른하르트도 지겨워 죽을 거고요.

2분 뒤

Aw:

그러니까 당신의 베른하르트를 지겨워 죽게 만들까 염려스러워 우리의 만남에 대해 얘기하지 않겠다는 거지요?

3분 뒤

Re:

레오, 득달같이 '당신의 베른하르트'라고 쓰시는군요, 내 참! 물론 내 남편도 이름이 있어요. 그리고 내 남편에게 이름이 있는 건 내 탓이 아니에요. 그 사람이 내 남편이라고 해서 그 사람이 내 것이라는 얘기는 아니에요. 남편이 하루 스물네 시간을 꼬박 내 옆에 매달려 보내고, 나는 끊임없이 남편을 어루만지며 정해진 시간마다 한 번씩 '나의 베른하르트!' 하고 콧소리를 내는 게 아니라고요. 레오, 당신은 정말 결혼이라는 것에 대해 눈곱만큼도 아는 게 없군요.

5분 뒤

Aw:

에미, 나는 결혼에 대해 단 한 마디도 하지 않았어요. 그나저나 당신은 내 마지막 질문에 아직 대답하지 않았어요. 얼마 전에 나한테 뭐라고 했지요? 대답을 회피하는 것도 일종의 대답이라고 한 것 같은데요.

10분 뒤

Re:

레오, 그만 끝내죠. 당신이야말로 결정적인 질문에 대답하지 않고 넘어갔어요. 그 질문을 다시 한번 하죠. 레오, 저를 만나고 싶어요? 그렇다면 만나세요! 아니라면 앞으로 어떻게 할지, 혹은 이 관계를 지속하기는 할 것인지, 당신 입장을 애기해보세요.

20분 뒤

Aw:

어째서 지금까지 해온 것처럼 글로만 대화를 나눌 수는 없는 건가요?

2분 뒤

Re:

나의 메일 파트너가 나를 만나보고 싶어하지 않는다는 사실
을 납득할 수가 없어요. 구제불능 레오, 어쩌면 제가 가슴 큰 금
발 여자일 수도 있잖아요!!!

30초 뒤

Aw:

그렇다고 제가 뭘 어쩌겠습니까?

20초 뒤

Re:

뚫어지게 보시구랴.

35초 뒤

Aw:

제가 뚫어지게 바라보는 게 당신 마음에 들까요?

25초 뒤

Re:

제 마음에는 안 들겠지만 당신 마음에는 들겠지요! 모든 남자가 그걸 좋아하잖아요. 특히 좋다고 인정하려 들지 않는 남자일수록 속으로는 좋아하지요.

50초 뒤

Aw:

이런 대화가 훨씬 마음에 들어요.

30초 뒤

Re:

아하, 그러니까 당신은 외설적인 얘기를 나누며 성적 만족을 느끼는 타입이로군요.

3분 뒤

Aw:

거 참, 마지막 작별의 말로는 제격이네요, 에미. 저는 이제 나가봐야 합니다. 편안한 저녁시간 보내세요.

4분 뒤

Re:

오늘 하루에만 우리가 스물여덟 통의 이메일을 주고받았어요, 레오. 이게 다 무슨 소용이겠어요? 당신의 모토는 뭐죠? 얽매이지 않기? 당신의 작별의 말은 뭐죠? 편안한 저녁시간 보내기 바란다는 건가요? '즐거운 성탄절과 복된 새해 맞으시기를 에미 로트너가 빌어드립니다.' 딱 이 수준이로군요. 간단히 말해서, 우리는 수많은 이메일과 한 번의 식별 테스트용 만남을 거쳐오는 동안 단 1밀리미터도 가까워지지 못했어요. 서로 멀리 떨어져 있는 우리의 '긴밀한 관계'를 지탱해주는 것은 오로지 우리가 그 관계에 그동안 터무니없이 쏟아부어왔고 지금도 쏟아붓고 있는 시간과 에너지뿐이에요. 레오, 레오, 레오. 유감이에요. 유감이에요. 유감이에요.

1분 뒤

Aw:

제가 하루 종일 당신에게 이메일을 한 통도 보내지 않으면 당신은 불만을 표시하지요. 다섯 시간 동안 열네 통을 보내도 당신은 마찬가지로 불만을 표시해요. 지금으로서는 제가 어떻게 하더라도 당신을 만족시킬 수가 없는 것 같아요, 에미.

20초 뒤
Re:
이메일로는 안 되지요!!! 편안한 저녁시간 보내시기 바라요,
라이케씨.

나흘 뒤
제목 없음
뻐꾹! 에미.

다음 날
제목 없음
레오, 이게 전술이라면 좀 치사한 전술이로군요! 당신은 저를
좋아하잖아요. 이제 더는 당신에게 메일을 쓰지 않겠어요. 안녕.

닷새 뒤
제목 없음
레오, 집에 전기가 끊긴 건 아니죠?
슬슬 당신이 걱정되기 시작해요. '음매에에!' 한 마디만이라
도 해주세요.

3분 뒤

Aw:

좋아요, 에미, 우리 만납시다. 아직도 만나기를 원해요? 언제요? 오늘? 내일? 모레?

15분 뒤

Re:

행방불명된 줄 알았더니 이제야 나타나시는군요! 그런데 뜬금없이 우리의 만남을 서두르시네요. 그래요, 저는 아마도 아직 만나기를 바라고 있을 거예요. 하지만 어째서 열흘씩이나 연락을 안 하셨는지부터 해명하세요. 제발 그럴듯하게 해명해주세요!!

10분 뒤

Aw:

어머니가 돌아가셨어요. 이만하면 그럴듯한가요?

20초 뒤

Re:

쳇. 정말이에요? 무엇 때문에 돌아가셨어요?

3분 뒤

Aw:

운이 나쁘셨던 거죠. 게다가 척추에 '악성 종양'까지 있으셨
어요. 그나마 오래 고생 안 하고 돌아가셔서 다행이에요.

1분 뒤

Re:

돌아가실 때 어머니 곁에 계셨어요?

3분 뒤

Aw:

거의 그렇다고 할 수 있죠. 동생이랑 대기실에 있었어요. 의사
가 어머니를 보기에 적합한 때가 아니라며 병실에 들어가는 걸
말리더라고요. 숨 거두실 때 말고 '더 적합한 때'가 언제인지 궁
금하더군요.

5분 뒤

Re:

어머니랑 관계가 좋았나요? (사람들이 늘 묻는 똑같은 질문을
해서 미안해요, 레오.)

4분 뒤

Aw:

일주일 전만 해도 아니라고, 어머니랑 남남처럼 지냈다고 대답했을 거예요. 그렇게 남남 같은 사이였는데 오늘 왜 이렇게 마음이 아픈지 모르겠어요. 하지만 에미, 제 가족 얘기로 당신을 지루하게 만들고 싶지 않아요.

6분 뒤

Re:

조금도 지루하지 않아요, 레오. 저를 만나서 그 얘기를 하고 싶으시죠? 이런 상황에 딱 맞는 사람이 바로 저일 거예요. 당신의 실제 삶에서 아주 멀리 떨어져 있으면서도 왠지 가깝게 느껴지는 그런 사람이 필요하잖아요. 형식이니 뭐니 그런 거 따지지 말고 아주 오랜 친한 친구처럼 편하게 만나요.

10분 뒤

Aw:

좋아요. 그리고 고마워요, 에미! 오늘 저녁에 만날까요? 미리 경고 하나 하겠는데, 제가 요즘 '유머 없음'의 새로운 고지에 도달했어요.

3분 뒤

Re:

레오, 안타깝게도 오늘 저녁은 안 돼요. 하지만 내일 저녁은 괜찮아요! 일곱시쯤? 시내에 있는 카페에서?

8분 뒤

Aw:

내일은 장례식이 있는 날이에요. 하지만 저녁 일곱시에는 나갈 수 있을 거예요. 다섯시 전에 이메일을 보낼게요. 어디서 만날지는 그때 정하도록 하죠. 괜찮겠죠?

10분 뒤

Re:

네, 그렇게 하기로 해요. 뭐라고 위로의 말이라도 해드리고 싶지만 '즐거운 성탄절과 복된 새해' 처럼 들릴 것 같아 그만둘래요. 제 마음은 늘 당신 곁에 있어요. 지금 당신이 어떤 기분일지도 잘 알아요. 그래서 감히 안녕히 주무시라는 인사도 못 하겠어요. 오늘밤 잘 못 주무실 게 뻔하니까요. 내일은 제가 버팀목이 되어드릴게요. 그럼, 곧 뵙기로 해요! 에미. (힘든 상황이라는 걸 알면서도 당신을 만날 생각을 하니 기쁘고, 내일이 기다려져요!)

5분 뒤
Aw:

나도 마찬가지예요! 레오.

다음 날
제목: 취소

에미, 아쉽지만 오늘 약속을 취소할 수밖에 없게 됐어요. 사정은 내일 설명할게요. 제발 화내지 말아요. 그리고 저를 위해 곁에 있어주려고 했던 것 고마워요. 그 점 높이 살게요! 잘 있어요. 레오.

2시간 뒤
Re:

잘 알겠습니다. 에미.

다음 날
제목: 마를레네

에미, 어제 저녁은 저의 전 여자친구 마를레네와 함께 보냈어요. 마를레네가 장례식에 왔더라고요. 마를레네는 제 어머니를 무척 좋아했고, 어머니도 마를레네를 좋아하셨어요. 마를레네와 이런저런 얘기를 나누는 게 저한테는 중요했어요. 마를레네는 열쇠예요. 우리 가족 얘기의 굳게 닫힌 문을 열 수 있는 사람이 거든요. 저에게는 어머니에게로 가는 통로가 없었는데, 그 통로 역시 마를레네에게는 있었어요. 그런데 마를레네는 어제 컨디션이 나빠 제가 위로를 받는 게 아니라 그녀를 위로해야 했죠. 그 역할이 저로서는 다행스러웠어요. 저는 누구에게 동정 받는 걸 견디지 못합니다. 차라리 제가 누구를 동정하는 게 낫죠(나 자신을 동정하는 경우도 많지만 그건 저 혼자만의 일이니까요). 당신을 실망시킨 것은 미안하지만 저한테 화내지 않으면 좋겠어요. 이런 생각이 들었어요. '레오, 넌 왜 너의 과거와 아무 상관도 없는 여자를 끌어들이려고 하니?' 그리고 당신이 지금의 제 모습으로 저를 보게 되는 것도 마뜩지 않았어요. 보더라도 제 컨디션이 좋을 때 보셨으면 해요. 에미, 제 마음을 이해하시리라 믿어요. 저를 위해 곁에 있어주려고 했던 것에 대해 다시 한번 고마운 마음을 전합니다. 그건 아주 커다란 신뢰의 증거였어요. 잘 있어요. 레오.

3시간 뒤

Re:

다 괜찮아요. 에미.

5분 뒤

Aw:

'다 괜찮다'고 쓰신 걸 보니 하나도 괜찮지 않군요! 그렇죠, 에미? 제가 약속을 취소해서 자존심이 상했지요? 저한테 이용 당한(그리고도 써먹히지도 못한) 기분이시죠?

2시간 30분 뒤

Re:

아니에요, 레오, 아니라구요. 일이 엄청 바빠서 길게 쓸 수가 없었어요.

8분 뒤

Aw:

제가 그 말을 믿을 것 같아요? 에미, 전 당신을 알아요. 어떤 면에서는 당신을 알아요. 당신이 저 때문에 마음 상했을지 모른다는 생각만으로도 이상하게 저는 양심의 가책을 느껴요. 그러

면서 당신이 나에게 이런 기분을 느끼게 할 권리가 전혀 없다는
걸 알면 다행이겠다 싶어요.

4분 뒤
Re:

돌려 말하지 마세요, 레오. 위로하는 데는 성공하셨나요? 마
를레네와 다시 잘해보기로 한 건가요?

8분 뒤
Aw:

그럼요! 물론이지요! 레오 라이케는 감히 어머니 장례식 직후
전 여자친구를 만나는 그런 놈입니다. 평소 라이케씨를 도덕군
자라 칭하는 데 어떠한 노력도 아끼지 않는 에미 로트너는 지금
쯤 문득 도덕의 붕괴를 예감하고 있겠군요. 하지만 이게 다가 아
닙니다. 한 가지 더 말씀드리면, 제가 어머니를 땅에 묻은 지 여
섯 시간 만에 하마터면 예전 여자친구랑 잘 뻔했다는 사실! 당
신이 적당히 충격을 받았으면 합니다. 그럼, 이만.

3분 뒤

Re:

어떻게 누구랑 '하마터면' 잘 뻔할 수 있었는지 얘기해주세요. 그리고 무엇보다 제가 궁금한 건, '하마터면'일 수 있었는데 왜 그러지 않았는지예요. 저는 그런 생각은 남자들만 한다고 확신해요. 아마도 당신은 상심한 예전 여자친구를 '침대에서' 위로할 수 있다고 생각했을 거예요. 하지만 그 직전에 여자가 그걸 알아차리고 당신 귀에 속삭였겠지요. "안 돼, 레오, 지금은 이럴 때가 아니야. 이렇게 하면 오늘 저녁에 우리가 새로 쌓아올린 모든 신뢰가 물거품이 되어버리고 말 거야." 그리고 당신은 생각했겠죠. 아쉽다, 유감이다, 하마터면……

15분 뒤

Aw:

에미, 당신과는 눈곱만큼도 상관없는 지극히 개인적인 일에 대해 그토록 당당하고 집요하게 해명을 받아내려는 게 저로서는 참으로 뜻밖이라는 말씀부터 드려야겠군요. 너무나도 불행한 시점에 당신의 속된 마음을 그토록 정확히 드러내고, 당신 자신이 항상 가장 먼저 떠올리는 바로 그것—섹스, 섹스, 섹스—으로 다른 사람들까지 단순화시키고자 하다니, 그저 놀라울 따름입니다. 당신이 도대체 왜 그러는지 슬슬 의문이 들기 시작하는군요.

8분 뒤

Re:

레오, 저는 당신의 슬픔을 존중해요. 그런데 '하마터면' 누구와 잘 뻔했다고 먼저 떠벌인 게 누구죠? 당신인가요, 저인가요? 레오, 하마터면 잘 뻔한 상황을 구체적으로 떠올린 건 미안해요. 그런 일을 제가 전에 여러 번 겪어보았고, 제 친구들 가운데 그런 일을 지금도 끊임없이 겪고 있고 그것 때문에 시달리는 친구가 많아요. 당신과 마를레네의 경우는 저와 제 친구들의 경우와는 모든 게 완전히 달랐겠지요. 저의 경솔함을 용서해주세요. 게다가 당신같이 감수성이 예민한 남자라면 저같이 감수성 예민한 여자가 '전 여자친구 때문에' 마지막 순간에 약속을 취소당했을 때 느낄 수밖에 없는 퇴짜 맞았다는 기분을 분명 아실 거예요. 그래요, 레오, 저는 당신에게 거칠게 차였다고 느껴요. 저는 그저 '그 어떤 사람'이 아니에요. 당신에게도 '여느 누구'가 아니고요. 경의를 담은 인사를 보냅니다. 에미.

다음 날

제목: 에미

그럼요, 에미, 당신은 '여느 누구'가 아니지요. 여느 누구가 아닌 그 어떤 사람이 있다면, 그건 바로 당신입니다. 물론 저에게도 당신은 여느 누구가 아닙니다. 당신은 제 안에 있으면서 저와 늘 동행하는 제2의 목소리 같은 존재입니다. 당신은 저의 독백을 대화로 바꿔놓았습니다. 당신은 제 내면을 풍부하게 해주는 존재입니다. 당신은 꼬치꼬치 캐묻고, 자기주장을 굽히지 않고, 신랄하게 야유하고, 저와 맞서 싸웁니다. 저는 당신의 재치와 매력, 생기에 감사하고 그 '속된 마음'조차 고맙게 여깁니다.

하지만 에미, 당신이 제 양심이 되려고 하지는 마십시오! 당신이 좋아하는 주제에 대해 얘기하자면, 제가 언제 누구와 얼마나 자주 어떤 방식으로 섹스를 하든, 그건 당신과는 상관없는 일입니다. 저 또한 당신과 당신의 베른하르트가 잠자리에서 어떤지는 묻지 않겠습니다. 솔직히 얘기하면 관심도 없습니다. 그렇다고 제가 당신을 생각할 때 에로틱한 상상을 하지 않는다는 말은 아닙니다. 하지만 그런 상상은 당신과 멀리 떼어놓고 싶습니다. 당신에게 그걸 기대하지는 않을 겁니다. 그런 상상은 오로지 제 안에서만 존재하고 거기서만 머물 겁니다. 우리는 서로의 사적인 영역을 침범해서는 안 됩니다. 일단 침범하기 시작하면 건

잡을 수 없게 될 겁니다.

에미, 내 어머니의 죽음에 관해 당신과 나눈, 겉보기에는 의미 없는 것 같은 몇 마디 말이 제게 얼마나 큰 도움이 되었는지 모릅니다. 이번에도 제 안에 제2의 목소리가 있어, 그 목소리가 제가 미처 생각하지 못한 질문을 던지고, 제가 미처 못 찾은 답을 주고, 자꾸 제 외로움을 뚫고 들어와 그것을 깨뜨려놓았습니다. 저는 당장 당신을 제 곁으로 더 가까이 다가서게 하고 싶고, 당신을 제 곁에 두고 싶었습니다. 당신이 그날 저녁시간이 있었더라면 그렇게 되었겠지요. 그랬더라면 지금쯤 우리 사이는 전혀 달라져 있겠지요. 저는 당신에게 인사를 하자마자 가족이라는 짐이 담긴 묵직한 배낭을 지게 했을 테고, 아마 우리 둘 다 그 짐 때문에 휘청거리다 주저앉고 말았을 겁니다. 더는 마법도 환상도 남지 않았겠지요. 우리는 얘기를 하고 또 해서 모든 것을 다 쏟아놓았을 겁니다. 그다음엔 어떻게 되었을까요? 미몽에서 깨어나 정신이 번쩍 들기밖에 더했겠습니까. 훈련을 받은 적도 없는데 무슨 수로 직접적인 만남에 능숙하게 대처했겠습니까? 우리가 서로를 어떻게 보았을까요? 상대에게서 갑자기 무엇을 보았을까요? 우리가 오늘 어떻게 서로에게 메일을 쓰겠습니까? 뭐라고 쓰겠습니까? 아니, 다 떠나서 우리가 여전히 서로에게 메일을 보내고 있기는 할까요?

에미, 저는 제 안의 '제2의 목소리'를, 에미를 잃는 게 두렵습니다. 그 목소리를 간직하고 싶습니다. 그 목소리를 조심스럽게 대하고 싶습니다. 당신은 이미 저에게 없어서는 안 될 존재가 되어버렸습니다. 당신의 레오.

3시간 뒤

Re:

제가 좋아하는 주제와 관련된 말씀을 드리지요. 유감이지만, 저는 당신이 언제 누구와 얼마나 자주 어떤 방식으로 섹스를 하는지, 상관없지 않아요! 제가 누군가에게 '제2의 목소리'라면, 저 역시 그 사람이 언제 누구와 얼마나 자주 어떤 방식으로 섹스를 하는 게 타당한지 판단할 목소리로서의 권리가 있어요. (얘길 하다보니, 제가 '어떤 방식으로'라는 구절을 여태껏 별로 자세히 다루지 못했다는 생각이 드는군요, 레오. 하지만 그건 나중에 하죠, 뭐.) 자, 이제 당신을 당신의 솔로 목소리와 단 둘이 있게 둘게요. 제2의 목소리는 이제 그만 물러갑니다. 남은 얘기는 내일 계속하죠. 키스를 보내며. 에미.

Aw:

존경하는 에미, 제가 다시 한번 밥맛없게 굴어도 될까요? 만약 제가 후버 카페의 '봉두난발 괴물'이라고 칩시다. 그래도 제가 언제 누구와 얼마나 자주 어떤 방식으로 섹스를 하는지가 당신에게 문제가 될까요? 달리 말해, 당신이 저에게 보내는 이메일에서 이상적인 남성상을 추구하고 있기 때문에 제가 언제 누구와…… 어쩌고저쩌고 하는지가 문제가 되는 거 아닌가요? 메일 속의 남자가 당신의 이상적인 남성상인 까닭에 당신은 베른하르트와의 행복한 결혼생활에도 불구하고 그 남자가 언제 누구와…… 어쩌고저쩌고 하는지를 문제 삼지 않을 수 없는 겁니다. 그렇다면 그건 우리가 서로에게 자기 환상 속의 목소리라는 제 이론을 입증해주는 셈입니다. 그것만으로도 충분히 아름답고 가치 있지 않습니까?

다음 날

제목: 첫번째 대답

레오, 제가 당신한테 정말로 혐오감을 느끼는 게 뭔지 아세요? 제 남편 얘기를 할 때면 어김없이 등장하는 당신의 그 공식과도 같은 표현이에요. '베른하르트와의 행복한 결혼생활에도 불구하고'. 이게 빠지지 않는군요. 도대체 뭐예요? '행복한 결혼 생활', 이 말을 당신은 '부부로서의 동침 의무를 수행하는 것'이 라는 소리로 들리게(그것도 고의로!) 쓰고 있어요. 그 소리는 '호적계 공무원에게 승인받은, 체액의 적절한 교환이 따르는 정 기적 성교 수행'으로 들리기도 해요. 레오, 당신은 제 결혼생활 을 비웃고 있어요! 이건 정말이지 견디기 힘드네요. 그러니 그 만 하세요!

45분 뒤
Aw:

에미, 당신은 끈질기게 섹스 얘기만 하는군요. 거의 병 수준이 에요!

1시간 뒤
Re:

이보세요, 레오씨, 저는 섹스 얘기, 아직 제대로 시작도 안 했 어요. 되레 어제 당신이 주목할 만한 작품을 내놓았죠. 예컨대 '에로틱한 상상' 같은 거 말이에요. 당신은 이중 부정을 써가며 저를 상대로 에로틱한 상상을 절대 하지 않는 것은 아니라는 말 을 하고 있어요. 레오는 그런 사람이에요! 다른 사람이라면 이렇게 말했을 거예요. "에미, 나는 당신을 생각하면 종종 에로틱한 상상을 하게 돼요!" 그러나 레오 라이케는 이렇게 말하죠. "에미, 내가 당신을 생각할 때 절대로 에로틱한 상상을 하지 않는 것은 아니에요." 그러면서 제가 그 주제에서 벗어나는 법이 없다고 놀라시나요? 제가 병적인 게 아니라 당신이 외설적인 얘기를 나누는 데서 성적 만족을 얻는 변태처럼 처신하고 있는 거예요, 레오! 간단히 말할게요. 저는 당신이 섹스에 대해 성직자처럼 엄숙하게 성찰하는 걸 막지 않아요. 선량하신 레오씨께서 이중 부정의 에로틱한 상상으로 대체 뭘 하겠어요? 당신의 글을 한 번 더 인용할게요. '그런 상상은 당신과 멀리 떼어놓고 싶습니다. 당신에게 그걸 기대하지는 않을 겁니다.' 나에게 그걸 기대하지 않는다고요? 현실로 이루어지기를 기대할 수 없는 상상이라는 게 대체 어떤 건지 궁금하군요. 마음 푹 놓으시고 그 상상에 대해 더 얘기해보시지요.

20분 뒤
Re:

참, 빼먹은 게 있네요, 레오 선생. 당신은 어제 메일에 이렇게 썼어요. '우리는 서로의 사적인 영역을 침범해서는 안 됩니다.' 제가 한말씀 드리지요. 여기서 우리가 뭘 하든, 무엇에 대해 얘기하든, 그건 사적인 영역이에요. 첫 이메일에서부터 지금에 이르기까지 사적인 영역이 아닌 것은 없었어요. 우리가 자기 직업에 대해 쓴 적이 있나요? 우리는 자기 관심사가 무엇인지 드러낸 적도 없고 취미를 밝힌 적도 없어요. 그동안 우리가 주고받은 메일을 보면 마치 세상에 문화라는 게 없기라도 한 것 같아요. 정치 얘기를 입에 담지 않은 것은 물론이고 심지어 날씨 얘기조차 하지 않았어요. 우리가 한 것, 우리로 하여금 다른 모든 것을 잊게 만든 것은 단 하나, 서로의 사적인 영역에 침범하는 것이었어요. 당신은 나의, 나는 당신의 사적인 영역으로 파고들었죠. 어떻게 이 이상으로 깊이 파고들 수 있겠어요. 당신은 저랑 '사적인 영역에서' 친밀해져 있음을 서서히 인정하게 될 거예요. 그것도 제가 좋아한다는 그 주제에 상응함직한 것과는 전혀 다른 의미에서요. 좀더 노골적으로 말하자면, 사실 그것을 훨씬 넘어섰죠. 그럼, 이만. 에미.

1시간 30분 뒤

Aw:

에미, 제가 당신한테 정말로 혐오감을 느끼는 게 뭔지 알아요? 걸핏하면 나오는 당신의 그 '레오씨' '레오 선생' '레오 교수님' '언어심리학자님' '도덕군자' 호칭입니다. 저에게 호의를 베푸는 차원에서 그냥 '레오' 정도로 해주십시오. 그런 호칭 안 붙여도 당신의 그 신랄한 메시지는 언제나 빠르고 정확하게 도착한답니다. 이해해주셔서 고맙습니다! 레오.

10분 뒤
Re:
우웩! 오늘은 당신이 마음에 들지 않아요!

1분 뒤
Aw:
저도 제가 마음에 들지 않아요.

30초 뒤
Re:
이럴 땐 다시 당신이 마음에 드는군요!

20초 뒤
Aw:
고마워요.

15초 뒤

Re:

뭘요.

1시간 30분 뒤

Aw:

자요?

3분 뒤

Re:

당신보다 먼저 자는 경우는 드물걸요. 안녕히 주무세요!

30초 뒤

Aw:

잘 자요.

40초 뒤

Re:

어머니 생각 많이 나세요? 제가 조금 덜어드릴까요?

30초 뒤

Aw:

이미 많이 덜어주셨어요, 에미. 잘 자요.

…4장

사흘 뒤

제목: 휴식 끝!

에미, 우리가 이메일을 사흘이나 쉬었군요. 슬슬 다시 시작할 때가 된 것 같은데요. 즐거운 마음으로 일하는 하루가 되기 바랍니다. 당신 생각을 많이 해요. 아침에도, 낮에도, 저녁에도, 밤에도, 그리고 그사이의 시간과 그 바로 앞, 바로 뒤 시간에도. 다정한 인사를 보냅니다. 레오.

10분 뒤

Re:

레오 스(서, 선, 선새……). 당신은 이메일 휴식을 취했는지 모르지만 저는 아니에요! 저는 당신이 이메일 휴식을 어떻게 취하는지 신경을 곤두세운 채 지켜보고 있었다구요. 그리고 당신이 휴식을 끝내기만 기다렸어요. 얼마나 초조한 마음으로 기다렸는지 몰라요. 그런데 역시 기다린 보람이 있군요. 이렇게 당신이 돌아오고, 제 생각을 하고 있다니, 정말 다행이에요! 잘 지내고 계세요? 오늘밤에 조금 일찍도 좋고 늦게도 좋고, 시간 있으세요? 저랑 와인 한잔 하실래요? 물론 각자 컴퓨터 앞에서요. 그러니까 당신은 환상 속의 에미와, 저는 가상의 레오와 마시는 거지요. 마시면서 메일로 얘기를 나누는 거예요. 어때요?

8분 뒤

Aw:

좋아요, 에미, 그럽시다. 당신의 ㅂ(베, 베른, 베른하, 베른하르……), 남편은 저녁에 집에 없나요?

3분 뒤

Re:

당신은 그런 질문이 재미있어요? 그런 질문을 받을 때면, 제가 행복한 결혼생활을 하고 있다는 것 때문에 당신이 저에게 벌을 주려 한다는 느낌이 들어요. 베른하르트는 물론 집에 있어요.

자기 방에서 다음 날을 준비하든가 자기 소파에서 책을 읽겠죠. 아니면 자기 침대에 누워 자든가요. 밤 열두시부터는 대개 세번째 경우예요. 이 정도면 답이 충분히 됐나요?

6분 뒤

Aw:

예, 충분해요, 고마워요! 에미, 당신은 남편에 대해 얘기할 때면, 행복한 결혼생활을 하면서도, 혹은 행복한 결혼생활을 하고 있기 때문에, 부부가 서로에게 얽매이지 않고 따로 생활할 수 있다는 걸 나에게 보여주려 한다는 느낌이 들어요. 당신은 그냥 '방에서'라고 하지 않고 '자기 방에서'라고 써요. '우리 소파'가 아니라 '자기 소파', '우리 침대'가 아니라 '자기 침대'라고 <u>쓰죠.</u>

4분 뒤

Re:

레오, 믿지 않으시겠지만 우리집에는 정말로 각자 자기 방이 있고, 자기 소파가 있어요. 침대조차 자기 침대가 있고요. 매우 기묘한 일이지만, 각자 자기만의 생활을 하고 있어요. 놀라운가요?

25초 뒤

Aw:

그럼 왜 같이 살아요?

18분 뒤

Re:

레오, 당신 참 귀엽네요! 스무 살짜리처럼 순진하고. 우리가 각자 일하는 자기 방문에 '출입 금지' 팻말이 붙어 있는 것도 아니고 서로의 소파가 상대방 '체류 금지' 지역도 아니에요. 침대에 '개 조심!' 경고문이 새겨져 있는 것도 아니고요. 간단히 말해, 두 사람 다 자기 영역을 가지고 있지만 상대의 영역에 거리낌 없이 발을 딛고, 그것을 서로 환영해요. '서로의 사적인 영역을 침범하는 것'이 문제될 게 없다는 거지요. 됐나요? 결혼생활에 대해 더 알고 싶은 거 있어요?

30초 뒤

Aw:

아이들은 몇 살이에요?

35초 뒤

Re:

피오나는 열여섯, 요나스는 열한 살이에요. 그리고 '나의 베른하르트'는 저보다 나이가 좀 많아요. 레오, 가족 소개는 이걸로 끝내죠. 우리 대화에서 아이들 얘기는 빼고 싶어요. 몇 달 전 저에게 뭐라고 하셨어요? 저랑 수다를 떠는 게 당신에게는 일종의 '마를레네 극복요법'이라고 하셨죠? (물론 저는 이게 아직도 유효한지 모릅니다. 기회가 되면 말해주세요!) 당신에게 메일을 쓰고 당신의 메일을 읽는 시간이 저에게는 일종의 '가족 타임아웃'이에요. 이 시간이 일상 밖에 있는 작은 섬이라고나 할까요? 저는 그 섬에 당신과 단 둘이서만 머물고 싶어요. 당신만 괜찮다면요.

5분 뒤

Aw:

괜찮고말고요, 에미! 나는 종종 호기심에 사로잡힐 때가 있어요. 당신이 우리의 이 모호한 작은 섬을 벗어나 있을 때는 어떻게 지내는지, 육지, 즉 결혼이라는 안전한 항구에 뿌리 내리고 있는 당신의 존재는 어떤 모습일지 궁금해지는 거예요. 하지만 지금 나는 다시 섬에 와 있어요. 와인은 언제 마실까요? 자정이면 너무 늦나요?

2분 뒤

Re:

자정 좋아요! 우리의 랑데부가 기대되는걸요!

20초 뒤

Aw:

나도요. 그럼 이따 봐요.

자정

제목 없음

에미, 레오 여기 있습니다. 우리 둘만을 위한 꿈결 같은 시간이 되기를! 에미, 당신을 안아도 될까요? 키스해도 돼요? 쪽! 키스했어요. 자, 우리 이제 마셔요. 당신은 뭘 마시고 있나요? 나는 2003년산 소비뇽 비신티니, 콜리 오리엔탈리 델 프리울리를 마시고 있어요. 당신은요? 에미, 빨리 답장 보내줘요, 곧바로, 네? 에미는 뭘 마실까? 난 화이트와인인데.

1분 뒤

Re:

첫 잔이 아니로군요, 레오!!!

8분 뒤

Aw:

아, 드디어 에미가 왔군요. 에미, 에미, 에미. 나 조금 취했어요. 하지만 아주 조금이에요. 저녁 내내 마시면서 자정이 되기를, 에미가 나를 찾아오기를 기다렸거든요. 예, 맞아요. 이게 첫 병이 아니에요. 에미가 그리워요. 나한테 오지 않을래요? 불을 끄면 되잖아요. 그럼 서로를 안 봐도 되잖아요. 난 그저 당신을 느끼고 싶어요, 에미. 내가 눈을 감을게요. 마를레네 문제라면, 그건 아무 의미도 없어요. 우린 서로를 지치게할 뿐이죠. 우린 사랑하지 않아요. 마를레네는 우리가 사랑한다고 생각하지만 아니에요. 그건 사랑이 아니라 소속감일 뿐이에요. 소유욕일 뿐이죠. 마를레네는 나를 놓아주려 하지 않아요. 그런데 나, 나는 그 여자를 붙잡을 수가 없어요. 나 좀 취했어요. 많이는 아니에요. 나한테 올래요, 에미? 우리 키스할까요? 내 여동생이 그러는데, 당신, 에미, 무지 예쁘다더군요. 당신이 어떤 에미이든 간에. 낯선 사람이랑 키스해본 적 있어요? 나 지금 와인 한 모금 더 마셔야겠어요. 우리를 위해 건배하고 마실게요. 나 벌써 조금 취했어요. 하지만 많이는 아니에요. 이제 당신 차례에요. 메일을 보내 줘요, 에미. 키스하듯 써요. 입술 없는 키스. 메일을 쓰는 건 머리로 하는 키스예요. 에미, 에미, 에미.

4분 뒤
Re:

음, 저는 우리의 첫 자정 랑데부가 지금과는 좀 다를 걸로 상상했었어요. 레오, 술이 떡이 됐군요! 그래도 나름대로 매력은 있네요. 있잖아요, 레오, 길게 쓰지 않겠어요. 당신은 어차피 지금쯤 철자도 구별 못할 거예요. 하지만 아침이든 오전이든, 술이 깬 다음에 후회할 만한 얘기는 하지 마세요. 그럼 저도 1997년 프랑스 론(Rhône)산 레드와인 한잔 마실게요. 당신의 건강을 위해 건배하고 마실게요. 그렇지만 당신은 이제 생수로 바꿔 마시기를 권하는 바입니다. 진한 커피 한잔 드시든가요!

50초 뒤
Aw:

에미, 당신 무지 엄하군요. 그렇게 딱딱하게 굴지 말아요. 커피는 싫어요. 내가 원하는 건 에미예요. 나에게 와요. 같이 와인 한잔 마셔요. 작은 잔으로 조금만. 영화에서처럼 안대를 할 수도 있어요. 영화 제목이 기억나지 않네요. 잘 생각해봐야겠어요. 당신한테 키스하고 싶어요. 당신이 어떻게 생겼는지는 상관없어요. 나는 당신의 글과 사랑에 빠졌어요. 당신은 쓰고 싶은 대로 쓰면 돼요. 얼마든지 딱딱하게 써도 돼요. 난 그 모든 것을 사랑하니까요. 당신은 사실 전혀 엄하지 않아요. 억지로 엄하게 하는 거예요. 본래의 자기보다 더 강해 보이고 싶은 거죠. 마를레네는 술을 한 방울도 안 마셔요. 마를레네는 엄청 무미건조한 여자예요. 하지만 매력은 있어요. 그 여자를 아는 사람은 누구나 그렇게 말하죠. 마를레네는 스페인 출신의 파일럿이랑 눈이 맞았어요. 하지만 그것도 다 끝났어요. 마를레네는 자기에게 남자는 하나뿐이며 그 남자가 바로 나라고 하더군요. 있잖아요, 그건요, 거짓말이에요. 그 여자에게 이제 나는 없어요. 헤어지는 건 너무 슬퍼요. 나는 마를레네와 더는 헤어지고 싶지 않아요. 어머니는 마를레네를 좋아하셨어요. 우리 어머니는 돌아가셨지요. 운이 나쁘셨죠. 내가 생각했던 것과는 전혀 다르더군요. 나의 무엇인가가 어머니와 함께 죽어버렸어요. 나는 죽고 나서야 그걸 느껴요. 우리 어머니는 나한테 신경을 별로 쓰지 않으셨어요. 오로지 내 여동생만 챙기셨죠. 그리고 우리 아버지는 캐나다로 이민 갔는데, 형만 데리고 가셨어요. 나는 중간에 붕 떴어요. 아무도 나한테 관심을 갖지 않았어요. 나는 조용한 아이였죠. 당신에게 사진을 보여줄 수도 있어요. 사진 보고 싶어요? 사육제에서 나는 언제나 버스터 키튼*이었어요. 나는 슬프면서도 유쾌하게 얼굴을 찡그릴 줄 아는 무성영화 시대의 배우들이 좋아요. 나에게 와요, 에미. 같이 한잔 하면서 사육제 사진을 보자구요. 당신이 임자 있는 몸인 게 너무 안타까워요. 아니, 좋아요. 에미, 남편을 속이나요? 그러지 말아요. 속는다는 건 마음이 너무 아픈 일이에요. 나 벌써 조금 취했어요. 하지만 머리는 말짱해요. 마를레네는 나를 한 번 속였어요. 아무튼 내가 아는 건 한 번이에요. 마를레네를 보면 그 여자가 거짓말을 하고 있는지 아닌지 알 수 있어요. 에미, 이제 이 메일을 보낼게요. 난 방금 당신에게 키스했어요. 한 번 더. 그리고 한 번 더. 또 한 번. 당신이 누구라도 괜찮아요. 나는 친밀한 관계에 대한 욕구가 있어요. 엄마 생각은 하고 싶지 않아요. 마를레네 생각도 하고 싶지 않아요. 난 에미에게 키스하고 싶어요. 미안해요. 나 조금 취했어요. 이제 이걸 보내고 난 자러 갈 거예요. 굿나잇 키스. 당신이 결혼한 사람이라 속상해요. 우린 잘 어울리는 한 쌍이 될 수 있을 텐데. 에미. 에미. 에미. 난 에미라는 글자를 쓰는 게 좋아요. 왼쪽 가운뎃손

---

* Buster Keaton. 1895~1966. 무표정과 얼빠진 듯한 익살이 특징인 미국 영화 배우.

가락 한 번, 오른쪽 집게손가락 두 번 그리고 오른쪽 가운뎃손가락으로 두 번. 에미. 나는 이 글자를 천 번이고 만 번이고 쓸 수 있어요. 에미라고 쓰는 건 에미에게 입 맞추는 거예요. 우리 이제 그만 자요, 에미.

다음 날 오전
제목: Hello
이봐요, 레오, 살아나셨어요? 당신의 에미.

2시간 30분 뒤
Re:
간밤의 이메일을 어떻게 해명해야 할지, 아직도 그것 땜에 머리 싸매고 계세요? 해명 같은 거 안 하셔도 돼요, 레오. 저는 당신의 아무런 의도 없는 그 메일이 마음에 들어요. 그것도 무척이나. 아무래도 당신, 종종 만취하셔야겠어요. 그래야 감정에 충실한 사람이 되어 솔직하고, 꾸밈없고, 아주 다정하고, 게다가 격정과 열정이 넘치는 모습까지 보여주실 거 아니에요. 이렇게 억제되지 않은 모습이 당신에게 잘 어울려요! 그리고 저에게 그토록 여러 차례 키스하고 싶으셨다니 영광인걸요! 그러니 얼른 메일을 주세요!! 저에게 키스하고 싶어했던 것에 대해 지금은 어떤 입장이신지 궁금해 죽겠단 말이에요. 당신은 취하지 않았을 때는 언제나 취한 상태에서 저절로 나타나는 레오처럼 되지 않으려고 미친 듯이 애를 쓰죠. 부디 취한 상태의 레오가 물러서지 않기를!

3시간 뒤
Re:

레오???? 답장을 안 하는 건 부당해요! 맥 빠지게 왜 이러는 거예요! 간밤에 사랑에 취해 여자 귀에 대고 속삭였던 말들을 아침에 깨어나서는 책임지려 하지 않는 남자 같군요. 아주 전형적인, 아주 평균적인, 아주 속없는 남자 같아요. 어쨌든 레오답지 않아요. 그러니 어서 메일을 주세요!!!

5시간 뒤
Aw:

에미, 지금 밤 열시에요. 나한테 오지 않을래요? 택시비 줄게요. (나 사는 곳은 도시 외곽이에요.) 레오.

거의 2시간 뒤

Re:

아이구머니나! 레오, 지금 열한시 사십삼분이네요. 아직 백일몽을 꾸고 있나요, 아니면 벌써 잠자리에 들었나요? 아직 안 잔다면 몇 가지 물을게요.

1) 내가 당신에게 가기를 정말로 바랐어요?

2) 내가 당신에게 가기를 지금도 바라세요?

3) 혹시 또 '조금 취한' 상태인가요?

4) 내가 가면, 우리 둘이 뭘 할 거라고 상상했죠?

5분 뒤

Aw:

에미,

1) 예. 2) 예. 3) 아니오. 4) 자연스럽게 일어나는 일.

3분 뒤

Re:

레오,

1) 아하. 2) 아하. 3) 좋아요. 4) 자연스럽게 일어나는 일이라고요? 그런 게 어디 있어요? 언제나 자기가 일어나기를 바라는

일이 일어나는 법이에요. 당신은 무슨 일이 일어나기를 바라나요?

50초 뒤
Aw:

정말 모르겠어요, 에미. 하지만 우리가 만나면 곧 알게 되리라고 봐요.

2분 뒤
Re:

아무 일도 일어나지 않으면요? 그럼 우리 둘이 멍하니 서서 어깨를 으쓱하고는 상대방에게 이러겠네요. "웬일인지 아무 일도 일어나지 않아서 유감이로군요." 그다음엔 뭘 하죠?

1분 뒤
Aw:

그럴 위험은 감수해야 해요. 그러니 와요, 에미! 용기를 내요! 우리, 용기를 내자구요! 우리 자신을 믿어봐요!

25분 뒤

Re:

레오, 평소와는 달리 이렇게 안달복달하니 당황스러워요. 말로야 모른다고 하시지만, 우리가 만나면 무슨 일이 일어나야 할지, 당신은 정확히 알고 있다는 의심도 들고요. 당신, 어제 밤의 취기가 아직 좀 남아 있나봐요. 분위기가 꼭 그래요. 당신은 지금 친근함을 찾고 있어요. 당신은 마를레네를 잊고 싶거나 잊은 척하고 싶은 거예요. 그리고 당신은 분명 이런 종류의 책을 충분히 읽고 영화에서 그런 장면도 보았겠죠. 말론 브랜도의 〈파리에서의 마지막 탱고〉 같은 장면들 말이에요. 레오, 그 장면은 저도 알아요. 남자는 여자를 되도록 어둑한 곳에서 처음 보죠. 그래야 별로 아름답지 않아도 아름다워 보이니까요. 두 사람은 한마디 말도 하지 않아요. 화면에는 오로지 의상만 비춰지죠. 두 사람은 굶어죽기 직전에 음식을 본 사람들처럼 서로에게 달려들어 호화로운 응접세트를 넘나들며 끝없이 춤을 춰요. 그리고 다음 장면으로 넘어가죠. 남자가 벌렁 누워 있어요. 남자의 입가에 외설스런 미소가 어리고, 음란한 기색이 어린 눈길은 천장을 향하고 있어요. 마치 천장마저 정복하고 싶은 양. 여자는 남자 가슴을 베고 누워 있어요. 발정 난 숫염소 떼가 지나가고 난 뒤의 암사슴처럼 흡족한 표정으로요. 아마 두 사람 가운데 한 사람은 코로 담배 연기를 내뿜고 있었을 거예요. 그 장면은 거기에서 은은하게 페이드아웃 되죠. 그런데 그다음엔 어떻게 될까요? 저는 그게 제일 궁금해요. 그다음엔 뭐죠???

레오, 이런 식으로는 안 돼요. 당신은 평소와 달리 상투적이고 진부한 남자의 생각을 드러내고 말았어요. 물론 당신이 말한 것들이 실현될 수도 있겠죠. 당신이 어제 취한 상태에서 언급한 '안대'만 해도 그래요. 우리가 서로를 보지 않아도 된다는 거잖아요. 당신은 눈을 감은 채로 문을 열어줘요. 우리는 눈을 감은 채 서로 껴안아요. 그리고 블라인드섹스를 하겠죠. 눈을 감은 채로 헤어지고. 그리고 다음 날 당신은 다시 저에게 남편을 속여서는 안 된다느니 어쩐다느니 하는 위선의 이메일을 쓰겠죠. 저는 언제나처럼 멋대로 무례한 답장을 쓸 테고요. 그러다가 다시 밤이 되면 우리는 또 평소의 삶에서 완전히 벗어나, 우리의 메일 대화와는 전혀 상관없이 그짓을 하겠죠. 어떤 구속력도 의무도 없는 상태에서의 섹스. 그야말로 환상이죠. 잃을 것도 없고, 명예든 목숨이든 그 무엇도 걸 필요가 없어요. 당신은 '친근함'을 얻게 되고, 저는 혼외 모험을 얻게 되죠. 구미가 동하는 생각이라는 건 인정해요. 하지만 레오, 그건 남자들의 환상이기도 하다는 말을 안 할 수가 없네요. 아무튼 우리는 거기에서 손을 떼야 해요. 좀더 명쾌하게 표현하자면, 저랑은 그 환상을 실현할 수

없어요! (이 모든 얘기를 제가 아주 다소곳하게 하고 있다는 거,
알아주셨으면 해요!)

15분 뒤
Aw:

단지 당신한테 내 어린 시절 사진을 보여주고 싶었던 거라면
요? 단지 당신과 위스키나 보드카 한잔—우리의 건강과 마침내
서로를 보게 된 대단한 업적을 기리기 위해—마시고 싶었던 거
라면요? 그저 당신 목소리를 듣고 싶었던 것뿐이라면요? 단지
당신의 머리칼과 살갗에서 풍기는 향기 한번 들이마시고 싶었던
거라면요?

9분 뒤
Re:

레오, 레오, 레오, 이럴 땐 마치 우리 둘 가운데 당신이 여자
내가 남자인 것 같아요. 하지만 맹세컨대 이건 기껏해야 우리 사
이의 역할놀이일 뿐이에요. 저는 당신을 이해하기 위해 남자 입
장에서 생각하고, 남자들의 세계로 들어가보려 하고, 제 경험에
서 벗어나 완전한 남자의 정신세계와 그 세계에 속하는 어휘를
체화하려 했어요. 당신 입에서 '왜 너는 섹스밖에 모르냐' 는 소

리가 나온다면 저의 이런 노력이 성공한 셈이죠. 레오, 저는 당신네 남자들이 한밤중에 여자를 간절하게 부르는 고전적인 동기를 파헤쳐본 거예요. 그런데 당신은 화살을 돌려 그게 제 동기라고 주장하시네요. 레오, 당신은 참으로 순진무구한 천사이자 숫기 없는 낭만주의자로군요! 그래도 인정할 건 인정하세요. 당신이 밤 열시에 가상 폭풍 경보를 울린 것은 저랑 같이 어린 시절 사진을 보려는 목적 때문이 아니었다고요. (근사한 우표 수집해놓은 것도 있나요? 그렇다면 제가 당장 달려갈 텐데……)

3분 뒤

Aw:

에미, 나에 대해 얘기할 때 다시는 '당신네 남자들'이라는 말 쓰지 말아요. 나는 지극히 독자적인 사람입니다. 그렇게 도매금으로 싸잡아 악의적으로 갖다붙이는 남자 복수형에 나를 내맡길 수는 없어요. 다른 남자들을 보는 잣대로 나를 판단하지 말아요. 당신이 그러면 속상해요. 정말로!

18분 뒤

Re:

좋아요, 알았어요, 미안해요! 한밤중에 뜬금없이 그토록 다급

하게 저를 보고 싶어 했던 '당신의 동기'를 이런 식으로 또다시
은근슬쩍 숨기고 넘어가시는군요. 레오, 그건 부끄러운 게 아니
에요. 되레 반대인걸요. 사실 저는 기분이 무척 좋았어요. 그리
고 당신이 술 마시고 난 뒤 성적 충동을 느끼는 몽롱한 상태에서
얼굴은 본 적 없지만 그다지 밉상은 아니라는 에미와 '블라인드
섹스'를 하고 싶어한다고 해서 당신을 존경하는 제 마음이 1밀
리미터라도 줄어드는 건 아니에요. 그건 그렇고, 지금이 새벽
한시 반, 이제 슬슬 자러 가야겠어요. 아무튼 흥미로운 제안에
다시 한번 감사드려요. 용기 있는 제안이었어요. 저는 당신이 솔
직하고 꾸밈없을 때가 좋아요. 그리고 술에 취해 저한테 키스를
퍼붓는 것도 좋고요. 안녕히 주무세요, 레오. 저도 키스를 보냅
니다.

5분 뒤
Aw:

나는 결코, 누구와도 섹스를 하지 않을 겁니다. 잘 자요.

12분 뒤
Re:

아 참, 얘기할 게 두 가지 더 있어요, 레오. 오늘은 어차피 잠

자기는 틀린 것 같은데, 제가 정말로 당신에게 간다면 당신한테 택시비를 내달라고 할 것 같나요? 택시비 준다는 말, 진심이 아니었죠?

또 하나. 제가 정말로 간다면 당신 동생의 레퍼토리에 나오는 세 에미 가운데 어떤 에미가 당신을 찾아가면 좋겠어요? 귀염성 있는 원형의 에미? 가슴 큰 금발의 에미? 수줍음 많은 뜻밖의 에미? 다른 건 몰라도 한 가지는 확실하겠네요. 우리가 실제로 만나는 순간 당신의 환상 속 에미는 영원히 죽는다는 사실.

하루 뒤
제목: 소프트웨어 문제?
레오? 당신 차례예요!

사흘 뒤
제목: 통신 휴식
에미, 제가 지금 이 메일을 쓰는 것은 단지 더는 메일을 쓰지 않겠다는 사실을 알리기 위해서입니다. 당신에게 무슨 얘기를 쓸 수 있을지 알게 되면 그때 다시 쓰겠습니다. 지난 며칠간 엉망진창으로 해체된 제 자신을 짜맞추고 있는 중입니다. 그 조각들을 짜맞추는 데 성공하면 연락드리지요.

에미, 당신은 시도 때도 없이 제 머릿속에 출몰하고 있어요. 당신이 제 곁에 있으면 좋겠어요. 당신이 그리워요. 하루에도 몇 번씩 당신의 메일을 읽습니다. 당신의 레오.

나흘 뒤

제목: 털어놓으시지요.

여보세요, 라이케씨, 혹시 양심의 가책 안 느끼세요? 저한테 뭔가 털어놓으셔야 하는 거 아니에요? 제가 뭔가 알아야 할 것을 모르고 있는 거 아닌가요? 그렇다면 말씀드리지요. 저는 그게 뭔지 알고 있어요. 제 메일함에서 엄청난 발견을 했거든요. 제가 무슨 얘길 하고 있는지 아시죠? 아신다면 순순히 털어놓고 마음의 짐을 벗으세요!!! 그럼, 이만. 에미 로트너.

3시간 30분 뒤

Aw:

에미, 무슨 소리예요? 이 암호문 같은 메일은 대체 뭡니까? 음모론을 만들어내고 있는 건가요? 아무튼 당신이 무슨 얘길 하고 있는지 모르겠군요. 메일함에서 엄청난 발견을 했다니, 그게 뭡니까? 속 시원히 얘기해보세요! 심증만 가지고 그토록 딱딱하게, 생사람 잡지 말아요. 그럼, 이만. 레오.

30분 뒤

Re:

존경하옵는 언어심리학자님, 제 '심증'이 근거 없는 게 아니라는 사실이 언젠가 밝혀지면, 당신을 평생 증오하겠어요!!!! 그러니 어서 순순히 털어놓으시는 게 좋을 거예요.

25분 뒤

Aw:

에미, 무엇이 당신에게 이런 기분을 들게 했건 간에, 당신의 말이 무서워요. 나는 성급하고도 맹목적인 증오의 희생자가 되고 싶지 않습니다. 당신의 증오는 불신 때문에 제 기능을 못하는 뇌의 두서없는 생각과 혼란스런 리듬에서 나오고 있어요. 그러니 뭐가 문제인지 알아듣기 쉽게 얘기하거나 아니면 그냥 저를 좋아하십시오! 이제 정말 화가 나는군요! 레오.

다음 날

제목: 털어놓으시지요, 2탄

일요일에 친구를 만났어요. 친구한테 레오 당신 애길 했어요. "그 사람 직업이 뭔데?" 친구가 묻더군요. 전 대답했죠. "언어심리학잔데 대학에서도 일한대." 언어심리학자? 제 친구 소냐는 무척 놀랐어요. "그래서 하는 일이 뭔데?" 꼬치꼬치 캐묻더군요. 그래서 말했어요. 나도 자세히는 모른다, 우린 일 얘기는 안 하고 우리 얘기만 한다. 그러고 보니 생각나는 게 있더군요. 그래서 계속 얘기했죠. 처음에 그 사람이 이메일 언어에 대해 연구한다고 말한 적이 있는데 그 뒤로는 한 번도 그 일에 대해 언급하지 않았다. 그러자 소녀의 눈빛이 갑자기 무지무지 어두워지더니 이러는 거예요. "에미, 조심해. 그 사람이 널 단지 연구대상으로 삼고 있는 건지도 몰라!" 저는 엄청난 충격을 받았어요. 집에 오자마자 우리가 주고받은 옛날 이메일들을 샅샅이 찾아 읽어봤죠. 그러다가 당신의 2월 20일자 메일에서 다음 구절을 발견했어요. '이메일이 우리 언어생활에 미치는 영향과 감정 전달수단으로서의 이메일에 관한 연구를 진행중입니다. 진짜 흥미로운 부분은 후자 쪽이지요. 그래서 제가 좀 전문적인 장광설로 상대방을 지루하게 만드는 경향이 있습니다. 하지만 이 자리를 빌려 약속드리겠습니다. 앞으로는 그런 일이 없도록 자제합지요.'

  자, 레오, 이제 어째서 제가 이러는지 이해하시겠지요? 레오, 저를 단지 연구대상으로 삼고 있는 건가요? 감정 전달자로서의 저를 테스트하는 거예요? 당신한테 나는 오싹한 박사논문이나 끔찍한 언어연구의 내용밖에 안 되는 거예요?

40분 뒤

Aw:

그 문제에 대한 의견은 당신의 베른하르트에게 구하시는 게 좋겠네요. 저는 당신에게 질렸습니다. 제가 뭐라고 하든, 어차피 모든 전달수단은 당신의 감정이라는 짐에 눌려 압사하고 말 테니까요. 레오.

5분 뒤

Re:

당신이 반격으로 넘어간다고 해서, 당신에게 언어심리학적으로 오용 당했을지도 모른다는 제 염려가 공중 분해되는 것은 결코 아닙니다. 그러니 명쾌한 답변을 부탁드립니다. 당신은 저에게 답변할 의무가 있어요.

사흘 뒤

제목: 레오!

레오, 지난 사흘은 정말이지 끔찍했어요. 그동안 줄곧 당신한테 연구 목적으로 이용당한 건지도 모른다는 두려움 — 예, 그야말로 공포였지요 — 이 그 반대의 염려(제가 당신한테 잘못을 저질렀는지도 모른다는)와 팽팽하게 맞섰어요. 제가 어쩌면 성급한 단죄로 우리 사이의 무언가를 망가뜨렸는지도 모르겠어요. 당신에게 속은 게 언짢은 건지, 조심스럽게 싹틔우고 세심하게 가꿔온 신뢰라는 나무를 맹목적으로 불신하며 뿌리째 뽑아버린 게 속상한 건지는 저도 모르겠어요.

레오, 제 입장에서 생각해보세요. 솔직히 고백하건대, 저는 오랫동안 그 누구와도, 당신과 그랬던 것처럼 격렬하게 감정을 나눠본 적이 없어요. 이런 식의 감정교류가 가능하다는 사실에 저 스스로도 놀랐답니다. 당신에게 보낸 이메일들에서 저는 그 어느 때보다 더 에미다운 에미가 될 수 있었어요. '현실의 삶'에서는 무난하게 버텨나가려면 끊임없이 자기 감정과 타협을 해야 해요. 이럴 땐 과잉 반응을 해선 안 돼! 이건 받아들이는 수밖에 없어! 이 상황에서는 그걸 못 본 척해야 해! 이런 식으로 끊임없이 자신의 감정을 주위 사람들에게 맞추고, 자기가 사랑하는 사람들에게 아량을 베풀고, 일상에서 오만 가지 자질구레한 역할을 떠맡고, 구조 전체를 위태롭게 하지 않으려면 균형을 잘 잡아 평형을 유지해야 해요. 저 또한 그 구조의 일부니까요.

그런데 레오, 당신을 대할 때는 있는 그대로의 나를 꾸밈없이 드러내는 게 조금도 망설여지지 않아요. 당신에게 이건 기대해도 된다, 이건 안 된다…… 그런 걸 깊이 생각하지 않아요. 그냥 거리낌 없이 저돌적으로 글을 쓰는 거죠. 저는 그게 너무 좋아요!!! 사실 이건 다 당신 덕이에요, 레오. 그래서 당신은 포기할 수 없는 존재가 되어버렸어요. 당신은 저를 있는 그대로 받아들여줘요. 물론 더러는 제동을 걸기도 하고, 어떤 건 무시하기도 하고, 터무니없는 오해를 하기도 하지만, 그러면서도 끈기 있게 제 곁에 남아 있는 당신을 보면 내 모습을 있는 그대로 보여도 되는구나, 하는 생각이 들어요. 이 대목에서 제 PR을 조금 해도 될까요? 사실 저는 이메일에서처럼 그렇게 신랄하지 않아요. 그보다 훨씬, 훨씬 더 조신해요. 메일에서 드러나는 에미는 곧잘 흥분하고, 굳이 좋은 모습을 보이려 애쓰지 않고, 자신의 부정적 특성을 거리낌 없이 드러내 보이는…… 그래요, 레오, 저는 질투심 많고 의심도 많고 노이로제도 좀 있고, 이성에 대해 원칙적으로 그다지 좋은 감정을 가지고 있지 않아요. 뭐, 동성에 대해서도 마찬가지이지만요. 어머, 이 얘기를 하려던 게 아닌데…… 그러니까 무슨 말이냐면, 실제 에미가 현실에서 어떤 사람이든 간에 메일에서의 에미는 굳이 착하게 굴려 애쓰지 않고 평소에 억눌러왔던 약점들을 그대로 드러낸다는 거예요. 자기가 변덕 보따리든 모순덩어리든, 그걸 받아줄 만한 사람에게는 있는 그대로의 모습을 드러내도 괜찮다는 걸 알기 때문이죠.

하지만 나 자신만이 문제가 되는 건 아니에요. 레오, 저는 끊임없이 당신에게 몰두해요. 당신은 제 대뇌(인지 소뇌인지 뇌하

수체인지, 당신을 생각할 때 뇌의 어떤 부분이 쓰이는지 모르겠네요)의 1제곱센티미터를 점령했어요. 당신은 거기에 확실하게 천막을 치고 있어요. 당신이 당신 글에서 드러나는 것과 똑같은 사람인지는 모르지만 적어도 일부는 실제의 모습과 일치할 것이고, 그것만으로도 당신은 아주 특별한 사람이에요. 당신의 글과 그에 대한 저의 글, 이것들이 문득 세상에 그런 남자가 실제로 있을 수 있을까, 상상하게 하는 그런 남자를 만들어내고 있어요. 당신은 늘 '환상 속의 에미'에 대해 쓰셨죠. 저는 '환상 속의 레오'에 만족하고 제가 그토록 좋아하는 사람을 영원히 상상만 할 각오가 덜 되어 있나봐요. '환상 속의 레오'도 분명 살과 뼈와 피로 이루어져 있겠지요. 그리고 저랑 만나는 걸 견뎌낼 수 있을 테고요. 우리는 아직 준비가 되어 있지 않아요. 하지만 글을 매개로 우리의 만남에 점점 가까이 다가갈 수 있다는 예감은 들어요. 언젠가 우리가 현실에서 마주 서는 날이 오겠죠. 혹은 마주 앉거나.

레오, 이렇게 가정해봐요. 당신이 연구 목적에 이용하기 위해, 사람들이 감정을 어떻게 무엇으로 전달할 수 있는지에 대한 사례를 얻기 위해, 아니, 더 나아가 어떤 말로 상대의 감정을 일깨울 수 있고 상대의 감정을 흔들어놓으려면 어떻게 써야 하는지에 대한 사례를 얻기 위해, 제가 지금 쓰고 있는 이 메일을 한 글자 한 글자 뜯어본다고 치자고요. 이런 상상은 너무 끔찍해요. 상상만 해도 너무 괴로워 비명이 나올 것 같아요!!! 그러니 제발 우리의 대화는 당신 연구와 아무 관계도 없다고 말해주세요. 그리고 제가 그렇게 생각할 수밖에 없었던 상황을 이해하고 용서해주세요. 저는 무슨 일이든 가장 극악한 상황을 가정하는 버릇이 있어요. 극악한 상황이 실제로 일어났을 때 견뎌낼 수 있는 면역력을 기르려고 말이에요.

레오, 이게 지금까지 당신에게 쓴 메일 가운데 가장 긴 메일이네요. 이 메일을 홀대하지 마세요. 어서 돌아오세요. 제 뇌피질 아래 친 천막을 걷지 마세요. 저는 당신이 필요해요! 저는 당신을…… 아주 좋아해요! 당신의 에미.

추신: 지금 너무 늦은 시각이라는 건 알지만, 당신은 틀림없이 아직 깨어 있을 거예요. 그리고 잠자리에 들기 전에 분명 메일함을 열어볼 거예요. 지금 답장하지 않으셔도 돼요. 하지만 당신이 제 메일을 읽었다는 걸 알 수 있게 한 마디만 써줄래요? 딱 한 마디는 괜찮겠죠? 뭐, 두 마디나 세 마디를 쓰는 게 더 쉬우면 그렇게 해도 상관없어요. 부탁, 부탁, 부탁, 부탁, 부탁이에요.

2초 뒤

Aw:

부재중 알림. 수신자가 여행 중이라 5월 18일 이후에야 이메일을 볼 수 있습니다. 급한 용무가 있으신 분은 대학 심리학과 연구소로 연락 주시면 수신자에게 소식을 대신 전해드리겠습니다. 이메일 주소는 psy-uni@gr.vln.com입니다.

1분 뒤

Re:

다 소용없어! 끝이야!

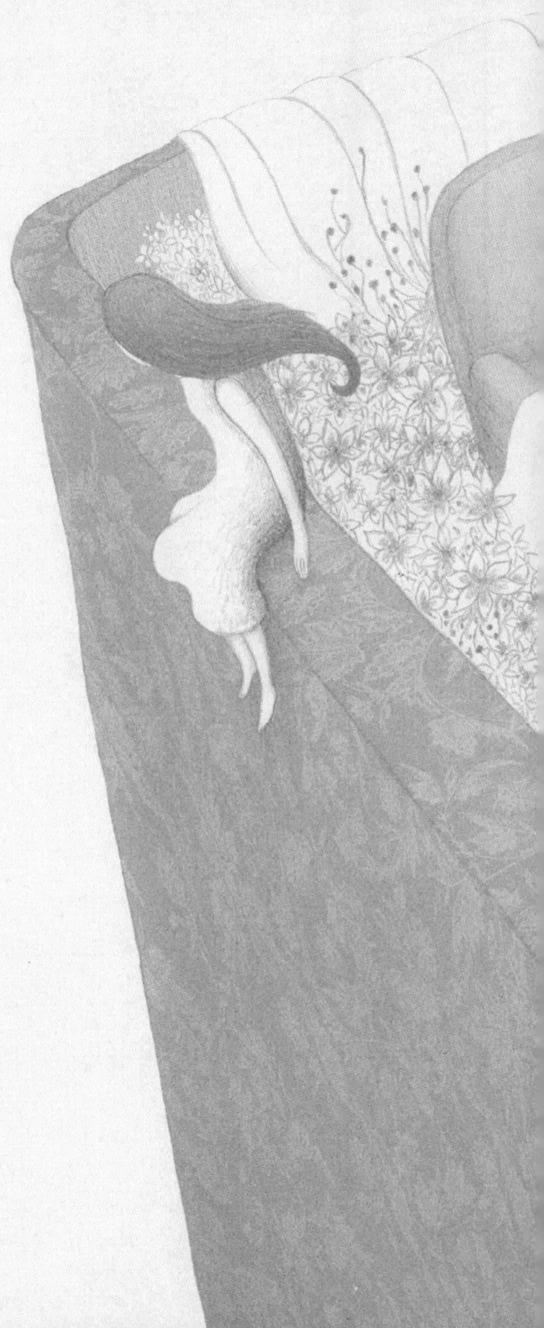

···5장

8일 뒤

제목: 돌아옴!

안녕, 에미, 저 돌아왔어요. 암스테르담에 다녀왔어요. 마를레네랑 같이. 마를레네랑 저는 다시 한번 새롭게 시작했어요. 하지만 새롭게 시작하려던 시도는 짧게 끝나버리고 말았어요. 암스테르담에 간 지 이틀 만에 제가 폐렴으로 몸져누웠거든요. 면목이 없더군요. 마를레네는 닷새 동안 체온계를 흔들어대야 했고, 자기 일을 싫어하지만 환자에게 책임을 돌리려 하지는 않는, 삼십 년 경력의 간호사처럼 저에게 떨떠름한 미소를 지어 보이더군요. 암스테르담 여행은 제가 상상했던 것과는 딴판이었어요. 그건 새로운 시작이 아니라 오래된 끝, 우리가 여러 해를 지나오면서 누차 되풀이해 조금도 낯설지 않은 끝이었지요. 이번에는 서로 무척 예의 바르게 헤어졌어요. 마를레네는 저더러 필요한 게 있으면 연락하라고, 언제든 달려와주겠다고 하더군요. 약국에서 사와야 할 게 있으면 자기가 사다주겠다는 소리였어요. 저는 이렇게 말했어요. 언젠가 또다시 네가 나 없이는 살 수 없다는 생각이 들고, 그때까지 나도 너 없이 살 수 없다는 마음에 변함이 없으면 며칠 짬을 내 암스테르담으로 오자. 그럼 그게 아니라는 걸 너나 나나 단번에 확인할 수 있을 거다.

아무튼 마를레네에게 우리 얘기도 했어요. 마를레네는 마치 이 상황이 폐렴보다 더 위험하다는 듯한 반응을 보이더군요. 저는 이렇게 말했어요. 인터넷에서 알게 된 여자가 있는데, 그 여자가 내 마음을 무척 사로잡는다. 그러자 마를레네: 그 여자 나이가 몇이야? 어떻게 생겼어? 나: 모른다. 서른에서 마흔 사이인 것 같다. 머리는 금발이거나 검거나 붉거나, 그 중 하나일 거다. 어쨌거나 그 여자는 행복한 결혼생활을 하고 있다. 마를레네: 병이 단단히 나셨군!

저는 마를레네에게 얘기했어요. 그 여자는 나한테 마를레네 너 말고 다른 사람을 생각하면서도 비슷한 감정을 느낄 수 있다는 가능성을 안겨줬다. 그 여자는 나를 휘저어놓고, 들뜨게 한다. 종종 그 여자를 달로 보내버리고 싶은 마음이 들지만, 꼭 그 마음만큼 그 여자를 달에서 도로 데려오고 싶어진다. 나한테는 이 지상에서 그 여자가 필요하다. 그 여자는 들을 줄 아는 귀를 가졌고 영리하며 재치 있다. 그리고 가장 중요한 것은 그 여자가 온라인에서지만 내 곁에 있다는 점이다. "그 여자한테 메일 쓰는 게 자기한테 좋다면 얼마든지 써." 마를레네는 저를 침대로 데려가며 이러더군요. 그러면서 덧붙이는 말이, "그리고 약 먹고!"

에미, 저는 어떻게 해야 좋을지 모르겠어요. 어떻게 해야 마들레네에게서 벗어날 수 있을까요? 그 여자는 냉장고예요. 그런데 그 여자에게 손을 대면 제가 뜨거워져요. 그 여자랑 나란히 암스테르담 거리를 걸으면 폐렴에 걸리지만 그 여자가 밤에 손으로 제 이마를 짚으면 저는 활활 타오르기 시작해요.

자, 이제 2부로 넘어갈게요. 저는 돌아왔고, 당신의 뇌피질 아래에서 천막을 멋대로 걷어낼 생각은 없어요. 계속 메일을 주고받으면 좋겠어요. 우리가 직접 만나는 것도 물론 좋아요. 우린 이미 인간의 이성 능력에 비추어볼 때 당연히 만났어야 할 적당한 때를 놓쳤어요. 교제의 가장 단순한 경기 규칙을 무시했지요. 우린 마음이 통하는 오래된 친구이고, 서로에게 일상의 버팀목이 되어주고 있어요. 때로는 심지어 연인이기도 하고요. 그런데도 만남이라는 자연스런 출발점은 없었어요. 그걸 이제라도 따라잡아야 한다는 건 명약관화합니다! 어떻게 해야 우리 두 사람에게 중요한 것을 잃지 않으면서 그걸 따라잡을 수 있을지는 아직 모르겠어요. 혹시 당신은 알아요?

에미, 이제 3부입니다. 저는 일부러 이 메일을 마를레네 얘기로 시작했어요. 우리가 구체적인 삶 속에서 더 많은 얘기를 나누면 좋겠어요. 더는 이 세상에 마치 우리 두 사람만 있는 것처럼 하고 싶지 않아요. 당신이 어떻게 결혼생활을 꾸려가고 있는지, 아이들과는 어떻게 지내는지, 그 모든 것을 알고 싶어요. 당신의 걱정이나 근심도 저한테 털어놓으면 좋겠어요. 걱정근심이 나만 있는 게 아니라는 사실을 알면 위로가 될 것 같아요. 당신의 문제에 대해 함께 얘기하고, 그래서 제가 당신에게 확실한 신뢰를 얻게 된다면 영광이겠어요.

에미, 이제 4부입니다. 제발 미리 앞당겨서 저를 미워하지 마세요! 못 견디겠어요. 지난 3월 초, 저는 이메일이 우리의 언어생활에 미치는 영향과 감정 전달수단으로서의 이메일에 관한 연구에서 손을 뗐습니다. 공식적인 이유야 시간이 없다는 것이었지만 실은 이 주제가 제 입장에서 볼 때 학문적으로 접근하기에는 너무 '사적인 것'이 되어버렸기 때문입니다. 이제 오해가 다 풀리셨나요, 에미? 잘 있어요. 당신의 레오.

(추신: 한편으로는 저의 '부재중 알림'이 저를 못 믿고 자꾸

의심하고 공격해대는 당신에게 마침맞은 벌이 되었다 싶기도 하고, 또 한편으로는 미안하기도 하네요. 그토록 아름답고 진솔하고 섬세하게 심정을 털어놓으셨는데 말이에요. 당신의 메일, 한 마디 한 마디가 다 고마워요! 이제 다시 멋대로 나가셔도 괜찮겠어요.)

45분 뒤

Re:

우리의 관계 때문에 연구를 그만두었다고요? 레오, 당신 너무 멋있어요. 맘에 들어요! (제가 지금 이 말을 어떤 식으로 했는지 당신이 몰라서 다행이에요.) 지금 요나스를 데리고 치과에 가야 해요. 아직 아이가 미성년이라서요. 급한 대로 아이들과 어떻게 지내냐는 물음에만 이렇게 답하고 이따 다시 쓸게요. 에미.

6시간 뒤

Re:

레오, 이제야 제 방에 들어와 앉게 됐어요. 베른하르트는 아직 일하고 있고, 피오나는 친구 집에서 자고 온대요. 요나스는 이 두 개를 빼고는 이미 잠자리에 들었고, 부를리처는 개 사료(이게 고양이 사료보다 싸고, 부를리처가 아주 잘 먹어요)를 먹고 있어요. 아시다시피 우리집에 햄스터는 없어요. 있다면 아마 고양이가 그것도 아주 맛있게 먹어치울 테죠. 가구들이 저를 못마땅한 눈길로 빤히 쳐다보고 있어요. 배신감을 느끼나봐요. 을러대기까지 하네요. 쳇, 우리가 얼마나 비싼지, 색은 어떻고 디자인은 어떤지 얘기해야지! 피아노는 뭐라는 줄 아세요? 베른하르트가 네 피아노 선생님이었다고 얘기해! 너랑 베른하르트가 내 앞에 앉아 첫 키스를 했다는 얘기도! 책꽂이는 묻는군요. 레오가 대체 누구야? 그 남자가 여기서 뭘 하고 있는 거야? 넌 왜 그 남자랑 그렇게 많은 시간을 보내? 왜 요즘 나한테는 통 손을 안 대? 생각에 잠겨 있을 때는 왜 그리 많고? 시디플레이어는 이러네요. 일이 이렇게 된 걸 보면 아마 넌 앞으로 라흐마니노프를 연주하지 않을 거야. 너도 알겠지만 요즘은 음악이 너랑 베른하르트를 묶어주지 않는 것 같아. 넌 노래도 레오라는 남자가 듣고 싶어하는 걸 들을 거야! 슈가베이비스의 노래 같은 거! 오로지 와인장만이 반론을 펴는군요. 난 레오라는 남자 괜찮아. 우리 셋은 서로 조화를 잘 이루고 있거든. 하지만 침대는 위협하는 시늉을 하네요. 에미, 여기에 누워 다른 곳 꿈을 꾸지는 마. 레오라는 남자랑 여기서 사랑을 나누어서도 안 돼! 명심하라구!

레오, 못 하겠어요. 당신에게 이 세계를 전할 수가 없어요. 당신은 결코 이 세계의 일부가 될 수 없어요. 이 세계는 너무 빈틈

없이 꼭 짜여 있어요. 일종의 요새와도 같아요. 정복당할 리 없고 침입자 하나 허용하지 않는, 굳게 닫혀 있는 요새 말이에요. 레오, 우린 '바깥'에 머무는 수밖에 없어요. 이게 우리에게 허용되는 유일한 길이에요. 그렇지 않으면 저는 당신을 잃게 돼요. 제가 어떻게 결혼생활을 꾸려가는지 알고 싶으세요? 레오, 솔직히 말하면 아주 노련하게 해나가고 있어요. 베른하르트도 마찬가지고요. 베른하르트는 저를 존중해요. 저 또한 그이를 존중하고 높이 평가해요. 우린 서로를 예의 바르게 대하죠. 베른하르트는 절대로 저를 속일 사람이 아니에요. 저는 그 사람을 버리고 떠나지 못할 거예요. 우린 서로에게 상처 입히기를 결코 바라지 않아요. 우린 서로에게 버팀목이 되어왔고, 서로에게 속해 있어요. 우리에겐 음악이 있고 연극이 있어요. 공동의 친구도 많아요. 열여섯 살 피오나는 제게 동생 같아요. 요나스에게는 제가 정말로 엄마 같은 존재가 되어버렸고요. 요나스는 세 살에 엄마를 잃었거든요.

레오, 제 가족 앨범을 펼쳐 보이라고 등 떠밀지 마세요. 이렇게 하기로 해요. 제가 정말로 힘들어지면, 그래서 아주아주 친한 남자친구의 조언을 듣고 싶어지면, 그때 가서 '집' 얘기를 할게요. 하지만 당신은 언제든 저에게 사생활 얘기를 하셔도 돼요. 시시콜콜 아주 자세하게요. (단, 에로틱한 얘기는 사절이에요.

그건 허락하지 않겠어요!)

이제 자러 가야겠네요. 드디어 다시 푹 잘 수 있겠어요. 레오, 당신이 돌아와서 얼마나 좋은지 몰라요!! 제겐 당신이 필요해요! 저는 제 세계 바깥에서도 움직일 수 있고 느낄 수 있어야 해요. 레오, 당신은 저의 바깥세상이에요! 마를레네에 대해서는 내일 얘기해요. 그 얘길 하려면 머리가 맑아야 하거든요. 잘 자요, 내 사랑! 굿나잇 키스를 보냅니다!

다음 날
제목: 마를레네

굿모닝, 레오. 함께 있어도 안 되고 서로에게 없어서도 안 된다면 방법은 하나밖에 없군요. 레오, 당신에게 다른 여자가 필요한 거예요. 당신은 다시 사랑에 빠져야 해요. 그러고 나면 그동안 당신에게 무엇이 없었는지를 알게 될 거예요. 가깝다는 것은 거리를 줄이는 게 아니라 거리를 극복하는 거예요. 긴장이라는 것은 완전함에 하자가 있어서 생기는 게 아니라 완전함을 향해 꾸준히 나아가고 완전함을 유지하려고 끊임없이 노력하는 데서 생기는 거예요. 레오, 다른 건 다 소용없어요. 당신에게 여자가 있어야 해요. 마를레네를 잊으라고 하면 너무 단순하고 어리석은 소리처럼 들리겠지만 그래도 한번 해보세요. 정말로요. 제가 제안하는 방법은 이런 거예요. 마를레네를 생각하지 말고 의식적으로 자꾸 저를 생각하세요! 마를레네랑 같이 하고 싶은 일이 있으면 뭐든 괜찮으니 저랑 같이 한다고 상상하세요. (제 가구들이 또 저를 감시하겠군요.) 이건 과도기다 생각하고, 당신에게 맞는 여자를 찾을 때까지만 그렇게 해보시라는 말이에요. 어떤 여자를 원하세요? 어떻게 생긴 여자면 좋겠어요? 레오, 솔직하게 털어놔보세요! 혹시 제가 정말로 당신에게 딱 맞는 여자를 알고 있을지 누가 알아요?

진지하게 말씀드리면, 우리에 대해 "그 여자한테 메일 쓰는 게 자기한테 좋다면 얼마든지 써", 이렇게 말하는 여자는 제가 이해하고 있는 사랑이라는 것과는 멀어도 한참 먼 여자예요. 마를레네는 레오를 사랑하지 않아요. 레오도 마를레네를 사랑하지 않아요. 사랑하지 않는 두 사람은 상대의 사랑을 그리워하는 데서 열정을 얻는 법이에요. 저로서는 이것 이상으로 지혜로운 조언은 해드릴 수가 없네요. 이제 일해야겠어요. 곧 또 봐요. 가상의 대타, 에미.

4시간 뒤

Aw:

바깥세상의 에미, 보내주신 이메일 잘 읽었어요. 정말 고마워요. 당신 가구들에게 좀 전해주세요. 제가 그들 태도에 감탄을 금치 못하며 그들의 공동체정신을 높이 산다고요. 저는 컴퓨터 모니터에서만 에미를 차지할 뿐 로트너 집안의 침입자가 되는 일은 없을 테니 안심하라고요. 와인장에게는 특별히 찬사를 전해주세요. 조만간 우리 셋이 한밤의 파티를 열 수도 있겠군요. (다시는 그렇게 미리 취해 있지 않겠다고 약속할게요.)

저를 새 여자와 맺어줄 생각을 하시다니, 대단히 기쁘군요. 어떤 여자가 마음에 드느냐고요? 당신이 쓰는 글처럼 보이는 여자요. 그리고 바깥세계만 아니라 언젠가는 내부세계에도 속할 수 있는 기회를 열어놓는 여자가 좋아요. 간단히 말해 이미 '행복한 결혼생활'을 하고 있는 여자가 아니면 좋겠어요. 가정이라는 요새에 매여 가구들에게 감시당하는 여자가 아니면 좋겠다고요. 그런 여자랑 우연히 마주치게 될 때까지는 마를레네를 생각하기 전에 의식적으로 당신을 생각하라는 제안에 기꺼이 따를게요. 그게 늘 뜻대로 되지는 않겠지만 당신이 계속 이렇게 이메일로 버릇을 들여주면 언젠가는 목표에 다가갈 수 있을 거예요.

저녁시간 즐겁게 보내시기 바랍니다. 저는 오늘 여동생 아드리네를 만나기로 했어요. 제가 다시 한번 마를레네와 헤어지는 데 성공한 걸 알면 동생이 기뻐할 거예요. 그리고 제가 당신과 계속 연락하고 있는 것도 기뻐할 테고요. 동생은 내 얘기를 통해

서 당신을 알고 있고 세 명의 에미 후보도 보았지요. 당신이 세
에미 가운데 누구이든, 동생은 당신을 좋아해요. 자기 오빠랑 보
는 눈이 같다니까요.

다음 날
제목: 미아!

레오, 제가 간밤에 당신에게 딱 맞는 여자를 발견했어요. 미
아! 그래요, 바로 이 여자예요! 레오와 미아, 벌써 감이 딱 오는
걸요! 들어보세요, 레오. 미아는 서른네 살에 그림같이 예뻐요.
체육선생님이고, 긴 다리에 끝내주는 몸매, 지방이라고는 1그램
도 없어요. 피부는 가무잡잡하고 머리는 까매요. 딱 하나 단점이
있다면 채식주의자라는 거예요. 하지만 옆에서 누가 "이건 두부
야" 하고 말해주기만 하면 고기도 먹어요. 미아는 무척 박식하
고, 대단히 이지적이고, 모험을 좋아하고, 명랑하고, 늘 활기가
넘쳐요. 한마디로 꿈의 여자죠. 게다가 싱글이고요! 당신이랑
미아랑 만나게 해줄까요?

1시간 30분 뒤
Aw:

에미, 에미, 에미! 그렇게 다리 긴 '미아들'에 대해서는 저도

좀 알아요. 실제로 동생이 일주일에 한 명꼴로 저에게 새로운 '미아'를 소개해줘요. 그래서 제가 '미아'처럼 지방이 영 프로인 모델들을 한 다스는 알고 있는데, 하나같이 예쁘고 다리가 길죠. 그리고 모두 다 싱글이에요. 왠지 알아요? 그 여자들이 싱글이기를 원해서 그래요! 언제까지가 될지는 모르지만 싱글로 남아 있고 싶어하기 때문이라고요.

당신의 흥을 깨고 싶진 않지만 지금으로서는 꿈의 미아를 만나고 싶은 마음이 없어요. 지금 이대로 만족합니다. 그래도 저를 위해 애써주신 건 고마워요!

그건 그렇고, 동생이 인사를 전해달랍니다. 동생은 저더러 당신을 현실에서 만나는 실수를 저지르지만 말라고 하더군요. 동생 말을 그대로 옮기자면 이렇습니다. "두 사람 관계는 만나면 끝이야. 그런데 지금 이 관계가 오빠한테 너무너무 좋잖아!" 잘 있어요. 레오.

2시간 뒤

Re:

좋아요, 레오, 우리의 만남은 급할 거 없어요. 천천히 해도 돼요. 그 생각에는 이미 익숙해졌으니까요. 당신이 저를 참을성 있는 사람으로 만들어가고 있어요! 당신 동생이 우리에 대해 생각하고 있다니 무척 기쁘군요. 하지만 왜 우리가 만나면 '관계'가 끝날 거라고 그토록 확신할까요? 동생은 당신과 나, 둘 가운데 누가 먼저 끝낼 거라고 하던가요?

궁금한 게 또 있어요. 당신은 어제 저녁 이메일에서 또다시 제 상태를 '행복한 결혼생활'이라고 언급하셨어요. 왜 '행복한 결혼생활'이라는 말에 꼭 따옴표를 붙이세요? 그건 말이에요, 당신이 가볍게 빈정거리는 투의 부호를 써서 제 결혼생활을 무의미한 것으로 만들고 싶어한다는 인상을 줘요. 제 말이 무슨 뜻인지 아시죠?

그런데 미아 문제에서는 당신이 제 말을 완전히 잘못 이해했어요. 미아는 의상 잡지에서 막 빠져나온 것 같은, 그런 미인이 아니에요. 미아는 제대로 멋있는 여자예요. 그리고 자기가 원해서 싱글로 남아 있는 게 아니에요. 철없던 시절 남자와의 관계에서 첫 단추를 잘못 꿴 전형적인 경우죠. 여자들은 열아홉 살에는 겉모습이 아도니스 같은 남자를 사귀어요. 테스토스테론이 펑펑 샘솟는, 그야말로 빵빵한 섹시 가이. 그런데 속은 텅 비었죠. 특히 머리 부분이요. 기다림과 희망으로 설레는 이 년이 지나고 나면 마침내 그 남자가 입을 열어요. 그러면 마법은 사라지죠. 이렇게 해서 여자는 스물한 살이 되고, 물론 곧 아름답게 포장된 상대를 또 만나요. 그러면서 생각하죠. 이번엔 좀더 능숙하게 해야지. 하지만 또 실패하고 새로운 시도. 이러다보면 고전적인 '여자의 운명'이라는 게 만들어지죠. 여자는 '첫사랑의 오류'를 바로잡으려면 늘 똑같은 타입의 남자를 만나야 한다고 생각해요. 하지만 오류는 바로잡히기는커녕 되풀이되고, 그럴수록 여자는 그 타입에 더 집착하죠.

미아도 다른 여자들과 경우가 다르지 않아요. 어떤 남자도 이전 남자들의 결함에서 벗어나지 않았어요. 되레 만나는 남자마다 전 남자와 똑같이 빈껍데기일 뿐이라는 사실을 확실하게 입증해 보였죠. 이 년 전부터는 미아가 남자들한테 지쳤다는 소리를 했어요. 새로 누굴 만나야겠다는 의욕이 없대요. 그래서 누구에게 다가가질 않았어요. 얼마 전엔 미아가 이러더군요. '괜찮은 사람 있으면 소개해줘. 하지만 남자를 만나려고 일부러 애쓰고 싶지는 않아. 모든 게 저절로 되도록 운명에 맡겨야지. 저절로 되지 않으면 아무것도 안 돼.' 미아는 이런 여자예요. 레오, 당신은 틀림없이 미아에게 반할 거예요.

1시간 30분 뒤

Aw:

에미, 우선 앞부분의 질문부터 대답할게요.

1) 동생은 우리가 실제로 만난 뒤 누가 먼저 우리 '관계'(관계

라는 말에 따옴표를 붙여도 될까요?)를 끝낼지, 꼭 집어 얘기하지는 않았어요. 오히려 동생은 글로 이루어진 대화와 실제 대화의 불일치 자체가 관계의 종말을 부르게 될 거라고 생각하는 것 같아요. 2) 당신 레이더망에 안 걸리고 넘어가는 건 하나도 없군요! 제가 '행복한 결혼생활'에 의식적으로 따옴표를 붙인 건 아니에요. 어쩌면 글자입력 프로그램이 알아서 갖다붙이는 건지도 몰라요. 아니, 진지하게 말할게요. '행복한 결혼생활'이라는 표현을 먼저 쓴 사람은 당신입니다. 저는 그걸 인용하는 거죠. 왜냐면 제가 생각하는 '행복한 결혼생활'이란 항상 주관적인 인식이기 때문이에요. 예컨대 과연 제가 '행복한 결혼생활'이라는 것을 당신이나 당신 남편과 똑같이 생각할까요? 그건 그렇게 중요한 문제가 아닌가요? 아무튼 빈정대려는 뜻은 조금도 없습니다. 그리고 앞으로는 따옴표를 쓰지 않겠습니다. 됐죠?

이제 당신 친구 미아에 대해 얘기할게요. 다음에 그 친구를 만나거든, 다른 여자를 만나서 '첫사랑의 오류'를 바로잡을 필요가 없도록 오로지 한 여자를 찾고 있는 남자를 알고 있다고 얘기하세요. 그 남자도 여자에게 지쳤고 새로 여자를 만날 의욕이 없다고요. 그래서 여자에게 다가가질 않는다고요. 그 남자도 일부러 여자를 만나려고 애쓰지 않고, 모든 게 저절로 되도록 운명에 맡기며, 저절로 되지 않으면 아무것도 안 된다고 생각한다고요.

친구에게 이렇게 말하세요. "레오는 그런 남자야, 미아!" 하지만 "넌 틀림없이 레오에게 반할 거야." 이 얘기는 하지 마세요. 반한다는 건 적어도 한 번은 서로 만나본다는 걸 전제로 하는데, 지금 미아와 레오에게는 그런 '작업'이 너무 부담스러운 것 같거든요.

(당신이 이렇게 빨리 저를 당신의 가장 친한 친구에게 넘기려 하다니, 마음이 조금 상하는군요. 당신의 질투가 그리워요!)

40분 뒤

Re:

아유, 레오, 이렇게 질투하나 저렇게 질투하나, 저는 당신을 메일함에서밖에 '소유'할 수 없는데요, 뭐. 게다가 당신이 저랑 가장 친한 친구에게 '속하면', 조금은 저에게도 속하게 되잖아요 (제가 아무런 사리사욕 없이 당신을 다른 여자랑 맺어주려고 할 것 같아요?). 아무튼 미아한테 당신 얘기를 자주 했어요. 미아가 당신을 어떻게 생각하는지 궁금하지 않아요? (솔직히 저는 당신이 "아니, 궁금하지 않아." 이러시길 기대해요. 하지만 그래도 말씀드릴래요.) 미아가 뭐라고 했냐면요, "있잖아, 에미, 나한테 섹스보다 이메일을 더 원하는 남자, 내가 원하는 남자가 딱 그런 남자야. 남자들은 하나같이 섹스를 원해. 섹스가 아니라 메일을 원하는 남자, 멋있어!"

5분 뒤
Aw:

에미, 또 섹스 얘기로군요!

3분 뒤
Re:

일깨워줘서 고마워요. 제가 또다시 남자들의 세계로 빠져들었나봐요.

8분 뒤
Aw:

당신은 섹스에 관한 얘기를 거리낌 없이 하려고 기꺼이 남자들의 세계로 들어가는 것 같군요.

6분 뒤
Re:

레오, 그렇게 고상한 척하지 말아요! 술에 취해 안대가 어쩌고 하던 메일 기억 안 나요? 그다음 날 술기운이 덜 가신 상태에서 충동에 사로잡혀 저더러 당장 와달라고 한 것 기억 안 나요? 본능적인 것을 초월하고 리비도에서 해방된 절간의 수도승처럼 보이고 싶으신가본데, 당신은 절대 그런 사람이 아니에요! 아무튼 당신이랑 미아의 만남을 주선해볼까요?

3분 뒤
Aw:

진심으로 하는 제안은 아닌 것 같군요!

1분 뒤
Re:

진심이에요! 당신이나 미아나 당장 서로를 좋아하려고 애쓸 필요는 없어요. 일단 저의 사람 보는 눈을 믿어보세요.

7분 뒤
Aw:

고맙지만 사양하겠어요. 에미 대신 에미 친구를 사귀는 건 좀 비도덕적인 것 같습니다. 잘 자요! (여전히) 당신의 레오.

8분 뒤

Re:

당신은 저를 직접 만나서 사귀고 싶지 않잖아요! 안녕히 주무세요! 어떤 면에서는 (여전히) 당신의, 라고 할 수 있는 에미.

50초 뒤

Re:

참, 빠뜨린 게 있네요. 따옴표를 붙인 '행복한 결혼생활'에 대한 당신의 자세한 설명에 대해 할 얘기가 더 있는데 말이에요!! 이건 얼마든지 협박으로 받아들이셔도 됩니다. 잘 자요, 내 사랑. 에미.

다음 날 저녁

제목:???

제가 오늘은 레오의 메일을 못 받는 건가요? 화났어요? 미아 때문에? 안녕히 주무세요. 에미.

다음 날 아침

제목: 미아

굿모닝, 에미. 당신의 제안 말이에요, 곰곰이 생각해봤는

데…… 당신이 주선하고, 당신 친구 미아가 정말 원한다면 미아
를 만날게요! 그럼, 이만. 레오.

15분 뒤
Re:

레에에오오오오오? 지금 저를 놀리시는 거죠?

30분 뒤
Aw:

아닙니다. 진심으로 한 얘기에요. 카페에서 미아를 만날게요.
번거로우시겠지만 약속을 좀 잡아주세요. 토요일이나 일요일 오
후면 좋겠어요. 장소는 시내에 있는 카페가 좋겠네요. 후버 카페
같은 대형 카페도 괜찮고 고풍스런 유럽식 카페도 괜찮아요.

40분 뒤
Re:

레오, 저를 오싹하게 만드시는군요. 왜 난데없이 분위기가
180도 바뀌었어요? 정말로 저를 놀리시는 건 아니죠? 미아한테
정말로 물어볼까요? 절대로 철회하시면 안 돼요! 미아는 장난
상대로 삼을 여자가 아니에요.

3시간 뒤

Aw:

저 역시 알지도 못하는 여자의 장난 상대가 되어서는 안 되는 사람입니다. 다른 장난이라면 몰라도 남녀 문제로 장난을 쳐서는 안 되죠. 특별한 이유가 있어서는 아니고 그냥 마음을 고쳐먹었어요. 한 여자가 그토록 진심으로 간곡하게 부탁하는데 굳이 피할 까닭이 있겠습니까? 편한 시간에 만나서 얘기 좀 나누는 거야 반대할 이유가 없죠. 생각하면 할수록 당신의 배려가 친절하게 느껴져요, 에미. 저녁시간 즐겁게 보내세요. 레오.

10분 뒤

Re:

그 일에서 제 몫을 생각해봐야겠네요. 미아랑 통화하고 나서 소식 전할게요.

1시간 30분 뒤

Aw:

무엇에서, 당신의 어떤 몫을 생각한다는 얘기죠?

20분 뒤

Re:

레오, 아무래도 당신은 제가 철회할 거라고 믿고 있는 것 같군요. 당신이 제 친구, 그것도 매력 있는 친구와 사귀는 걸 제가 바랄 리 없다고 생각하시겠지요. 제가 오로지 당신 관심을 끌기 위해 미아를 끌어들인 거라고 생각하는 거예요. 맞죠? 레오, 잘못 짚으셨어요! 지금 미아에게 전화할 거예요. 미아가 좋다고 하면 당신은 정말로 미아를 만나야 해요. 안 그러면 전 당신에게 몹시 화가 날 거예요! 조금 있다 다시 연락할게요. 에미.

18분 뒤

Aw:

미아가 좋다고 하지 않을 겁니다. 자기가 왜 친구의 남자친구인 낯선 남자를, 그것도 자기 친구조차 직접 만난 적 없는 남자친구를 만나야 하는지 모를 테니까요. 당연히 미아는 하필이면 왜 자기가 그 남자를 만나야 하냐고 물을 겁니다. 마치 실험용 토끼가 된 것 같은 기분이 들 거예요. 하지만 이런 제 생각이 빗나가길 바랍니다. 잘 자요. 와인장에게 안부 전해주시고! '미아 문제'가 마무리되고 나면 같이 한잔 하는 거 어때요?

다음 날

제목: 미아

레오, 안녕하신지요? 오늘은 날이 미친 듯이 덥네요. 더 벗고 싶어도 뭘 벗어야 할지 모르겠어요. 반바지나 샌들 입고 신는 편이에요? 아니면 티셔츠나 폴로셔츠 혹은 링클프리 남방을 즐겨 입나요? 위쪽 단추는 몇 개나 풀어놓으세요? 면바지, 양복바지, 버뮤다팬츠, 어떤 걸 즐겨입으세요? 날이 어느 정도나 화창해야 선글라스를 쓰세요? 겨드랑이에 털은 있어요? 가슴에는요? 알았어요, 그만 할게요.

원래 제가 하려던 얘기를 할게요. 미아랑 통화했어요. 미아는 낮에 카페에서 당신을 만나는 건 원칙적으로 좋대요. "못 만날 게 뭐 있어." 이러더군요. 하지만 당신이 자기한테 전화를 걸어야 한다네요. (물론 당신은 전화를 걸지 않을 테지요.) 미아는 당신이 자기를 만나고 싶어하지 않는다고 생각해요. 친구인 제가 그냥 혼자서 자기한테 남자를 소개해주려 애쓰고 있다고 생각하는 거죠. 그것 말고도 미아는 당신이 어떻게 생겼는지 궁금해해요. 저는 아마 못생기지는 않았을 거라고 말해줬어요. 저도 여동생밖에 못 봐서 잘은 모른다고…… 이거 참, 쉬운 일이 아니로군요. 이러다가는 죽도 밥도 안 되겠어요! 더위 잘 이기시기를! 당신의 에미.

2시간 30분 뒤

Aw:

에미, 질문에 답할게요. 예, 저는 아주 안녕해요. 날이 정말로 무덥네요! '더 벗고 싶어도 뭘 벗어야 할지 모르겠'다고 쓰신 건, 저더러 지금 당신이 어떤 차림인지 상상하라는 뜻이로군요. 당신 뜻대로 됐어요, 에미. 지금 상상하고 있거든요!

반바지는 바닷가에서만 입어요(그런데 여긴 바닷가가 없죠?). 샌들은 안 신고요. 하지만 당신이 원하면 한 켤레 장만해두었다가 언제 있을지 모를 우리의 첫 만남에 신고 나갈게요. 티셔츠냐 남방이냐? 이건 둘 다예요. 종종 둘을 겹쳐입기도 해요. 단추는 몇 개를 풀고 다니느냐고요? 날씨에 따라 달라요. 지금은 보는 사람이 없어서 모두 다 푼 상태예요. 바지요? 양복바지보다 면바지를 입는 편이에요. 버뮤다팬츠요? 우리가 처음 만나는 때가 여름(내년)이라면 늦어도 그때는 입어보도록 하죠! 선글라스는 여름에 써요. 털은 머리, 턱, 관자놀이, 팔, 다리, 가슴…… 이런 부위에 얼마간 모여 있죠.

참, 미아에 관한 건, 전화번호를 알려주세요! 더위 잘 넘기세요. 당신의 레오.

45분 뒤
Re:

뭐라고요? 미아한테 정말로 전화를 거시겠다고요? 아직도 제가 당황할 거라고 생각하세요? 알려드리지요. 0773-8636271. 미아 레히베르거. 됐나요?

1시간 30분 뒤
Aw:

고마워요, 에미. 아직 5월 말인데 날씨가 이래도 되는 건지…… 땀나는 게 장난이 아닌데요? 저는 이제 이틀간의 학회 일정 때문에 부다페스트로 갑니다. 돌아오는 대로 소식 전할게요. 잘 지내고 계세요. 레오.

이틀 뒤
제목 없음

이봐요, 레오, 돌아오셨어요? 제가 오늘 아침에 누구랑 통화했는지 아세요? 그 사람이 저한테 뭐라고 했는지 아세요? "너의 이메일 남자친구가 나한테 전화를 걸어왔어. 너무 놀라서 바로 전화를 끊고 싶었어. 그런데 그 남자 썩 괜찮더라! 정중하고, 다감하고, 조금 수줍음을 타는 것 같기도 하고, 애교스럽기도 하고…… 어쩌고저쩌고 조잘조잘, 조잘조잘…… 그리고 목소리가 얼마나 좋은지 몰라! 말투도 멋지고!……" 레오, 레오, 당신 별의별 방법을 다 쓰는군요. 솔직히 말해 당신이 미아한테 정말로 전화할 줄은 꿈에도 몰랐어요. 두 사람, 내일 만나서 즐거운 시간 보내세요! 미아가 저더러 당신 만나러 같이 가지 않겠느냐고 묻더군요. 그건 당신에게 옳지 않은 일일 거라고 대답했어요. 당신에게 저는 환상 속의 인물이자, 당신이 알지도 못하는 얼굴을 세 개나 지닌 여자이고, 당신은 그 가운데 어떤 게 제 얼굴인지 확인하고 싶어하지 않는다고요. 제 말이 맞죠? 안녕히 계세요. 에미.

3시간 뒤

Aw:

에미, 벌써 돌아오긴 했지만 아직 여독이 풀리질 않았어요. 당신 친구 미아는 통화해보니 정말로 무척 호감이 가더군요. 다시 연락할게요. 레오. (추신: 에미, 당신이 몸소 나타날 필요는 없습니다. 어차피 미아가 우리의 만남을 당신에게 시시콜콜 중계방송할 테니까요.)

12분 뒤

Re:

레오, 요즘은 당신이 아주 건달같이 느껴져요. 그걸 어떻게 생각해야 좋을지 모르겠어요. 아무튼 일이 잘되길 바라요! 에미. See you later(다음 생에)!

···6장

사흘 뒤

제목 없음

안녕, 레오. 잘 지내고 계시죠? 에미.

15분 뒤

Aw:

안녕, 에미. 전 아주 잘 지내고 있어요. 당신은요? 레오.

8분 뒤

Re:

날이 더운 것 말고는 다 좋아요. 날이 더운 게 당연한 현상인가요? 오월 말인데 35도라니, 전에도 그랬던가요? 전엔 이런 적이 없었던 것 같아요. 아무튼 지금까지는 다 괜찮은 거죠?

20분 뒤
Aw:

예, 지금까지는 모든 게 더할 나위 없이 좋아요. 당신 말이 맞아요. 전에는 7월 말, 8월 초나 되어야 35도까지 올라갔죠. 그것도 고작 일 년에 이틀 정도뿐이었을 거예요. 길어야 나흘, 닷새였겠죠. 하지만 5월에 이런 적은 없었어요! 지구온난화 문제가 갈수록 절박한 주제가 될 겁니다. 지구온난화는 기상학자들만의 따분한 연구 과제가 아니지요. 아마도 우리는 점점 무더운 여름에 적응해나가야 할 겁니다.

3분 뒤
Re:

그래요, 레오, 온도차가 점점 극심해지겠죠. 이 더운 낮과 밤을 어떻게 보내시는지요?

14분 뒤
Aw:

그리고 점점 악천후가 잦아지고 심해질 겁니다. 그에 따라 산사태와 홍수도 늘 테고요. 그러다가 또 기나긴 가뭄이 들겠지요. 이게 뭘 뜻하는지 아세요? 기후 변화가 가져오는 경제적, 생태학적 결과를 과소평가해서는 안 된다는 겁니다.

5분 뒤
Re:

알프스에 하와이 파인애플이 자라고, 풀리아*에서 차량에 스노체인 장착하는 게 의무사항이 되고, 페로 제도**에서 벼를 재배하게 될 거예요.

다마스쿠스에 부동액 판매점이 생길 테고, 무르만스크***에는 낙타 사육장이, 사하라에는 요트클럽이 생길 테죠.

---

* 이탈리아 남부 지역.
** 노르웨이 해와 북대서양 사이에 있는 일군의 섬.
*** 러시아의 북서쪽 끝.

18분 뒤

Aw:

그리고 머지않아 스코틀랜드 고지대에서는 노지에 나와 있는 닭들이 저절로 통닭구이가 되지 않고 겨울에도 운 좋게 푹 익은 달걀을 낳지 않을 경우, 불 없이도 너럭바위에다 달걀 프라이를 부칠 수 있을 겁니다.

2분 뒤

Re:

이제 됐어요, 레오. 그만할래요. 두 손 들었어요. 그날 어땠어요? 제발 부탁인데, "뭐가요?" 하고 되묻지는 마세요. 철자를 좀 아끼자구요, 네?

13분 뒤

Aw:

미아와의 일요일 만남이 어땠느냐는 뜻인가요? 좋았어요! 아주 좋았지요. 염려해주셔서 고마워요.

1분 뒤

Re:

'일요일 만남'이 무슨 뜻이에요? 그럼 벌써 '월요일 만남'도 있었단 말인가요?

8분 뒤

Aw:

예, 무척 묘한 일이지만 어제 저녁에 벌써 또 만났어요. 우린 이탈리아 식당에서 식사를 했어요. 케니엔슈트라세에 있는 '라 스페지아' 아시죠? 그 식당에 밖에서는 눈에 띄지 않는 아주 아늑한 안뜰이 있어요. 요즘처럼 무더운 날에 안성맞춤인 곳이죠. 무척 조용한데다 은은하고 아름다운 음악이 있고, 훌륭한 맛과 향을 자랑하는 피에몬테산 와인이 있거든요. 당신에게도 '라 스 페지아'를 추천하는 바입니다.

50초 뒤

Re:

불꽃이 튀었나요?

18분 뒤

Aw:

불꽃이 튀었냐고요? 거 참, 표현하고는! 그건 미아에게 물어보는 게 좋겠네요. 미아는 당신의 친한 친구 아닙니까. 미아는 그냥 친한 정도가 아니라 자기가 당신의 가장 친한 친구라고 하더군요. 에미, 미안하지만 오늘은 이걸로 끝내야겠어요. 내일 다시 쓰기로 해요, 네? 잘 자요. 당신 침실이 너무 지독하게 덥지 않기를!

3분 뒤

Re:

레오, 아직 늦은 시각도 아닌데 왜 그래요? 밤에 무슨 일 있어요? 또 미아를 만나기로 했나요? 오늘 미아를 만나실 거면, 전화 좀 하라고 전해주세요. 제가 연락을 하고 싶어도 연락이 안 되거든요. 좋은 시간 보내세요. 에미.

팁 하나: 꼭 '지구온난화' 문제를 화제로 삼아보세요. 미아는 당신 얘기를 몇 시간이라도 눈을 반짝이며 들어줄 거예요.

2분 뒤

Aw:

미아는 내일 만나기로 되어 있어요. 오늘은 그냥 몹시 지쳐서 일찍 잠자리에 들려고 해요. 잘 자요. 이제 컴퓨터 끌게요. 레오.

30초 뒤

Re:

굿나잇.

사흘 뒤

제목 없음

안녕, 에미. 당신도 방금 창밖 내다봤어요? 유령이라도 나올 것 같지 않아요? 우박폭풍이 몰아치는 걸 보면 꼭 지구 종말을 알리는 것 같다는 생각이 들어요. 하늘에 이상한 황갈색 막이 드리우더니 난데없이 거기에 시커먼 커튼이 펼쳐지고, 곧이어 수천수만 개의 하얀 자갈이 어마어마한 속도로 쏟아지는군요. 그 영화 제목이 뭐였더라? 거북인지 개구린지 닭인지가 하늘에서 비처럼 쏟아지는 영화 있잖아요. 혹시 알아요? 잘 있어요. 레오.

1시간 30분 뒤

Re:

동물농장. 개구리 왕. 켄터키 프라이드치킨. 레오, 사흘 동안이나 아무 소식도 없다가 기껏 이런 생뚱맞은 동물 애니메이션 이메일로 저를 어이없이 만들어야겠어요? 다른 수신자를 찾아보시죠. 저는 거의 반 년 동안 메일을 주고받으면서 당신에게 성실하지 못했어요. 당신과 날마다 많은 시간을 여기서 보내지 못했죠. 그 결과 우리가 급기야 폭우나 하늘을 덮은 황갈색 막에 대해 얘기하게 되기에 이르렀군요. 저에게 당신 얘길 하고 싶으면 하세요. 저에 대해 알고 싶은 게 있거든 물으시구요. 하지만 여기서 날씨 얘기를 하는 건 어울리지 않아요. 당신 눈에 갑자기 우박만 보이도록 미아가 당신 고개를 돌려놓았나요?

미아 얘기 나온 김에 몇 가지 더 물을게요. 혹시 미아더러 당신과의 만남에 대해 아무 얘기도 말라고 하셨어요? 사춘기 아이들처럼 자기들끼리만 대단한 비밀이라도 있는 양 쉬쉬 하다니, 대체 이 무슨 유치한 장난인가요? 레오, 솔직히 말하면 당신과 더 얘기할 마음이 없어졌어요. 안녕히 계세요. 에미.

2시간 뒤

Aw:

에미, 저도 일주일째 미아 소식을 몰라요. 그동안 우린 네 번 만났어요. 단박에 서로를 좋아하게 됐고요. 여러 가지 면에서 통하는 게 많았죠. 하지만 일이 어떻게 될지 예측하기는 아직 일러요. 그렇다고 '끝내기'에도 너무 이르고요. 무슨 말인지 이해하시겠어요? 미아랑 저는 일단 서로의 감정에 대해 명확히 알 필요가 있습니다. 우리 감정의 무엇이 단지 우리가 만나게 된 상황에서 기인한 건지? 우리 감정의 무엇이 순간적이고, 무엇이 변치 않고 지속될 수 있을지? 이런 건 각자 스스로, 그러니까 누구든 자기 자신만이 대답할 수 있는 물음이지요. 그래서 당신에게 좀 기다려달라고 부탁하고 싶습니다. 나중에 모든 것을 이야기할게요. 아마 미아도 비슷한 상황일 겁니다. 다름이 아니라 당신이 그녀의 가장 친한 친구이기 때문에요. 그러니 우리에게 시간을 조금만 주세요. 이해하시리라 믿습니다. 그럼, 이만. 레오.

10분 뒤

Re:

레오, 당신이 (지금) 제 표정을 볼 수도 목소리를 들을 수도 없기 때문에 미리 말씀드리는데, 제가 지금 아주 차분하고 편한 상태에서 또박또박 신중하게 다음과 같은 말을 하고 있다는 것을 알아주셨으면 해요. 조금도 까칠하거나 딱딱하거나 쏘아붙이는 말투가 아니에요. 정말로 평온하고 여유로운 마음으로 말씀드립니다.

레오, 당신이 방금 저에게 보낸 것처럼 불쾌한 이메일은 난생처음 봐요. 안녕히 계세요!

15분 뒤

Aw:

정말 유감이로군요, 에미. 그렇다면 당분간 이메일 휴식에 들어가는 게 좋을 것 같습니다. 당신의 '바깥세상' 대변인과 접촉하려는 마음이 다시 드시거든 언제든 연락하십시오. 잘 지내시고요. 레오.

닷새 뒤

제목: 그리움

레오, '일이 어떻게' 되어가고 있는지요? 당신과 미아가 서로의 감정을 조금은 정리했나요? 무엇이 '순간의' 감정일 뿐이고 무엇이 '지속될' 감정인지 아셨어요? 몇 가지 물음에 '각자 스스로' 대답해보셨어요?

음, 옛날의 레오가 그리워요. 말할 수 있는 것을 말하고, 느낄 수 있는 것은 느꼈던 레오 말이에요. 그 레오가 너무 그리워요!!! 안녕히 계세요. 에미.

(추신: 저와 미아에 관한 소식은 들으셨겠지요. 미아 역시 이제 저에게 무슨 얘길 해야 할지 모르겠는 모양이더군요. 그래서 제가 앞으로는 레오 라이케라는 화제를 우리 사이의 금기로 삼자고 했습니다.)

3시간 뒤

Aw:

에미, 마지막 말은 예의상 무척 고상하고 부드럽게 표현하셨군요. 제가 알고 있는 게 맞는다면, 당신은 며칠 전 당신 친구 미아에게 전화로 이렇게 말했어요. "너랑 레오에 대해 모든 걸 다 얘기하든가 아니면 아예 아무 얘기도 하지 마. 후자일 경우 오랜 세월 쌓아온 우리의 우정에 몇 달간 작전 타임을 주기로 하자."

에미, 왜 그래요? 당신을 이해할 수 없어요. 미아와 저를 엮어준 건 당신이잖아요. 당신은 무조건 제가 미아를 만나기를 바랐잖아요. 당신은 미아와 저를 환상의 커플로 보았잖아요. 그런데 왜 이제 와서 그토록 냉소적이고 심술궂은 태도를 보이죠? 당신은 당신의 내부 생활을 보완해주는 가정 바깥의 소유물 레오에게 너무 자신 만만했었군요? 당신의 가상 소유물을 가장 친한 친구에게 잃었다고 생각하니 화가 나나요?

에미, 최근 몇 달 동안 저에게 당신보다 더 가까운 사람은 없었어요. 그리고 저는 우리가 '직접' 만나려던 계획이 끝내 물거품이 되어버린 게 너무 기뻤어요(지금도 마찬가지고요). 당신을 제가 바라는 모습대로 볼 수 있는 동안은 당신이 실제로 어떻게 생겼는지 문제가 되지 않아요. 현실의 당신이 '제 이메일 소설의 여주인공 에미'와 다르다는 사실을 알지 않아도 된 게 다행스러워요. 제 로망 속의 당신은 완벽하고, 세상에서 가장 아름답거든요. 그 어떤 여자도 당신에 비할 수는 없어요.

하지만 에미, 우리에게 더는 진전이 없어요. 다른 모든 것은 모니터 밖에서 이루어지죠. 미아가 좋은 증거예요. 솔직하게 얘기하고 싶군요. 처음엔 당신이 저를 미아와 맺어주려 하는 게 무척 속상했어요. 첫 만남은 에미 당신의 제안에 대한 일종의 반항 행위였어요. 하지만 당신과 미아의 차이가 무엇인지 금세 파악되더군요. 당신은 감히 자기 피아노가 어떻게 생겼는지도 묘사하지 않아요. 피아노가 내 세계와는 아무 관계도 없으니까요. 하지만 미아는 저랑 50센티미터밖에 떨어지지 않은 곳에 앉아 작은 탁자 위로 몸을 숙이고 숟가락에 스파게티를 돌돌 말고 있어요. 미아가 고개를 옆으로 휙 돌리면 공기의 움직임이 느껴지죠.

저는 미아를 보고, 듣고, 만지고, 그녀의 체취를 맡는 것, 이 모든 것을 동시에 할 수 있어요. 미아는 실체예요. 에미는 환상이고요. 둘 다 나름대로의 장점과 단점이 있죠. 편안한 저녁시간 보내시기 바랍니다. 당신의 레오.

30분 뒤
Re:

제 피아노는 검고, 네모나고, 주로 나무로 되어 있어요. 윗부분은 수평으로 돌출해 있고 앞 모서리가 둥근 뚜껑이 있는데, 그걸 들어올리면 검은 건반과 흰 건반이 나와요. 건반이 모두 몇 개인지 정도는 당연히 외우고 있어야겠지만 생각이 안 나서 세어봐야겠네요. 정확한 숫자는 나중에 알려드려도 될까요? 어쨌든 흰 건반은 검은 건반보다 크고 많아요. 건반을 누르면 피아노에서 소리가 나요. 그 소리가 어디에서 나오는지 정확히는 알 수 없어요. 피아노를 치면서는 소리가 어디서 나오는지 확인해볼 수도 없어요. 하지만 건반마다 소리가 정해져 있어요. 왼쪽에 있는 건반을 누르면 낮고 깊은 소리가 나요. 오른쪽으로 갈수록 소리가 높아지죠. 검은 건반들을 연이어 누르면 극동지역의 아이들 노래 같은 멜로디가 생겨나요. 흰 건반에 대해 더 알고 싶으면 말씀하세요. 이 정도면 제 피아노에 대한 묘사가 대충 된 것 같네요. 그래요, 제가 감히 제 피아노를 묘사했어요!
에미 올림.

5분 뒤
Aw:

참 잘했어요, 에미. 이제 당신 피아노에 대해 잘 알겠어요. 눈 앞에 피아노가 보이는 것 같아요. 당신이 그 앞에 앉아 건반을 세는 모습도요. 고마워요! 잘 자요.

1시간 뒤
Re:

이봐요, 레오, 또 저예요. 전 아직 피곤하지 않아요. 그런데 사실 무슨 말을 해야 할지 모르겠군요. 그냥 좀 슬퍼요. 저는 미아가 우리 둘을 물리적으로도 좀더 가깝게 만들어줄 줄 알았어요. 그런데 결과를 보니 우리 사이를 훨씬 멀어지게 한 것 같아요. 그렇다고 미아에게 화를 낼 수도 없어요. 그건 어디까지나 제 생각이었으니까요. 솔직하게 얘기할게요. 당신이 미아를 만나기를 바라기는 했지만 당신과 미아가 결합하기를 바라지는 않았어요. 제가 보기에 당신과 미아는 절대로 '환상의 커플'이 아니었어요 (이 생각엔 지금도 변함이 없고요!). 실제로 레오 당신에 대해

지나치게 자신감을 갖고 있었어요. 당신을 안다고 생각했죠. 당신이 미아와 사랑에 빠지는 건 불가능한 일이라고 생각했어요. 미아야 두말할 나위 없이 매력 있는 여자죠. 하지만 저와는 정반대 타입이에요. 미아는 철저하게 스포츠우먼이에요. 튼튼하고 억세고 강인해요. 아마도 미아는 겨드랑이 털조차 근육덩어리로 이루어져 있을 거예요. 흉곽은 눈에 띄나 가슴은 보이지 않죠. 코코넛오일을 바른 채 선탠한 피부는 가무잡잡해요. 미아는 체력 단련 지상주의자예요. 미아에게 섹스는 둘씩 짝지어 하는 엎드려뻗치기 겸 골반근육 운동일 거예요. 절정에 이르렀을 때 잠시 숨을 돌리는 게 그 운동의 쉬는 시간일 테고요. 미아는 서핑보드와 단식요법과 뉴욕의 도시 마라톤에 적합한 여자지 레오에게 적합한 여자는 아니에요. 적어도 제 생각엔 그래요. 저는 레오 당신을 전혀 다르게 보았어요. 미아를 원한다는 것은 곧 저를 거부한다는 뜻이죠. 그게 저를 우울하게 한다는 사실, 실감하시겠어요?

10분 뒤

Aw:

제가 미아를 원한다고 누가 그러던가요? 미아가 저를 원한다고 누가 그러던가요?

2분 뒤

Re:

누구긴, 당신이죠! 당신! 당신이 그러잖아요! 그것도 얼마나 잔인하게 그 얘길 하는지 알아요? '미아랑 저는 일단 서로의 감정에 대해 명확히 알 필요가 있다' 느니 어쩌느니, 당신의 그 끔찍하고 밥맛없는 이메일보다 더 잔인하게 할 수는 없을 거예요. 당신이 그 메일에서 뭐라고 한 줄 알아요? '우린 여러 가지 면에서 통하는 게 많아요.' 우웨에에에엑! 당신이 그런 말을 할 줄은 꿈에도 몰랐어요, 레오!

5분 뒤

Aw:

하지만 사실이에요. 미아랑 저는 여러 가지 면에서 통하는 게 많아요. 이건 거짓으로 한 말이 아니라구요. 예컨대 존귀하신 에미 로트너라는 분을 어떻게 생각하고 평가하는가, 하는 문제에서 의견이 일치하더군요!

3분 뒤

Re:

미아랑 자지 않았다고만 말해주세요.

4분 뒤

Aw:

에미, 또다시 남자에게 감정이입이 되었나보군요. 맞죠? 얘기
의 초점을 흐리지 말아요. 제가 미아랑 잤는지 자지 않았는지는
전혀 문제가 되지 않습니다.

55초 뒤

Re:

문제가 되지 않는다고요? 저는 그렇지 않아요! 미아랑 자는
사람은 절대로 저랑 자지 않아요. 정신적으로도 마찬가지예요.
당신이 미아랑 잤는지 자지 않았는지가 저에게는 중요해요.

2분 뒤

Aw:

자꾸 우리의 관계를 우리가 이따금 정신적으로 잠자리를 같
이 했다는 것으로 단순화하지 말아요.

50초 뒤

Re:

저랑 이따금 정신적으로 잠자리를 같이 했다구요? 그런 소린

처음 듣는군요. 하지만 기분은 괜찮네요!

1분 뒤
Aw:

그건 그렇고 자야겠어요. 이번엔 아주 육체적인 거예요. 잘 자요, 에미. 새벽 두시예요.

30초 뒤
Re:

예, 굉장하네요. 옛날처럼! 안녕히 주무세요. 에미.

다음 날 아침
제목: 섹스 얘기 아님

굿모닝, 레오. 저에 대한 생각과 평가에서 당신과 미아의 의견이 일치했다고 하셨는데, 두 사람은 저를 대체 어떻게 생각하고 평가한다는 거예요? 미아가 저에 대해 뭐라고 하던가요? 신발 치수 37인 세 에미 가운데 어떤 에미가 저인지 이제 아세요? 당신 동생이 "오빠가 사랑에 빠질 것 같은 여자"라고 한 그 에미인가요?

1시간 30분 뒤

Aw:

에미, 못 믿으시겠지만 우린 당신의 외모가 아니라 내면에 대
해 얘기했어요. 저는 처음부터 당신이 어떻게 생겼는지 알고 싶
지 않다는 뜻을 미아한테 비쳤어요. 그러자 미아가 이러더군요.
"그럼 엄청난 걸 놓치시는 셈일 텐데요!" (미아는 정말 좋은 친
굽니다.) 물론 미아는 저와 결합하는 걸 당신이 바라지 않는다
는 사실도 알고 있었어요. 우린 우리에게 주어진 역할을 이내 분
명하게 파악했죠. 마주 앉아 있던 시간은 십 분뿐이었지만 그 사
이에 에미 로트너 문제에서 동맹자가 되었어요.

12분 뒤

Re:

그리고 착실하게 서로 사랑에 빠졌군요.

1분 뒤

Aw:

그런 소릴 누가 하던가요?

8분 뒤

Re:

레오 라이케가 이러던걸요. "하지만 미아는 저랑 50센티미터 밖에 떨어지지 않은 곳에 앉아 작은 탁자 위로 몸을 숙이고 숟가락에 스파게티를 돌돌 말고 있어요." 감동의 눈물. "미아가 고개를 옆으로 휙 돌리면 공기의 움직임이 느껴지죠." 감동의 눈물. "미아를 보고, 듣고, 만지고, 그녀의 체취를 맡는 것, 이 모든 것을 동시에 할 수 있어요." 감동의 눈물. "미아는 실체예요." 거창. 레오, 마를레네의 경우는 용서할 수 있어요. 마를레네는 우리가 알게 되기 전의 여자였고, 따라서 선임자로서의 권리가 있으니까요. 하지만 미아가 고개를 돌릴 때 일어나는 바람, 그걸 저에게 견디라고 하는 건 터무니없는 요구예요. 저도 고개를 휙 돌려 바람을 일으켜보고 싶고, 그 바람을 당신이 느끼면 좋겠어요, 레오 선생! (아 참, '선생'이라는 말은 뺄게요.) 미아가 일으키는 바람이 그렇게 특별해요? 내 바람에는 없는 무언가가 미아의 바람에 있나보죠? 저도 고개를 옆으로 돌리면 얼마든지 향기로운 바람을 일으킬 수 있단 말이에요!

20분 뒤

Aw:

우린 에미 당신의 결혼에 대해서도 얘기했어요.

3분 뒤

Re:

아하, 그래요? 다시 당신이 좋아하는 주제로 넘어가셨군요?
미아는 뭐라던가요? 자기는 베른하르트를 견딜 수 없다고 하던
가요?

15분 뒤

Aw:

아니요, 그런 말은 하지 않았어요. 베른하르트에 대해 좋은 얘
기만 하던걸요. 미아는 당신의 결혼이 완벽하게 모범적이라고
했어요. 섬뜩하긴 하지만 정말 모든 게 잘 맞는다고요. 에미가
베른하르트랑 결합한 뒤로 약점이 없어졌다고 하더군요. 약점
내보이는 걸 아예 잊은 것 같다고요. 에미가 베른하르트랑 두 아
이를 대동하고 어디에 나타나면 사람들은 꿈의 가족이 왔다고
생각한다나요. 네 식구 모두 웃음 띤 얼굴에 상냥하고, 행복해
보인다고요. 당신과 당신 남편 사이에는 말이 필요 없다고 하더

군요. 말없이도 고요한 조화를 이룬다고요. 거기에 두 남매까지 나란히 앉아 어깨동무를 하고 있으면…… 그야말로 흠잡을 데 없는 한 폭의 그림이라고요. 미아 말이, 당신 가족을 집으로 초대하는 친구들은 당신네 가족이 돌아가고 나면 상담치료를 예약하는 게 좋을 거라고 하더군요. 당신네 가족을 보고 나면 갑자기 모든 게 잘못되었다는 생각이 든다는 거예요. 꼭 자기가 실패자처럼 느껴진대요. 다들 자기 배우자는 곁에 없거나 있어도 서로 얼굴을 안 보고 사니까요. 자식이라고 해야 다들 골칫덩어리들일 뿐이고, 아예 배우자도 자식도 없는 사람도 있고요. 미아 자기처럼. 미아는 당신이랑만 비교하면 자기 신세가 참 처량하게 느껴진대요.

18분 뒤
Re:

예, 미아가 저와 제 결혼, 제 가족에 대해 어떻게 생각하는지는 알고 있어요. 미아는 베른하르트를 좋아하지 않아요. 베른하르트가 자기에게서 가장 친한 친구를 빼앗아갔다고 느끼나봐요. 그래요, 기가 막힌 노릇이지만, 미아는 제가 더는 자기처럼 못 지내지 않는 걸 괴로워해요. 제가 자기를 찾아가 사네 못 사네 하며 울고불고해야 걔 속이 시원할 텐데 말이에요. 우리 우정은 피상적인 것이 되었어요. 전에는 공동의 주제, 공동의 분노, 공동의 적―예를 들어 남자, 그리고 그들의 결점―이 있었어요. 할 얘기는 끝이 없고, 얘기할 시간도 많았어요. 그런데 베른하르트가 나타난 뒤로 모든 게 달라졌어요. 저는 그 사람에 대해 나쁜 말을 하고 싶어도 할 수가 없어요. 미아에게 유대감을 느끼게 하려고 제가 사소한 일에 일부러 분개해봤자 의미가 없어요. 서로가 처해 있는 상황이 근본적으로 다르니까요. 이게 미아와 저의 문제예요.

5분 뒤

Aw:

미아는 로트너 가족의 완벽한 그림에 딱 하나, 어울리지 않는 게 있다고 하더군요. 그런데 그게 뭐라고 꼭 집어 설명할 수는 없대요. 그것에 대해 당신과 종종 얘기를 하기는 했다던데.

50초 뒤

Re:

뭐에 대해서요?

40초 뒤

Aw:

저에 대해서요.

30초 뒤

Re:

당신에 대해서요?

15분 뒤

Aw:

예, 저에 대해, 당신과 나에 대해서요. 미아는 당신이 왜 저에
게 메일을 쓰는지, 어떻게 쓰는지, 무슨 말을 쓰는지, 얼마나 자
주 쓰는지 따위를 알지 못해요. 저와 접촉하는 게 당신에게 왜
그리 중요한지도 이해하지 못해요. 미아는 이러더군요. '에미가
아쉬운 건 없다. 전혀 없다. 고민이 있으면 언제든 나나 다른 친
구를 찾아가 얘기하면 된다. 자신감을 얻고 싶으면 산책로를 한
번 걷기만 하면 된다. 연애를 하고 싶으면 산책길에서 대기 번호
표를 나눠주고 마음에 드는 남자들에게 차례로 전화를 걸면 될
거다. 이런 문제들 때문에 시간과 에너지를 들여야 하는 이메일
파트너가 필요하진 않다.' 그래요, 에미, 미아는 당신이 왜 저를

필요로 하는지, 제가 무엇에 도움이 되는지 몰라요.

2분 뒤
Re:

레오, 당신도 그걸 모르나요?

9분 뒤
Aw:

저야 알지요. 저는 당신 말을 이해해요. 제가 당신에게는 가정이라는 일상에서 조금 벗어나 기분을 전환하기 위한 일종의 '바깥세상'이라는 사실을 미아에게 설명해보려고 했어요. 그리고 저는 당신이 곁에 있지 않아도 당신을 높이 평가하고 있는 그대로의 당신을 좋아해주는 사람이라고. 당신은 오로지 메일만 쓰면 될 뿐이라고. 하지만 이런 설명으로는 미아를 납득시킬 수 없었어요. 미아가 뭐라는 줄 알아요? 에미는 기분 전환 같은 거 필요 없다. '기분 전환'을 위해 시간과 에너지를 낭비할 사람이 아니다. 에미가 시간과 에너지를 들인다면 그건 뭔가를 '원하기' 때문이다. 그리고 에미는 뭔가를 원하면 그저 많이 원하는 정도로 끝나지 않는다. 에미가 뭔가를 원한다는 건 모든 걸 원한다는 얘기다.

3분 뒤

Re:

레오, 아마 미아가 저를 잘 모르나봐요. 제가 당신한테 무슨 '모든 것'을 원하겠어요? 저는 여태 당신이랑 스파게티도 먹어본 적이 없어요. 저는 고개를 옆으로 돌려 당신이 느낄 수 있는 바람을 일으켜본 적도 없고요. 아시다시피 이런 점에서는 미아가 저를 앞질렀죠. 당신의 '모든 것'을 얻는 데 미아가 저보다 얼마나 많이 다가가 있는지는 알고 싶지 않아요.

1분 뒤

Aw:

당신이 알고 싶지 않은 게 다 있다니 기쁘군요.

50초 뒤

Re:

그렇다면 그냥 넘어갈 수 없죠. 미아가 당신의 '모든 것'에 얼마나 가까이 다가가 있나요?

2분 뒤

Aw:

그야 '모든 것'이 무엇을 뜻하느냐에 따라 다르겠지요.

55초 뒤

Re:

제가 당신에게 메일을 쓰는 데 시간과 에너지 '낭비'하는 것을 정당화해주는 당신 특유의 답변이로군요. 그런 답변은 제 친구 미아에게나 해주시지요. 미아를 언제 또 만나시나요? 오늘?

3분 뒤

Aw:

아니요, 오늘은 동료 집에 식사 초대를 받아서 거기에 가야 해요. 그렇잖아도 오늘의 메일 릴레이를 곧 끝낼 생각이었어요. 저녁시간 즐겁게 보내요, 에미.

45초 뒤

Re:

미아는 안 데리고 가세요? 미아가 아직 당신의 '모든 것'에 그다지 가까이 다가가지 못한 모양이죠?

1분 뒤

Aw:

에미, 그게 당신을 안심시킨다면, 그래요, 그 정도로 가까워지진 않았어요.

40초 뒤

Re:

안심이 되고말고요!

50초 뒤

Aw:

에미, 에미, 에미.

다음 날

제목: 미아

안녕, 레오. 내일 미아를 만나기로 했어요! 그럼, 이만. 에미.

10분 뒤

Aw:

안녕, 에미. 당신에게도 잘됐고, 미아에게도 잘됐네요. 저도 그럼, 이만. 레오.

50초 뒤

Re:

더 할 말 없어요?

20초 뒤

Aw:

무슨 생각을 하는 거예요, 에미? 제가 패닉 상태에 빠지기라
도 할 줄 알았어요? 에미, 당신이 무슨 선생님이랑 면담이라 하
러 가는 학부형인 줄 알아요? 저는 학교 땡땡이 친 적 없어요.
미아는 우리 담임선생님이 아니고, 당신은 제 엄마가 아니에요.
따라서 저야 두려울 게 없습니다.

3분 뒤

Re:

레오, 당신이 미아랑…… 제가 무슨 말을 하려는지 벌써 아시
죠? 그렇다면 제가 그걸 내일 미아에게서 듣는 것보다는 오늘
당신한테 듣는 게 나을 것 같아요. 그러니 얘기해주시겠어요?

4분 뒤

Aw:

미아랑 잤냐고요? 설혹 그게 사실이라 하더라도 미아는 당신
이 그걸 아는 걸 바라지 않을 겁니다.

1분 30초 뒤

Re:

제가 아는 걸 바라지 않는 사람은 바로 당신이로군요. 하지만
레오, 안됐지만 저는 알아요! 당신은 미아랑 잔 사람이 쓰는 것
처럼 글을 쓰고 있거든요.

13분 뒤

Aw:

제가 미아랑 자는 게 당신에겐 재앙인가요? 당신의 ‘바깥세
계’가 통째로 흔들리나요? 아니면 이건 단순히 어린 시절의 구
태의연한 놀이일 뿐인가요? 내가 가질 수 없는 걸 나랑 가장 친
한 친구가 먼저 가져서는 안 된다는?

4분 뒤

Re:

레오, 이 문제에서는 당신, 너무 미숙하게 반응하시는군요. 이 얘긴 그만두기로 해요. 즐거운 하루 되시기를. 또 쓸게요. 에미.

10분 뒤

Aw:

그럼요, 에미, 또 써야지요.

다음 날

제목: 미아

하이, 레오, 미아를 만났어요!

30분 뒤

Aw:

알아요. 당신이 만난다고 했잖아요.

2분 뒤

Re:

어땠는지 궁금하지 않아요?

4분 뒤

Aw:

좋은 질문이군요. 두 가지 답 가운데 하나를 선택할 수 있겠네
요. 1) 미아가 얘기해줄 텐데요, 뭐. 2) 어차피 에미 당신이 알아
서 곧 얘기하겠죠.
2)를 선택할래요.

1분 뒤

Re:

아깝게 빗나갔네요. 어땠는지는 미아한테 물어보세요. 즐거
운 오후!

7시간 뒤

Aw:

굿나잇, 에미. 오늘은 메일 성적이 영 시원찮았네요.

다음 날

제목: 에미?

친애하는 나의 이메일 파트너, 혹시 마음 상했어요? 왜죠? 미아한테 듣고 싶지 않은 얘길 듣기라도 했나요?

2시간 30분 뒤

Re:

레오, 미아가 저에게 무슨 얘길 했는지 꿰고 계시잖아요. 미아가 저에게 무슨 얘길 안 했는지도 훤히 아시고요. "응, 그 사람 아주 괜찮아. 응, 우린 서로 잘 통해. 응, 우린 자주 만나. 응, 아주 늦은 시각까지 같이 있을 때가 종종 있어(미소, 키득거림). 응, 그 사람 정말 아주 괜찮아(의미심장한 웃음). 응, 남자라면 그래야지(한숨), 상상이 되니?(흥분)…… 하지만 에미, 우리가 섹스를 하느냐 안 하느냐는 전혀 문제가 되지 않아! 그게 중요한 게 아니니까…… 참, 에미, 넌 왜 입만 열면 섹스 얘기니?" 기타 등등.

순진한 레오씨, 이건 본래의 미아가 아니에요. 미아 본래의 모습대로라면 몇 시간이고 섹스 얘길 하거든요! 섹스 얘길 하면서 섹스에 쓰이거나 어떤 식으로든 섹스와 관련이 있는 근육들을 관객(혹은 청중)의 입장에서 묘사해요. 미아는 오 초 동안 지속

되는 단 한 번의 오르가슴을 스포츠 의학의 관점에서 칼로리 소모량 같은 것에 따른 일곱 개의 작업 단계로 나누고, 각 단계마다 한 시간짜리 연구 보고서를 만들고도 남는 친구예요. 이게 미아예요! 미아 같지 않은 미아가 어떤 사람인지 아세요? "참, 에미, 넌 왜 입만 열면 섹스 얘기니!" 이건 미아가 아니에요. 이건 백 퍼센트 레오 라이케지요! 레오, 당신, 미아를 대체 어떻게 만들어놓은 거예요? 이유가 뭐죠? 저를 화나게 하려고요?

13분 뒤

Aw:

제가 미아랑 섹스를 했는지에 당신이 왜 그토록 관심을 갖는지, 미아가 묻지 않던가요? 미아가 '나도 네가 베른하르트랑 섹스를 얼마나 자주 하는지 묻지 않잖아', 하지 않던가요? 당신이 나한테서 원하는 게 뭐냐고 미아가 묻지 않던가요? 물었죠? 그렇죠? 뭐라고 대답했어요, 에미?

50초 뒤

Re:

이메일을 원한다고 했어요! (하지만 이런 이메일은 아니에요.)

1분 30초 뒤

Aw:

자기가 원하는 것만 고를 수는 없는 법이죠.

3분 뒤

Re:

모든 게 다 마음에 들어서 고를 필요조차 없으면 좋겠어요. 레오, 전에는 저에게 아주 아름다운 이메일을 썼잖아요. 그런데 미아랑 섹스를 하고 난 뒤로는 변죽만 울리고 있어요. 좋아요, 다제 탓이에요. 당신이 미아랑 결합하지 못하게 했어야 하는데. 제실수였어요.

8분 뒤

Aw:

에미, 미아야 어쨌든 당신은 다시 저에게 아름다운 이메일을 받게 될 겁니다. 약속할게요. 그런데 오늘은 이걸로 끝낼게요. 연극 보러 가야 하거든요(미아랑 가는 거 아닙니다. 여동생이랑 친구 둘이랑 같이 가기로 했어요).

좋은 저녁시간 보내시고, 당신 피아노에게 안부 전해주세요. 레오.

5시간 뒤

Re:

극장에서 돌아오셨어요? 오늘은 잠을 잘 수가 없네요. 제가 북풍에 대해 얘기한 적 있나요? 창문이 열려 있을 때 북풍이 불면 못 견디겠어요. 뭐라고 한 마디라도 써주시면 좋겠어요. "그렇다면 창문을 닫아요." 이 한 마디라도 좋아요. 그럼 전 이렇게 대꾸할 거예요. "창문을 닫고 있으면 잠을 못 자요."

5분 뒤

Aw:

머리를 창문 쪽으로 두고 자나요?

50초 뒤

Re:

레오!!!! 예, 머리를 비스듬히 창문 쪽으로 두고 자요.

45초 뒤

Aw:

180도 돌아서 발가락을 비스듬히 창문 쪽으로 두고 자면 어때요?

50초 뒤

Re:

그건 안 돼요. 그럼 머리맡에 독서용 램프 딸린 나이트테이블
이 없잖아요.

1분 뒤

Aw:

자는 데 램프는 필요없어요.

30초 뒤

Re:

필요해요. 책을 읽다 자거든요.

1분 뒤

Aw:

그럼 책을 읽고 나서 180도 돌아 발가락을 비스듬히 창문 쪽
으로 두고 주무시죠.

40초 뒤

Re:

돌면 잠이 깨기 때문에 잠이 올 때까지 다시 책을 읽어야 해
요. 그런데 램프가 없잖아요.

30초 뒤

Aw:

좋은 수가 있어요! 독서용 램프가 딸린 나이트테이블을 아예
침대 발치 쪽으로 옮기세요.

35초 뒤

Re:

그건 안 돼요. 램프의 전선이 너무 짧아요.

40초 뒤

Aw:

안타깝군요. 저한테 연장선이 있는데.

25초 뒤

Re:

그걸 메일로 보내주세요.

45초 뒤

Aw:

알았어요. 문서로 첨부해서 보낼게요.

50초 뒤

Re:

고마워요, 받았어요. 멋진 선이로군요. 엄청 길고! 램프에 연결해야겠어요.

40초 뒤

Aw:

밤중에 선에 걸려 넘어지지 않게 조심해요.

35초 뒤

Re:

아, 이제 아주 푹, 곤히 자겠어요. 고마워요!

1분 뒤

Aw:

이제 북풍이야 불 테면 불라죠.

45초 뒤

Re:

레오, 당신이 아주아주 좋아요. 당신, 북풍에 환상적으로 잘 대응했어요!

30초 뒤

Aw:

에미, 저도 당신이 아주 좋아요. 잘 자요.

25초 뒤

Re:

안녕히 주무세요. 좋은 꿈 꾸시고요.

다음 날 저녁

제목 없음

에미, 오늘은 제가 먼저 쓰기를 기다렸군요. 그렇죠?

5분 뒤

Re:

레오, 저는 항상 당신이 먼저 쓰기를 기다렸지만 거의 허탕이었죠. 이번엔 끝까지 버텨볼 심산이었어요. 별일 없으시죠?

3분 뒤

Aw:

예, 별일 없어요. 방금 미아랑 통화했는데, 당신이 미아랑 저에 대해 여전히 알고 싶어 한다면 당신에게 모든 걸 다 얘기하기로 했어요.

8분 뒤

Re:

알고 싶었는지 아닌지는 얘길 들어봐야 알 수 있을 것 같아요. 그런데 당신이 지금 말하는 분위기로 보아, 제가 알고 싶지 않았다고 생각하게 될 가능성이 아주 없지는 않겠군요. 따라서 그게 임신, 베네치아 여행, 결혼 약속 같은 것들이 줄줄이 딸려나오는 연애담이라면 안 듣는 게 낫겠어요. 전 오늘 어떤 고객이랑 싸웠어요. 게다가 생리까지 시작했고요.

4분 뒤

Aw:

아니, 연애담은 아니에요. 아니었어요. 당신이 그렇게 자신 없는 태도를 보이다니 놀랍군요. 전에는 자기 물건에 엄청나게 자신 만만했잖아요. 여기선 '자기 물건', 이게 포인튼데, 더 자세히 얘기할까요?

6분 뒤

Re:

레오, 이건 부당해요! 저는 어떤 물건에 자신만만해하지 않았어요. '물건'이 아예 없었는데요, 뭐. 전에는 당신이 내 친구와 만나면 어떤 일이 생길까, 깊이 생각해보지 않았어요. 단지 저는 미아가 무슨 말을 할지, 그리고 당신이 무슨 말을 할지 궁금했어요. 그런데 막상 당신이랑 미아가 얘기를 하니까, 내지는 얘기를 안 하니까 그제야 두 사람이 얘기한, 내지는 얘기하지 않은 게 얼마나 제 마음에 들지 않는지를 알겠더군요. 하지만 마음 푹 놓으시고 얼마든지 더 얘기하세요. 어차피 가장 중요한 문장은 벌써 쓰셨잖아요(미아에게 먼저). 이제 뭐가 더 남았겠어요.

1시간 30분 뒤

Aw:

미아랑 저는 지난 일요일 오후에 카페에서 처음 만났어요. 우리는 우리가 왜 거기에 앉아 있는지 대번에 알았어요. 우리가 만난 건 우리 때문이 아니라 당신 때문이었죠. 우리가 가까워지거나 사랑에 빠질 가망은 애초에 없었어요. 그러니까 우린 대략 서로 반대편이 되도록 결정되어 있었던 거죠. 우린 첫 순간부터 당신의 꼭두각시가 된 기분이었어요. 에미 당신이 막 체스판에 올려놓은 말 같았다고나 할까요. 다만 우린 그 '게임'을 이해할 수 없었어요. 그리고 지금까지도 이해할 수 없어요. 에미, 당신은 미아가 당신을 높이 평가하고, 찬탄하고, 부러워한다는 걸 알고 있어요. 그게 당신에 대한 나의 관심을 높여줄 거라고 생각했나요? 만약 그게 사실이라면 이유가 뭐죠? 당신이 얼마나 완벽하고 평화롭게 가정생활을 꾸려가는지를 제가 알아야 합니까? 왜죠? 그게 우리의 이메일과 무슨 관계가 있죠? 그게 당신이 잠들지 못하도록 창으로 불어들어오는 북풍을 막아주기라도 하나요?

그리고 미아 얘기를 하자면, 미아는 이제 당신을 잘 모릅니다. 미아는 처음부터 하나만은 알고 있더군요. 제가 자기에게는 금단의 열매라는 사실 말이에요. 저는 '에미 것입니다. 손대지 마세요!' 라고 적힌 팻말을 목에 걸고 있는 셈이었죠. 미아는 저에게서 정보를 알아내는 데 그치는 수밖에 없다고 느꼈을 겁니다. 당신에게 저에 대해 자세히 얘기해줘야 하고, 당신이 저에 대한 이미지를 완성할 수 있도록 당신이 모르는 저의 다른 면들—외형적인 것—을 제공해줘야 하니까요.

그런데 말이에요 에미, 미아랑 저는 우리에게 주어진 역할을 해낼 준비가 되어 있지 않았어요. 우린 당신의 이상한 연극을 망쳐놓기로 했어요. 예, 우린 반항하기로 했어요. 미아랑 저는 서로 사랑에 빠지진 않았지만 같이 잤습니다. 좋았고, 재미있었고, 죄책감 같은 건 남지 않았어요. 두근거림도 큰 정욕도 깊은 열정도 전혀 없이 이루어진 일이에요. 우린 당신의 배려에 따르면 그만이었어요. 세상에서 가장 단순하고 솔직한 일이었죠. 우린 솔직히 당신한테 화가 났어요! 그래서 연극 속에서 우리 자신의 연극을 한 겁니다. 그런데 그게 하룻밤은 잘됐는데, 두번째 밤에는 안 되더군요. 공동의 적에 대항하려고 계속 '같이' 자기만 할 수는 없는 노릇이잖아요. 게다가 미아랑 저 사이에서는 그 무엇도 싹트지 않을 게 분명했어요. 하지만 우리는 기꺼이 다시 만났어요. 만나서 수다 떠는 게 좋았고, 한편으로는 그렇게 해서 에미 당신에게 거리를 두는 게 마음에 들었어요. 당신의 오만에 대한 가벼운 형벌이라고나 할까요.

애기인즉 이렇습니다. 친애하는 저의 이메일 파트너가 이 애기를 이해할지, 이 얘기를 어떻게 소화할지 자못 궁금하군요. 쓰다보니 어느새 밤이 되었네요. 보름달이 떴어요. 북풍은 잦아들었고요. 이제 머리를 창 쪽으로 두고 자도 되겠어요. 잘 자요!

이틀 뒤

제목 없음

에미, 사람이 말이에요, 이틀씩이나 허공에 매달려 있다보면 아주 참담한 기분이 듭니다. 제가 지금 그렇게 허공에 매달려 있거든요. 당신이 저를 허공에 매달아놔서 말이에요. 그래서 답장 좀 주시기를 정중하게 청하는 바입니다. 거칠게 다루어도 괜찮으니 저를 바닥으로 좀 내려놔주세요. 존경의 마음을 담아 당신의 레오 드림.

다음 날

제목: 소화

안녕, 레오. 요나스가 배구하다 팔을 삐었어요. 그래서 병원에서 이틀 밤을 보냈어요. 우리야 완벽하고 평화로운 가족이니 팔 다친 아이 때문에 이틀쯤 병원에서 보내는 거야 말할 거리도 안 되죠, 뭐.

이제 소화에 대해 얘기할게요. 당신의 이메일을 몇 번이나 소화해보려고 했지만 자꾸 도로 올라와요. 지금은 그게 아무 맛도 나지 않는 죽일 뿐이에요. 제가 얼마나 완벽하고 평화롭게 가정생활을 꾸려가는지 미아한테 들으라는 거냐고 물으셨죠? 레오, 당신과 미아가 크게 잘못 알고 있어요. 제 가정생활은 좋은 편이지만 결코 완벽하진 않아요. '가정생활' 자체가 완벽과는 아무 상관이 없어요. 끈기, 참을성, 관용, 아이들의 뻔 팔 같은 것들이 상관있지요. 제가 여기서 평소와 달리 다년간의 경험—유감스럽게 미아도 당신도 해보지 못한—을 들먹여도 될까요? '가정의 평화'는 형용모순이에요. 서로 배타적인 개념이 짝을 이룬 것이라고요.

이제 당신의 '연극 속의 연극'에 대해 한두 마디만 더 할게요. 당신과 미아가 저한테 화가 나서 침대로 가셨다고요? 그런 유치한 얘기는 살다 살다 첨 들어보겠군요. 레오, 레오! 이건 감점 사항이에요.

…7장

이틀 뒤

제목: 정리

안녕, 에미. 어떻게 지내고 있어요? 저는 특별히 잘 지내고 있지는 않아요. 나 자신이 엄청나게 자랑스럽지도 않고요. 미아를 만나서는 안 되는 거였는데 그랬어요. 그 만남이 어처구니없게도 저를 에미 당신에게 더 단단히 묶어놓으리라는 사실을 알았어야 했어요. 저는 그게 당신의 목적이었다고 당신을 비난했지만 책임의 반은 제가 떠맡아야겠어요. 그건 우리 두 사람의 목적이었다는 생각이 들거든요. 우리가 지금까지 그걸 솔직하게 인정하지 않았을 뿐이죠. 미아는 우리 사이의 연락원이었어요. 당신은 미아를 저에게 보냈고, 저는 미아랑 그것에 보복했죠. 미아에게 부당했다고는 생각하지 않아요. 미아가 갈수록 저에게 관심을 갖는 건 그만큼 에미 당신에 대한 관심이 높아지기 때문이에요. 저는 당신이 친구에게 한 걸음 더 다가가야 한다고 생각해요. 저는 한 걸음 물러서야 하고요. 이렇게 정리를 하는 수밖에 없겠어요. 좋은 하루 보내세요. 레오.

1시간 뒤
Re:
레오, 다음엔 뭘 정리할 거죠? 저인가요?

8분 뒤
Aw:
이메일 자체를 정리하겠다는 생각은 늘 하고 있어요. 하지만 이건 좀 천천히 브레이크를 당겨야 할 것 같아요.

4분 뒤
Re:
레오, 당신 주특기가 또 나오는군요. '그래야 할 것 같아요.' '천천히' '생각은 해요.' …… 이런 식으로 머뭇머뭇 주저하는 거 말이에요. 소심하게 예고한 당신의 퇴각로에 저를 끌어들이는 게 재미있어요? 레오, 그냥 브레이크를 당기세요. 부탁이에요. 당기되 점잖게 당기세요!!! 저까지 덩달아 괴롭게 만들지 마세요. 생각은 해요, 그래야 할 것 같아요, 천천히 하려고요……이런 말들이 서서히 짜증난다고요!

3분 뒤
Aw:

알았어요, 지금 브레이크를 당기죠.

40초 뒤
Re:

마침내 당기신다는 거죠?

35초 뒤
Aw:

벌써 당겼어요.

25초 뒤
Re:

이제 어떻게 하실 건데요?

2분 뒤

Aw:

아직 모르겠어요. 엔진이 멈추기를 기다리고 있어요.

25초 뒤

Re:

멈췄네요. 그럼 안녕!

이틀 뒤

제목 없음

안녕, 에미. 어때요, 우리 이제 더는 메일 안 쓰는 거예요?

7시간 뒤

Re:

그럴걸요.

다음 날

제목 없음

이메일을 안 받는 것도 괜찮군요.

2시간 30분 뒤

Aw:

네, 메일 안 받는 거에 익숙해지겠죠.

4시간 뒤

Re:

익숙해지기에 앞서 우선 그게 얼마나 힘든 일인지를 알게 되는군요.

5시간 30분 뒤

Aw:

스트레스지요. 철저히 스트레스예요.

다음 날

제목 없음

미아는 어떻게 지내나요?

2시간 뒤

Aw:

몰라요. 안 만나요.

8시간 뒤

Re:

아, 그래요? 안됐군요.

3분 뒤

Aw:

예, 안됐어요.

다음 날

제목 없음

레오, 당신 참 재미있어요.

9시간 뒤

Aw:

이 칭찬에 대답할 수 있는 말이 고맙다는 말뿐이로군요.

다음 날

제목 없음

마를레네는 어떻게 지내요? 고질병이 도졌나요?

3시간 뒤

Aw:

아니요, 아직까지는요. 제가 도지려고 해요. 식구들은 뭐 해요? 요나스의 무릎은 어떤가요?

2시간 뒤

Re:

팔이에요.

5분 뒤

Aw:

아, 맞다, 미안해요. 요나스의 팔은 어떤가요?

3시간 30분 뒤

Re:

어떤지 볼 수 없어요. 깁스를 하고 있어서요.

30분 뒤

Aw:

아하, 그렇군요. 알겠어요.

이틀 뒤

제목 없음

에미, 우리가 더는 할 말이 없다는 게 슬퍼요.

10분 뒤

Re:

어쩜 할 말이 있었던 적이 없었는지도 몰라요.

8분 뒤

Aw:

그렇다고 하기에는 우린 그동안 너무 많은 얘기를 했어요.

20분 뒤

Re:

우리가 한 건 무언의 말이었죠. 모두 공허한 말들이었어요.

5분 뒤

Aw:

당신이 그렇다고 하면 그런 거겠지요.

12분 뒤
Re:

당신이 브레이크를 밟은 건 참 잘한 일이에요.

3분 뒤
Aw:

정지를 통고한 건 당신이에요, 에미!

8분 뒤
Re:

끝내자는 얘기는 당신이 날마다 했어요.

5시간 뒤
Aw:

완전히 멈춰야 하는 거였나요?

3분 뒤
Re:

어차피 벌써 멈췄잖아요.

50초 뒤

Aw:

사람을 참 곱게 끌어내리는 재주가 있군요.

2분 뒤

Re:

당신한테 배웠어요, 레오. 안녕히 주무세요.

3분 뒤

Aw:

잘 자요.

2분 뒤

Re:

굿나잇.

1분 뒤

Aw:

굿나잇.

50초 뒤

Re:

굿나잇.

40초 뒤

Aw:

굿나잇.

20초 뒤

Re:

굿나잇.

2분 뒤

Aw:

새벽 세시예요. 북풍이 부나요? 굿나잇.

15분 뒤

세시 십칠분이네요. 서풍이에요. 쌀쌀하고요. 굿나잇.

다음 날 아침
제목: 좋은 아침
굿모닝, 레오.

3분 뒤
Aw:
굿모닝, 에미.

20분 뒤
Re:
오늘 저녁에 포르투갈에 가요. 이 주 동안 거기서 아이들과 휴가를 보내고 올 거예요. 레오, 제가 갔다 와도 당신은 여기에 있을 거죠? 그걸 알아야겠어요. '여기에'란……, 무슨 뜻이냐면…… 그냥 여기에요. 제가 무슨 말을 하는지 당신은 아실 거예요. 당신이 사라질까 두려워요. 제가 말하는 브레이크, 정지, 무언의 공허한 말들…… 그런 것도 당신이 있어야 가능하지, 당신 없이는 안 되잖아요!

18분 뒤

Aw:

그래요, 에미, 당신을 기다리진 않겠지만 당신이 돌아왔을 때 여기에 있을게요. 저는 당신을 위해 늘 여기에 있었어요. 브레이크를 당기고 멈춰서 있을 때도요. 십사 일간의 '휴식' 뒤에 우리가 어떻게 될지 두고 보면 알겠지요. 어쩌면 휴식이 우리에게 득이 될지도 모르겠어요. 최근에 우리가 휴식에 익숙해지기도 했고요. 잘 다녀오세요. 레오.

2시간 뒤

Re:

떠나기 전에 하나만 더. 레오, 솔직하게 말해주세요! 저에 대한 관심을 잃었나요?

5분 뒤

Aw:

정말로 솔직한 답을 바라세요?

8분 뒤

Re:

네, 물론이에요. 솔직하게, 그리고 빨리요! 요나스 깁스 풀러 병원에 데려가야 한단 말이에요.

50초 뒤

Aw:

당신에게서 이메일이 와 있는 걸 보면 가슴이 두근거려요. 어제 그랬고 일곱 달 전에 그랬던 것처럼 오늘도 꼭 그래요.

40초 뒤

Re:

무언의, 공허한 말들에도 불구하고요? 좋아요!!!! 안심하고 휴가를 다녀올 수 있게 됐어요! 안녕.

45초 뒤

Aw:

안녕.

여드레 뒤

제목 없음

안녕, 레오. 포르투갈의 한 인터넷카페에 왔어요. 가슴 두근거리는 일이 없어서 당신 심장이 혹시라도 멈춰설까봐 서둘러 메일을 쓰는 거예요. 우리는 잘 지내고 있어요. 작은아이는 휴가 시작하고부터 계속 설사 증세를 보이고, 큰아이는 포르투갈 서핑 강사랑 사랑에 빠졌어요. 이제 엿새 남았네요! 당신에게 돌아갈 날을 기쁜 마음으로 기다리고 있어요!

(추신: 그새를 못 참고 마를레네랑 다시 시작하면 안 돼요!)

엿새 뒤

제목: 헬로!

레오, 저 돌아왔어요. '휴식' 어땠어요? 뭐 새로운 일이라도 있었나요? 당신이 없어서 얼마나 아쉬웠는지 몰라요! 왜 저한테 메일도 안 썼어요? 당신의 첫 이메일이 두려워요. 하지만 그보다 더 두려운 건 당신이 저로 하여금 몇 날 며칠이고 첫 메일을 기다리게 하는 거예요. 질문 있어요. 이제 우리 어떻게 할까요?

15분 뒤

Aw:

에미, 내 첫 이메일 받는 걸 두려워할 필요는 없어요. 이렇게 보냅니다. 위험한 내용은 하나도 없으니 안심하세요.

1) 새로운 일―없었어요.

2) 휴식은―길었어요.

3) 당신에게 메일을 쓰지 않은 이유는―휴식이었으니까요.

4) 당신이 없어서 얼마나 아쉬웠는지 몰라요―저도 마찬가지였어요! (아마 당신보다 제가 더 아쉬웠을 거예요. 당신은 그나마 포르투갈 서핑 강사로부터 보호해줘야 할 열여섯 살짜리 딸이라도 있잖아요. 딸 일은 어떻게 됐어요?)

5) 이제 우리 어떻게 할까요?―딱 세 가지 길이 있어요. 지금까지 해온 대로 계속하는 것. 그만두는 것. 만나는 것.

2분 뒤

Re:

4)에 대해 얘기하자면, 피오나는 포르투갈로 가서 그 서핑 강사랑 결혼할 거래요. 자기가 우리랑 집으로 돌아온 건 단지 자기 짐을 챙겨가기 위해서라네요. 아무튼 피오나 말로는 그래요.

5)에 대해. 저는 만나는 것에 찬성해요!

3분 뒤

Aw:

에미, 간밤에 당신 꿈을 강렬하게 꾸었어요.

2분 뒤

Re:

정말요? 저도 그런 적 있어요. 저도 당신 꿈을 강렬하게 꾼 적 있다고요. 그런데 '강렬하게'라는 말을 무슨 뜻으로 쓰신 거예요? 꿈이 그냥 좀 강렬했나요, 아니면 에로틱하기도 했나요?

35초 뒤

Aw:

엄청 에로틱했어요!

45초 뒤

Re:

정말요? 그건 당신에게 어울리지 않아요.

1분 뒤

Aw:

저도 놀랐어요.

30초 뒤

Re:

그런데요???? 자세하게 얘기해줘요! 우리가 뭘 했나요? 제 모습이 어땠어요? 얼굴은요?

1분 뒤

얼굴은 잘 못 봤어요.

1분 30초 뒤

Re:

이봐요, 레오, 제가 당신 속마음을 모를 것 같아요? 아마 당신 꿈속의 저는 가슴 큰 금발의 에미였을 거예요.

50초 뒤

Aw:

왜 그렇게 큰 가슴에 집착해요? 큰 가슴 콤플렉스라도 있어요?

2분 뒤

Re:

레오, 당신의 그런 점이 감탄스러워요. 당신은 제가 가슴이 큰
지 어떤지 알고 싶어하지 않아요. 외려 큰 가슴 콤플렉스가 있는
지 알고 싶어하죠. 일반적인 남자들은 그렇지 않거든요. 사람들
이 알면 당신이 발육이 끝난 큰 가슴에 대해 무슨 콤플렉스를 가
지고 있다고 생각할지도 몰라요.

3분 뒤

Aw:

에미, 저를 불감증이라 여겨도 할 수 없어요. 크건 작건, 풍만
하건 말랐건, 펑퍼짐하건 납작하건, 둥글건 모났건 간에 저는 얼
굴도 모르는 사람의 가슴에 관심 없어요. 저는 여자를 이루는 다
른 모든 것은 뚝 떼어놓은 채 오로지 가슴 크기에만 관심을 쏟는
재주는 없습니다.

1분 뒤

Re:

흥, 자가당착이에요! 당신은 전에 저에게 당신의 엄청 에로틱
한 꿈에 대해 얘기하는 메일을 세 통이나 보냈어요. 그 꿈에서

당신은 제 얼굴만 빼고 남자로서 상상할 수 있는 모든 것을 보았다고 했어요. 제 가슴이 당신 기대에 못 미쳤다고 솔직하게 말하세요.

55초 뒤
Aw:

꿈에서 얼굴과 가슴은 물론 당신의 몸에 속한 그 무엇도 보지 못했어요. 그냥 모든 걸 느끼기만 했죠.

1분 30초 뒤
Re:

저의 아무것도 보질 못했다면서 당신이 눈가린 채로 더듬은 여자가 저라는 건 어떻게 아세요?

1분 뒤
Aw:

당신처럼 말하는 사람은 단 한 사람, 당신밖에 없으니까요!

2분 30초 뒤

Re:

그럼 우리가 얘기를 했단 말인가요? 얘기하는 동안 당신이 눈을 가린 채로 저를 더듬었어요?

50초 뒤

Aw:

저는 눈을 가린 채로 당신을 더듬지 않았어요. 당신을 느꼈을 뿐이지. 이건 엄연히 다릅니다. 그리고 우린 (무엇보다) 애길 나누었어요.

35초 뒤

Re:

엄청 에로틱하네요!

1분 30초 뒤

Aw:

에미, 당신은 도무지 이해를 못하는군요. 이런 문제를 앞에 두면 지나치게 예의 '남자' 입장에서 생각하는 것 같아요.

2분 뒤
Re:

세상에는 두 종류의 남자가 있어요. 그냥 남자들과 '단 한 사람의' 가슴초월자 레오. 이 고상한 분류로 오늘은 이쯤에서 그쳐야겠어요. 처리할 일이 좀 있어서요. 내일 연락할게요. 그럼, 이만. 에미.

다음 날
제목: 만남

음, 레오, 우리 만날까요? 저 시간 많아요. 세상의 모든 시간이 다 제 거예요. 베른하르트가 아이들 데리고 일주일간 트래킹을 떠났어요. 저 혼자 있어요.

5시간 30분 뒤
Re:

이봐요, 레오, 말문이 막혔어요?

5분 뒤
Aw:

아니에요, 에미. 그냥 생각 좀 하느라 그래요.

10분 뒤

Re:

좋은 현상은 아니로군요. 당신이 무슨 생각을 하는지 알아요. 레오, 우리 만나요! 다시없을지도 모르는 이 소중한 기회를 놓치지 말자고요. 우리가 만난다고 해서 당신이 감수해야 할 게 뭔가요? 잃을 게 있어요?

2분 뒤

Aw:

1) 당신
2) 나
3) 우리

17분 뒤

Re:

레오, 당신 접촉공포증이 있나보군요. 우린 보기만 할 거예요. 보고, 좋아하고, 여태까지 해온 것처럼 같이 얘기하고. 물론 얘기는 입으로만 할 거고요. 단, 우린 첫 순간부터 서로를 허물없이 대하게 될 거예요. 그렇게 한 시간이 지나면 우리가 만나서 서로를 보지 않았더라면 어땠을지는 상상도 할 수 없게 될 거예요. 우린 이탈리아 식당의 작은 테이블에 앉아 있을 거예요. 저는 당신이 보는 앞에서 스파게티 알 페스토를 먹을 거고요. (알 페스토 대신 '봉골레'를 먹어도 될까요?) 그리고 저는 바람을 일으켜서 당신이 그 바람을 느낄 수 있도록 고개를 옆으로 휙 돌릴 거예요. 가상 바람이 아닌 진짜 바람, 물리적인 바람을 일으킬 거라구요!!!

1시간 30분 뒤
Aw:

에미, 당신은 미아가 아니에요. 나는 미아에게 아무 기대도 하지 않았고, 미아도 나에게 아무 기대도 하지 않았어요. 미아랑 나는 어떤 두 사람이 사귈 때 대개 그렇듯 출발선에서 시작했어요. 그런데 에미, 당신과 나, 우리 경우는 달라요. 우린 골라인에서 출발하는 셈이에요. 따라서 나아갈 방향은 하나밖에 없죠. 되돌아가는 것. 우린 미몽에서 깨어나는 지난한 과정을 밟아야 해요. 우리가 쓰는 글이 우리의 실제 모습, 실제 삶일 수는 없어요. 우리가 서로를 생각하며 그렸던 많은 이미지들을 우리의 실제 모습이 대신할 수는 없어요. 당신이 내가 아는 에미보다 못하다면 실망스러울 거예요. 그런데 당신은 내가 아는 에미보다 못할 겁니다! 내가 당신이 아는 레오보다 못하다면 당신도 우울하겠지요. 그리고 나 역시 당신이 아는 레오보다 못할 겁니다! 우린 만나면 미몽에서 깨어나 헤어질 테고, 일 년 동안 주린 배를 움켜쥐고 애타게 기다리면서 몇 달씩 지지고 볶았으나 막상 먹어보니 입에 맞지 않는 기름진 식사를 하고 났을 때처럼 속이 거북하겠지요. 그다음엔 어떻게 될까요? 끝나는 겁니다. 끝. 우리의 첫 만남은 곧 마지막 만남이 되겠지요. 그러고 나서 아무 일도 없었던 척할까요? 에미, 우린 영원히 신비감이 사라진, 마법이 풀려버린, 실망스럽고 생뚱맞은 상대의 영상을 갖게 되겠죠. 우린 서로에게 무슨 말을 써야 할지 모르게 될 겁니다. 무엇을 위해 메일을 써야 하는지도 모르게 될 테고요. 그리고 훗날 언젠가 카페나 지하철에서 우연히 마주치면 서로 모른 척하거나 못 본 척하고 황급히 자리를 피해버릴 겁니다. 우린 '우리'의 변한 모습, '우리'가 남긴 것을 부끄러워하게 될 거예요. '우리'에게서 과연 무엇이 남을까요? 아무것도 없습니다. 단지 공동의 거짓 과거를 지닌, 서로 낯선 두 사람만이 남게 되겠지요. 그토록 오랫동안 그토록 부끄러운 줄 모르고 자기기만에 빠져 있던 두 사람만이.

3분 뒤

Re:

그리고 날마다 수백 종의 동물이 멸종해가고 있지요.

1분 뒤

Aw:

그게 무슨 소립니까?

55초 뒤

Re:

레오, 당신은 그저 비관, 비관, 비관, 비관, 비관하고, 모든 걸
어둡게, 어둡게, 어둡게, 어둡게만 그리고 있어요.

25초 뒤

Aw:

어둡게.

40초 뒤

Re:

???

1분 30초 뒤

Aw:

어둡게. (당신이 하나를 빼먹었어요. '비관'이 다섯 번이면
'어둡게'도 다섯 번이어야죠. 아니면 '비관'도 네 번, '어둡게'
도 네 번이든가요. '비관'이 너무 많았어요.)

2분 뒤

Re:

관찰력 한번 대단하시네요. 잘도 빠져나가시고요. 레오다워
요. 조금 병적으로 강박관념을 드러내기는 하지만 미워할 수 없
게 주의 깊고 올바르죠. 이럴 때의 당신 눈을 보고 싶어요. 당신
의 진짜 눈 말이에요! 안녕히 주무시고, 제 꿈 꾸세요! 그리고
이번에는 꿈에서 저를 좀 바라보세요!

3분 뒤

Aw:

잘 자요, 에미. 내가 이렇게 생겨먹어서 미안해요. 난 이래요.

이틀 뒤

제목: 만남 '라이트'

에미, 화창한 오후네요. (아직도) 마음 상해 있어요? 오늘밤에 같이 와인 한잔 할까요? 기대에 들뜬 당신의 레오.

1시간 30분 뒤

Re:

레오, 오늘 저녁엔 미아를 '현실'에서 만나기로 되어 있어요. '옛날처럼' 편하게 만나, 문을 제일 늦게 닫는 바가 영업을 끝낼 때까지 같이 있기로 했어요. 말하자면 새벽 다섯시까지 풀어져 있을 수 있다는 얘기예요.

16분 뒤

Aw:

잘 알았어요. 그래요, 식구들이 집에 없는 기회를 틈타 한번쯤 그렇게 풀어져보는 건 당연한 일이지요. 미아에게 안부 전해줘요. 즐거운 시간 보내고요.

8분 뒤

Re:

이건 당신이 이런 얘길 쓸 때 어떤 모습일지 차라리 모르는 게
낫겠다 싶은 마음이 들게 하는 몇 안 되는 메일들 가운데 하나로
군요. (말이 나온 김에 덧붙이자면, 당신은 가정이라는 것에 대
해—아니 적어도 제 가정에 대해—몹시 완고한 생각을 지니고
있는 것 같아요. 식구들이 집을 비워야만 새벽 다섯시까지 밖에
서 시간을 보낼 수 있는 건 아니에요. 식구들이 집에 있어도 제
가 마음 내키는 때 언제든지 그럴 수 있어요.)

3분 뒤

Aw:

당신만 마음이 내키면 언제든 나를 만날 수도 있나요? 베른하
르트가 아이들을 데리고 일주일 동안 멀리 떠나 있든 집에 있든
상관없이?

20분 뒤

Re:

레오, 드디어 나오는군요!!! 당신은 환상을 깨어놓게 될 우리
의 충격적 첫 만남에 관해 엊그제 한 그 암담한 말들을 안 하고

넘어갈 수도 있었어요. 당신이 얘기하고 싶은 문제는 그게 아니에요. 베른하르트가 문제지요. 당신은 베른하르트 다음으로 두 번째 남자가 되기에는 자기가 너무 아까운 거예요. 당신이 저를 만나지 않으려고 하는 것은, 실제로 저를 갖고 싶든 아니든 간에 순수하게 이론상으로는 저를 가질 수 없기 때문이에요. 이메일 상에서는 당신이 저를 독차지할 수 있고, 그래서 저랑 아주 잘 지내죠. 여기에서는 자기가 원하는 대로 관계의 거리를 조절할 수 있으니까요. 그렇죠?

45분 뒤

Aw:

에미, 당신은 아직 내 질문에 대답하지 않았어요. 당신 남편이 집에 있어도 나를 만나(려고 하)겠어요? 그리고 (추가 질문): 남편에게 뭐라고 할 건가요? "자기, 나 오늘 저녁에 어떤 남자를 만날 거야. 그 남자랑 일 년 전부터 하루에도 몇 번씩 메일을 주고받았어. 아침에 눈 뜨자마자 그 사람에게 메일 보내는 걸로 하루를 시작하고, 잠들기 전에 그 사람에게 메일 보내는 걸로 하루를 마감하는 경우도 많아. 북풍이 불어 잠 못 드는 밤엔 자기한테 오지 않고 그 남자에게 메일을 써. 그럼 그 남자가 답장을 보내줘. 내 머릿속에서 북풍을 몰아내는 데 그 사람은 효과

만점이야. 메일에 무슨 얘길 그렇게 쓰냐고? 그냥 개인적인 거야. 우리에 관한 거. 나한테 자기랑 아이들이 없다면 우리가 어땠을까, 뭐 그런 거. 오늘 저녁에 그 사람을 만날 거야……" 이럴 건가요?

5분 뒤
Re:

저는 남편한테 '자기'라고 하지 않아요.

50초 뒤
Aw:

아, 미안해요, 에미. 그냥 남편 이름을 부르는군요.

4분 뒤
Re:

레오, 제가 이런 말 해도 기분 나빠하지 말아요. 당신은 별 문제 없이 유지되는 결혼생활에 대해 정말 뭘 모르는 것 같아요. 제가 저녁에 당신을 만나고 싶으면 베른하르트에게 뭐라고 할지 아세요? "베른하르트, 나 오늘 저녁에 외출할 거예요. 남자친구를 만날 건데, 좀 늦을지도 몰라요." 이럴 거예요. 그럼 베른하르트가 뭐라고 대꾸할지 아세요? "재미있게 놀다 와!" 베른하르트가 왜 이렇게 말할지 아세요?

1분 뒤
Aw:

당신이 뭘 하든 상관없기 때문에?

40초 뒤
Re:

저를 믿으니까요!

1분 뒤
Aw:

당신의 뭘 믿는다는 거죠?

50초 뒤
Re:

제가 그 사람이랑 같이 살아가는 데 문제가 되거나 언젠가 문제가 될 수 있을지도 모르는 일을 하지 않으리라는 걸 믿는 거죠.

9분 뒤

Aw:

아, 참, 그렇죠. 당신은 문제가 되는 일을 하더라도 가정과는 상관없는 '바깥세계'에서만 하죠. 내부세계는 곱게 남겨두고요. 에미, 당신과 내가 서로 사랑에 빠진다고 해봐요. 우리가 로맨스든 불륜이든 외도든…… 아무튼 그런 걸 한다고 쳐요. 그럴 때도 당신은 베른하르트와 같이 사는 데 문제가 되거나 언젠가 문제가 될 수 있을지도 모르는 일을 하지 않을 건가요?

12분 뒤

Re:

레오, 당신은 잘못된 전제에서 출발하고 있어요. 저는 당신과 사랑에 빠지지 않아요!!!! 로맨스든 불륜이든 외도든, 그런 건 생기지 않을 거예요! 그냥 만남이 있을 뿐이에요. 오랫동안 못 본, 아주 친한 옛 친구를 만나듯이 그렇게 만나는 거라고요. 사소한 차이가 있다면, 그 친구를 오랫동안 못 본 게 아니라 아예 본 적이 없다는 것뿐이죠. 만나서 제가, "레오, 너 하나도 안 변했구나. 옛날 그대로야" 하는 대신 "레오, 당신 이렇게 생겼군요!" 하는 게 다를 테고요.

8분 뒤

Aw:

당신은 내가 당신이랑 사랑에 빠질 거라고, 당신에게 평생 동안 열렬히 타오르는, 가슴 저미는 이메일을 쓰겠다고, 이루지 못한 열정을 시로, 노래로, 심지어 뮤지컬과 오페라로 풀어내겠다고 일방적으로 말해야 만족하겠다는 소리로군요. 그러면 당신은 혼자, 혹은 베른하르트에게 이렇게 말할 수 있겠지요. "이것 봐, 그때 그 사람을 만나서 참 좋았어."

40초 뒤

Re:

마를레네가 당신에게 상처를 남긴 게 분명하군요!

4분 30초 뒤

Aw:

에미, 말 돌리지 말아요. 마를레네는 이 문제와 하등의 관계도 없어요. 이건 우리 둘의 문제예요. 아니, 우리 셋의 문제라고 해야겠군요. 당신이야 완강하게 막고 싶겠지만, 당신 남편도 어떻게든 관련되어 있으니까요. 그리고 남편이 멀리 트래킹을 떠났다고 하면서, 하필이면 지금 나를 만나고 싶은 게 우연이라는 당신의 말은 믿기지 않아요.

2분 뒤

Re:

물론 그건 우연이 아니에요. 이번 주에는 마음대로 쓸 수 있는 시간이 다른 때보다 많아요. 그래서 그 시간을 내가 좋아하는 사람들과 보내고 싶은 거예요. 친구들이라든가 친구가 될 수 있을 만한 사람들과요. 그나저나 여덟시가 얼마 안 남았네요. 나가봐야 해요. 미아가 기다리고 있을 거예요. 그럼, 이만.

5시간 뒤

Re: 레오?

레오, 혹시 아직 깨어 있어요? 저랑 와인 한잔 하실래요? 레오, 레오, 레오. 기분이 영 좋지 않아요. 에미.

13분 뒤

Aw:

예, 아직 깨어 있어요. 정확히 말하면 도로 깨어났어요. '에미 알람'을 켜놓고 있었거든요. 새 메일 도착 알림 벨소리를 최대 음량으로 돌려놓고 노트북을 머리맡에 두었어요. 벨소리가 방금 저를 침대에서 불러냈어요.

에미, 당신이 오늘 밤에 메일을 보내올 줄 알고 있었어요! 지금 몇 시나 됐지? 아, 이제 겨우 자정이 조금 지났네요. 미아랑 오래 버티지 못했군요! (지금은 와인 못 마셔요. 이를 벌써 닦았거든요. 와인이 치약에 닿으면 모닝커피에 국수 국물이 섞인 것 같아요.)

2분 뒤
Re:

레오, 답장 해줘서 너무 기뻐요!!! 제가 메일 보낼지 어떻게 아셨어요?

7분 뒤
Aw:

1) 당신이 좋아하는 사람들과 시간을 보내고 싶다고 해서요. '친구들이라든가 친구가 될 수 있을 만한 사람들과' 시간을 보내고 싶다고 했잖아요.

2) 당신이 혼자 집에 있으니까요.

3) 당신이 외로울 테니까요.

4) 북풍이 부니까요.

2분 뒤

Re:

저한테 화내지 않아줘서 고마워요, 레오. 제가 어제 엄청 깨는 이메일을 썼잖아요. 당신은 저에게 보통 친구가 아니에요. 그보다 훨씬 더 중요하고 의미 있는 친구예요. 당신은 제 편이에요. 정말로요. 당신은 제가 묻지 않은 물음에도 대답해주는 그런 친구잖아요. 그래요, 전 외로웠어요. 그래서 당신에게 메일을 썼어요!

40초 뒤

Aw:

미아랑은 어땠어요?

2분 30초 뒤

Re:

끔찍했어요! 미아는 제가 베른하르트에 대해 얘기하는 걸 좋아하지 않았어요. 미아는 제가 제 결혼생활에 대해 얘기하는 걸 좋아하지 않았어요. 미아는 제가 제 가족에 대해 얘기하는 걸 좋아하지 않았어요. 미아는 제가 제 이메일에 대해 얘기하는 걸 좋아하지 않았어요. 미아는 제가 제…… 제가 레오에 대해 얘기하는 걸 좋아하지 않았어요. 미아는 제가 얘기하는 방식을 좋아하지 않았어요. 미아는 제가 얘기하는 거 자체를 좋아하지 않았어요. 이것도 마음에 안 들어하고, 저것도 마음에 안 들어하고.

1분 뒤

Aw:

그러니까 그런 얘길 뭐 하러 해요? 난 그냥 당신이 옛날처럼 미아랑 술집 순례를 하고 싶어하는 줄 알았는데.

3분 뒤

Re:

지나간 시절을 되풀이할 수는 없어요. 지나간 시절은 어디까지나 지나간 시절이고, 새로운 시절은 지나간 시절과 같을 수 없어요. 지나간 시절은 그 시절을 그리워하는 사람들과 마찬가지로 늙고 쇠잔해요. 지나간 시절을 아쉬워해서는 안 되죠. 지나간 시절을 아쉬워하는 사람은 늙고 불행한 사람이에요. 그거 알아요? 저는 빨리 집에, 레오에게 오고 싶었어요.

50초 뒤

Aw:

내가 이따금 당신의 집이 되는 거, 좋아요!

2분 뒤

Re:

레오, 저를 통해서도 그렇고 미아를 통해서도 그렇고 그동안 저와 베른하르트에 대해 많은 애기를 들으셨잖아요. 그래서 말인데, 저와 베른하르트에 대해 어떻게 생각하세요? 아주 솔직히 애기해주시면 좋겠어요!

4분 뒤

Aw:

휴~~ 이게 정말 밤 열두시 반에 어울리는 질문일까요? 그리고 당신은 항상 당신의 '내부생활'을 나에게서 멀리 떨어뜨려놓고 싶어하지 않았나요? 하지만 뭐, 어쨌든 좋습니다. 나는 당신이 별 문제 없는 결혼생활을 꾸려가고 있다고 생각해요.

45초 뒤

Re:

'별 문제 없는', 이거 부정적인 뜻으로 한 말이죠? 이거 나쁜 거 아니에요? 왜 저에게 중요한 사람들은 한결같이 '별 문제 없는' 관계가 나쁜 관계라고 할까요?

6분 뒤

Aw:

에미, 부정적인 뜻으로 한 말 아니었어요. 별 문제가 없는데 그게 나쁠 리 있겠어요? 문제가 있고 삐걱거려야 나쁘지요. 그럴 땐 "왜 그렇게 삐걱거려요?" 혹은 "좋아질 가망은 있어요?" 하고 물어야겠지요. 하지만 에미, 아무래도 나는 베른하르트와 당신의 결혼생활에 대해 당신이랑 토론하기에 적합한 사람이 아닌 것 같아요. 아마 미아도 마찬가지일 거예요. 베른하르트, 그래요, 베른하르트라면 적합하겠어요.

13분 뒤

Aw:

이봐요, 에미, 벌써 잠들었어요?

35초 뒤

Re:

레오, 당신 목소리를 듣고 싶어요.

25초 뒤

Aw:

뭐라고요?

40초 뒤

Re:

당신 목소리를 듣고 싶다고요!

3분 뒤

Aw:

정말요? 그런데 어떻게 들으려고요? 데모 테이프라도 만들어 보내드려요? 나한테서 뭘 듣고 싶은데요? "하나, 둘, 셋", 이런 식의 마이크 테스트용 멘트면 되겠어요? 아니면 노래를 부를까요? (음치는 아니에요.) 당신이 당신의 피아노로 반주를 해줄 수도……

55초 뒤

Re:

지금요! 레오, 당신 목소리를 지금 듣고 싶어요. 제발 소원을 들어주세요. 저한테 전화를 거세요. 8317433. 그리고 자동응답기에 목소리를 남겨주세요. 제발 부탁이에요! 딱 한두 마디만.

1분 뒤

Aw:

난 당신이 메일에 다른 글씨체로 쓰는 그런 문장들을 소리 내어 말하는 걸 들어보고 싶어요. 그런 말은 높고 새된 소리로 외치는 건가요? 깍깍거리듯?

2분 뒤

Re:

그렇다면 좋아요, 레오. 제가 제안을 할게요. 지금 저한테 전화해서 이메일 한 통을 자동응답기에 녹음해주세요. 이를테면 "정말요? 그런데 어떻게 들으려고요? 데모 테이프라도 만들어 보내드려요? 나한테서 뭘 듣고 싶은데요?……" 이렇게요. 그럼 제가 당신한테 전화해서 "지금요! 레오, 당신 목소리를 지금 듣고 싶어요. 제발 소원을 들어주세요……" 이럴게요.

3분 뒤

Aw:

나도 제안 하나 할게요. 당신 제안에 동의해요. 하지만 지금 말고 내일 하기로 해요. 일단 목소리를 회복해야 하니까요. 게다가 지금은 너무 피곤하거든요. 자동응답기 녹음 이벤트는 오늘 밤 아홉시쯤 와인 한잔 하면서 해요. 괜찮겠죠?

1분 뒤

Re:

좋아요. 푹 쉬세요, 레오. 함께 있어줘서 고마워요. 제 메일을 바로 받아준 것도 고맙고요. 당신이 있어서 참 좋아요. 고마워요!

45초 뒤

Aw:

이제 노트북을 침대에서 몰아낼게요! 잘 자요.

다음 날 저녁

제목: 우리의 목소리

안녕, 에미. 정말 하는 거예요?

3분 뒤

Re:

그럼요. 너무너무 떨려요.

2분 뒤

Aw:

내 목소리가 당신 마음에 들지 않으면요? 내 목소리를 듣고 충격을 받으면요? '내가 줄곧 이런 사람이랑 얘기하고 있었던 거야?' 이런 생각이 들면요? (건배! 난 지금 프랑스 토종 와인을 마시고 있어요.)

1분 30초 뒤

Re:

역으로 제 목소리가 당신 마음에 들지 않으면요? 제 목소리 들으면서 모골이 송연해지시면요? 이후로 저랑 얘기하고 싶지 않아지시면요? (잠깐만요! 괜찮다면 전 위스키 마실게요. 너무 초조해서 와인 가지고는 긴장이 안 풀릴 것 같아요.)

2분 뒤

Aw:

방금 보낸 이메일 가지고 할까요? 어때요?

3분 뒤

Re:

방금 보낸 메일은 거의 질문으로만 되어 있어서 어려울 것 같아요. 처음으로 누구한테 말할 때 질문을 하는 건 곤란해요. 여자 입장에선 그래요. 여자들은 질문할 때 말끝을 올려야 하기 때문에 목소리가 예쁘게 안 나온단 말이에요. 게다가 긴장까지 하면 목소리가 뒤집힐 수도 있거든요. 무슨 말인지 아시죠? 목소리 뒤집히면 얼마나 듣기 싫은데요.

1분 뒤

Aw:

에미, 이제 시작하죠! 내가 먼저 할게요. 당신은 오 분 뒤에 해요. 다 하고 나면 메일을 쓰기로 해요. 녹음은 메일을 쓰고 나서 듣자고요. 알았죠?

30초 뒤

Re:

잠깐만요!!! 당신 전화번호를 알려주셔야죠!

35초 뒤

Aw:

아이쿠, 미안해요. 45 20 737. 자, 이제 시작합니다.

9분 뒤

Aw:

다 했어요. 당신 차례예요!

7분 뒤

Re:

다 됐어요! 누가 먼저 들죠?

50초 뒤

Aw:

같이 동시에.

40초 뒤

Re:

좋아요. 듣고 나서 메일 써요.

14분 뒤

Re:

레오, 왜 소식이 없어요? 제 목소리가 마음에 안 들면 안 든다고 하세요. 아무래도 제가 여자라서 이메일을 고르는 데 명백하게 불리했던 것 같아요. 그리고 제 목소리에 꺽꺽거리는 소리가 좀 들어가 있는데, 그건 원래 제 소리가 아니라 위스키 땜에 그런 거예요. 빨리 메일 주시지 않으면 위스키를 병째 다 마셔버릴 거예요! 그리고 과음으로 병원에 실려가면 병원비를 당신에게 청구할 거예요!

2분 뒤

Aw:

에미, 말문이 막혀버렸어요. 내가 몹시 놀랐다는 소리예요. 당신 목소리와 말투를 전혀 다르게 상상하고 있었거든요. 당신, 정말로 늘 그렇게 말해요? 아니면 목소리를 일부러 꾸민 건가요?

45초 뒤

Re:

제 목소리가 어떤데요?

1분 뒤

Aw:

끝내주게 에로틱해요! 포르노방송 진행자처럼.

7분 뒤

Re:

그거 칭찬이죠? 한시름 놓았어요! 당신도 나쁘지 않은걸요. 당신은 글보다 말이 훨씬 대담해요. 목소리가 아주 허스키하세요. "내가 줄곧 이런 사람이랑 얘기하고 있었던 거야?" 이 대목이 마음에 들어요. 뭐랄까, 무척 방탕하고 섹시한 느낌이 나요. 그런 목소리라면 비아그라 같은 정력제 광고에 써도 아주 잘 어울릴 것 같아요.

4분 뒤

Aw:

에미, 당신이 '모골이 송연', 이 말을 발음할 때가 나는 가장 당황스러웠어요. 그 말을 그렇게 우아하고 부드럽고 몽롱하면서도 맑게 발음하는 건 처음 들어봐요. 꺽꺽거리거나 뒤집히는 소리는 전혀 없었어요. 정말 아름답고 나긋나긋하고 고상하고 귀엽고 비단결 같았어요. '위스키'라는 말은 아주 품위 있게 들렸어요. '위스'는 바람결 같고, '키'는…… 음…… 당신 침실 열쇠 같았어요. (내 와인 병이 거의 다 빈 거 알아요?)

1분 뒤
Re:

레오, 더 마셔요! 당신이 조금 취하는 게 좋아요. 당신 목소리에 약간의 취기가 돈다고 상상하니 기분이 좀……

20분 뒤
Re:

레오, 어디에 계세요?

10분 뒤
Aw:

잠깐만요. 와인 한 병 새로 따고 있어요. 프랑스 토종 와인 좋군요! 우린 프랑스 토종 와인을 너무 드물게, 너무 조금 마셔요.

좀더 자주, 좀더 많이 마시면 더 행복할 테고 잠도 더 잘 잘 수 있을 텐데 말이에요. 에미, 당신 목소리는 몹시 에로틱해요. 당신 목소리가 좋아요. 마를레네도 목소리가 무척 에로틱하지만 당신이랑은 달라요. 마를레네는 당신보다 훨씬 차가워요. 마를레네의 목소리는 깊지만 차가워요. 에미의 목소리는 깊고 따뜻해요. 당신 목소리는 말하죠. 위스키. 위스키. 위스키. 우리 한 잔 더 마셔요. 나는 프랑스 토종 와인을 마시고 있어요. 에미, 난 당신의 모든 이메일을 다시 한번 읽을 거예요. 메일들이 전과는 전혀 다르게 느껴질 것 같아요. 지금까지는 다른 목소리를 상상하며 당신 메일을 읽었거든요. 솔직히 말하면 늘 마를레네의 목소리로 당신 메일을 읽었어요. 에미는 나에게 마를레네였어요. 모든 가능성이 열려 있던 만남 초기의 마를레네. 그때는 사랑만이 있었죠. 사랑 말고는 아무것도 없었고, 모든 게 가능했어요. 에미, 지금 괜찮아요?

5분 뒤
Re:

아니요! 레오, 꼭 그렇게 급하게 마셔야 해요? 조금 천천히 마실 수 없어요? 벌써 머리를 자판 위에 뉘셨다면 잘 자요, 레오. 당신과 함께한 시간, 환상적이었어요. 환상적이긴 한데 그 시간이 너무 짧아요. 꼭 흥미진진해질 만하면 그놈의 술 때문에……
그래도 뭐, 자동응답기가 있으니까 잠자리에 들기 전에 당신 목
소리를 몇 번 더 들으면 되겠네요. 북풍을 견디는 데 분명 도움
이 될 거예요.

12분 뒤

Aw:

에미, 아직 자러 가지 말아요! 난 아직 정신 말짱하고 몸 상태
도 좋아요. 에미, 나에게 와요! 같이 한잔 더 해요. 내 귀에 대고
"위스키, 위스키, 위스키"라고 속삭여줘요. 약속할게요. 당신 어
깨에 손만 얹을게요. 껴안기만 할게요. 키스 한 번만 할게요. 아
니, 키스 두 번만. 다른 짓은 아무것도 안 할게요. 위험할 것 없는
아주 순진한 키스를 할 거예요. 에미, 당신한테서 어떤 체취가
나는지 알고 싶어요. 귀에는 당신 목소리를, 코에는 당신 체취를
담고 싶어요. 에미, 나에게 와요. 진심으로 하는 말이에요. 택시
비는 내가 낼게요. 아니, 당신이 그건 바라지 않겠죠. 택시비를
누가 내건 그건 상관없어요. 호흘라이트너가세 17번지, 맨 꼭대
기 층 15호. 나에게 와요! 아니면 내가 갈까요? 내가 갈 수도 있
어요! 체취 한 번만 맡으면 돼요. 키스 한 번만 하면 돼요. 섹스
는 안 할 거예요. 안타깝지만 당신은 결혼한 몸이잖아요! 섹스

는 안 한다고 약속할게요. 베른하르트에게도 약속할게요! 에미, 당신 살갗에서 나는 향기를 맡고 싶을 뿐이에요. 당신이 어떻게 생겼는지는 알고 싶지 않아요. 불은 켜지 말아요. 캄캄한 어둠 속에서 키스 한두 번만 해요, 에미. 그게 나쁜 건가요? 남편을 속이는 건가요? 뭐가 속이는 거죠? 이메일? 목소리? 체취? 아니면 키스? 지금 당신 곁에 있고 싶어. 당신이랑 포옹하고 싶어. 딱 하룻밤만 에미랑 보내고 싶어. 난 눈을 감을 거야. 에미가 어떻게 생겼는지 알아서는 안 돼. 그냥 향기 맡고, 키스하고, 에미를 아주 가까이에서 느끼기만 할 거야. 그렇게만 할 수 있다면 난 행복하게 웃을 거야. 에미, 이게 남편을 속이는 거예요?

5분 뒤
Re:

"내가 줄곧 이런 사람이랑 얘기하고 있었던 거야?" 잘 자요, 레오. 당신이랑 함께 있어서 좋았어요. 당황스러울 정도로 좋았어요. 아주아주 좋았어요!!! 이제 당신이 이러는 거에 익숙해질 수 있어요. 벌써 익숙해졌어요.

…8장

다음 날 아침

제목 없음

안녕, 레오. 나쁜 소식이에요. 제가 지금 남티롤로 가야 해요. 베른하르트가 병원에 있어요. 의사들 말이, 일사병이나 뭐 그 비슷한 거래요. 제가 가서 아이들을 데리고 와야 해요. 머리가 지끈거려요. (위스키를 너무 많이 마셔서!) 지난밤은 참 좋았어요. 고마워요. 뭐가 '배신'인지는 저도 모르겠어요. 제가 아는 것이라고는 저한테 레오 당신이 아주아주 절실하게 필요하다는 것뿐이에요. 그런데 제 가족한테는 제가 필요해요. 그래서 지금 떠나야 해요. 내일 다시 연락할게요. 프랑스 토종 와인 너무 많이 드신 것 같은데, 몸 괜찮으시면…… 좋겠네요.

다음 날

제목: 만사 오케이

레오의 메일이 없네요? 돌아왔다는 말을 하려고요. 베른하르트도 같이 왔어요. 혈액순환 장애로 쓰러진 거였는데 다시 좋아졌어요. 연락 주세요, 레오. 기다리고 있을게요!!!

2시간 뒤

제목: 라이케씨께

존경하는 라이케씨, 많은 고민 끝에 이렇게 메일을 드립니다. 고백하건대, 지금 이 메일을 쓰기가 많이 망설여지고, 한 줄 한 줄 쓸수록 제가 자처한 이 당혹감이 커질 것 같습니다. 저는 베른하르트 로트너입니다. 제 소개를 더 자세히 할 필요는 없는 줄로 압니다. 라이케씨, 제가 어려운 부탁을 드리려고 합니다. 그부탁이 무엇인지 말씀드리면 라이케씨께서 당황하시거나 더 나아가 충격을 받으실지도 모르겠습니다. 뒤이어 제가 그런 부탁을 드리는 동기를 상세히 설명해보도록 하겠습니다. 유감스럽게도 저는 글을 잘 쓰지 못합니다. 누구에게 메일을 쓴다는 것이 저에게는 익숙지 않은 일이기도 하고요. 하지만 몇 달 전부터 제가 골몰해온 문제에 대해 허심탄회하게 말씀드려보겠습니다. 그 문제로 인해 제 삶이 점점 궁지에 빠져들었고, 몇 년간의 조화로운 결혼생활에 비추어볼 때 지금 저와 제 가족의 삶은 물론이요 제 아내의 삶까지도 궁지에 빠졌다는 판단 때문입니다.

제가 드리려는 부탁은 이렇습니다. 라이케씨, 제 아내를 만나주십시오! 이 소동에 종지부를 찍을 수 있도록 이제 제발 아내를 만나주십시오! 우리는 다 큰 어른입니다. 따라서 제가 라이케씨께 이래라저래라 하려는 게 아닙니다. 다만 제 아내를 만나 주십사 하고 간절하게 부탁드리는 것뿐입니다. 저는 열등감과 무력감에 시달리고 있습니다. 이런 말을 하고 있는 지금 제 심정이 얼마나 참담한지 아실는지요. 그에 반해 라이케씨는 조금도 약점을 보이지 않았습니다. 물론 그건 라이케씨의 잘못이 아닙니다. 저 역시 라이케씨를 비난하려는 것이 아닙니다. 예, 유감스럽게도 라이케씨를 비난할 수가 없습니다. 유령을 비난할 수는 없는 노릇이지요. 라이케씨, 당신은 손으로 잡을 수 없는 존재입니다. 만질 수 없고, 따라서 실재하는 존재가 아닙니다. 당신은 제 아내의 환상이 만들어낸 존재일 뿐이지요. 한없는 행복감, 세상과의 절연 상태에 기인하는 몽롱함, 글로 지은 사랑의 유토피아…… 이런 것들이 만들어낸 환상 말입니다. 저는 그걸 막을 힘이 없습니다. 운명이 자비를 베풀어 당신을 마침내 피와 살로 이루어진 인간으로 만들어놓기를, 형체가 있고 장점과 단점이 있고 약점도 있는 사람으로 만들어놓기를 기다릴 뿐입니다. 제 아내가 저를 보듯 상처받기 쉽고, 불완전하고, 흠 많은 피조물의 하나로 당신을 볼 수 있어야 비로소, 당신이 제 아내와 얼굴을 마주해야 비로소, 당신의 우월한 힘이 사라집니다. 그래야만 비로소 제가 라이케씨와 맞설 기회를 갖게 됩니다. 그래야만 비로소 제가 에마를 얻기 위해 싸울 수 있습니다.

"레오, 제 가족앨범을 펼쳐 보이라고 등 떠밀지 마세요." 제 아내가 언젠가 라이케씨께 이런 말을 쓴 적이 있지요. 아무래도 아내 대신 제가 가족앨범을 펼쳐 보여야 할 것 같습니다. 우리가 처음 알게 되었을 때 에마는 스물세 살이었고, 저는 에마가 다니는 음악원의 피아노 선생이었습니다. 저는 에마보다 열네 살이나 위였고, 행복한 결혼생활을 하고 있었고, 사랑스런 두 아이의 아비였습니다. 그런데 교통사고가 우리 가정을 폐허로 만들어놓았습니다. 세 살 난 아들은 정신적 외상을 입고, 큰아이는 중상을 입고, 저 자신은 지울 수 없는 상처를 떠안고, 아이들의 엄마이자 제 아내인 요한나는 목숨을 잃었습니다. 피아노가 없었더라면 저는 다시 일어서지 못했을 겁니다. 하지만 음악은 생명과도 같아서 음악이 울려퍼지는 한 그 무엇도 영원히 죽지 않습니다. 음악은 오래된 기억조차 마치 눈앞에서 벌어지는 사건인 양 생생하게 살려냅니다. 연주가인 저는 음악에서 다시 기운을 얻었습니다. 그리고 제게는 제자들이 있고, 해야 할 일이 있었습니다. 말하자면 주의를 돌릴 데가 있고, 존재이유가 있었다는 얘기지요. 예, 그리고 뜻밖에 에마가 있었습니다. 이 생기 넘치고, 반짝반짝 빛나고, 대담하고, 그림같이 예쁜 아가씨가 우리의 폐허를 복구해주기 시작했습니다. 무슨 보답을 바라거나 기대하는 것도 없이 자진해서 팔을 걷어붙였지요. 신은 슬픔을 퇴치하고자 그런 남다른 사람들을 세상에 보내셨나봅니다. 그런 사람들은 흔치 않습니다. 제가 뭘 잘해 그런 복을 누리게 됐는지는 모르겠습니다만 아무튼 어느 날 갑자기 에마가 제 곁에 와 있었습니다. 아이들은 에마 품으로 달려들었고, 저는 급속도로 그녀를 사랑하게 되었습니다.

라이케씨, 지금쯤 그녀는 어땠는지 궁금하실 겁니다. 그래, 그런데 에마는 어땠지? 설마 스물세 살의 여대생이 하필이면 마흔을 바라보는, 피아노와 음악밖에 모르는 우울한 모습의 아저씨를 그 정도로 사랑했겠어? 이 질문에는 라이케씨도 저 자신도 대답할 수 없습니다. 어디까지가 사랑이고 어디까지가 내 음악에 대한 경탄(당시 저는 꽤 성공한, 칭송받는 피아니스트였습니다)이었는지? 연민과 동정, 돕고 싶은 마음이 어느 정도의 비중을 차지하고 있었는지? 내가 얼마만큼이나 일찍 돌아가신 그녀의 아버지를 떠올리게 했는지? 그녀가 사랑스런 피오나와 귀여운 요나스를 얼마나 좋아했는지? 내가 그녀로 인해 느끼는 만족과 안정이 그녀에게 어느 정도나 영향을 미쳤는지? 그녀가 나 자신이 아니라 그녀에 대한 나의 무한한 사랑을 사랑한 것뿐인지? 내가 결코 다른 여자 때문에 평생 그녀를 실망시키거나 소홀히 하지는 않을 거라는 믿음과 신뢰를 그녀가 얼마만큼 의미 있게 여겼는지? 이런 물음에는 대답할 수 없지만, 라이케씨, 한 가지만은 분명하게 말씀드릴 수 있습니다. 제가 그녀에게 가졌던 것과 같은 강렬한 감정을 그녀 또한 저에게 나타내고 있다는 사실을 감지하지 못했더라면 저는 감히 그녀에게 다가가지 않았을 겁니다. 그녀는 저와 제 아이들에게 엄청나게 끌렸고, 우리 세계의 일부가 되고 싶어했고, 결국 일부가 되었습니다. 그것도 아주 중요하고 결정적인 핵심 부분이 되었지요. 이 년 뒤 우리는 결혼했습니다. 그로부터 팔 년이라는 세월이 흘렀고요(죄송합니다. 제가 당신의 숨바꼭질을 방해하고 수많은 비밀들 가운데 하나를 폭로하게 됐군요. 네, 에미는 서른네 살입니다). 이 생기 넘치는 미모의 젊은 여인을 제 곁에 두게 된 게 저로서는 그저 놀랍기만 했습니다. 그리고 '올 것'이 오게 될 날을, 다시 말해 그녀를 흠모하는 수많은 젊은이들 가운데 하나가 우리 앞에 나타나게 될 날을 날마다 불안한 마음으로 기다렸습니다. 에마는 이렇게 말하겠지요. "베른하르트, 나 다른 남자를 사랑하게 됐어요. 이제 우리 어떻게 할까요?" 그러나 우려했던 사태는 일어나지 않았습니다. 그보다 훨씬 나쁜 게 찾아왔습니다. 라이케씨, 바로 당신, 조용한 '외부세계' 말입니다. 이메일을 매개로 한 환상의 사랑, 끊임없이 고조되는 감정, 눈덩이처럼 불어나는 그리움, 가라앉을 줄 모르는 열정, 이 모든 것이 현실에서의 만남이라는 하나의 진짜 목표, 지고의 목표를 향하고 있지만, 목표 실현은 번번이 미뤄지고 만남은 결코 이루어지지 않을 것입니다. 실제 만남은 종착지도 없고 만료 기한도 없이 오로지 머릿속에서만 완벽하게 누릴 수 있는 세속적인 행복을 깨뜨릴 테니까요. 저로서는 그걸 막을 힘이 없습니다.

라이케씨, 당신이 '나타난' 뒤로 에마는 딴사람이 된 것 같습니다. 넋이 나가 있고, 저에게 거리를 두더군요. 몇 시간씩 자기 방에 틀어박혀 컴퓨터를, 꿈의 우주를 들여다봅니다. 에마는 '외부세계'에 살고 있습니다. 당신과 함께 살고 있습니다. 에마가 행복하게 미소지을 때도 있지만 그건 이제 저에게 짓는 미소가 아닙니다. 에마는 자기가 얼이 빠져 있다는 걸 아이들한테 숨기느라 무진 애를 씁니다. 저는 에마가 제 곁에 오래 앉아 있는 것을 얼마나 괴로워하는지 잘 압니다. 이런 제 마음이 얼마나 아픈지 아십니까? 저는 이 국면을 아주 관대하게 넘기려고 했습니다. 에마가 저에게 갇혀 있다는 느낌을 가져서는 안 된다고 생각했습니다. 우리 사이에 질투란 없었습니다. 하지만 갑자기 뭘 어떻게 해야 할지 모르는 상태가 되고 말았습니다. 뿌리까지 파고들어봐도 대적해야 할 실제 인물이 있는 것도 아니고, 현실적인 문제나 눈에 보이는 이물질이 있는 것도 아니었으니까요. 사실 이 지경까지 오게 된 것이 부끄러워 땅속으로 꺼져버리고 싶은 심정입니다. 저는 에마의 방을 몰래 뒤졌습니다. 그리고 마침내 숨겨진 서랍에서 서류철 하나를 찾아냈습니다. 문서가 빼곡하게 끼워진 두툼한 서류철이었지요. 그 문서란 레오 라이케라는 사람과 주고받은 이메일이었습니다. 에마는 그 이메일들을 한 장 한 장 말끔하게 인쇄하여 모아놓고 있었습니다. 저는 그 문서를 떨리는 손으로 복사하기는 했지만 몇 주 동안 애써 옆으로 밀어두었습니다. 그리고 포르투갈에서 우울한 휴가를 보냈습니다. 작은아이는 아프고, 큰아이는 어떤 스포츠 강사에게 홀딱 빠져들었습니다. 아내와 저는 이 주 동안 말없이 지냈지만 둘 다 아무 일도 없는 척, 모든 게 전과 다름없는 척하려고 애썼습니다. 그러고 나자 저는 그런 상태를 더는 견딜 수 없게 되었습니다. 그래서 그 서류철을 가지고 트래킹을 떠났습니다. 제 살을 갈기갈기 찢으며 고통을 자초하는 마조히스트처럼 저는 모든 이메일을 하룻밤에 다 읽었습니다. 첫 아내가 죽고 난 뒤로 이보다 더 큰 정신적 고통을 겪어본 적은 없었습니다. 다 읽고 났을 때 저는 침대에서 일어날 수 없었습니다. 딸이 구급차를 불렀고, 저는 병원으로 실려갔습니다. 그리고 그저께 아내가 와서 저를 집으로 데리고 왔습니다. 일이 이렇게 된 것입니다.

라이케씨, 제발 에마를 만나십시오! 저는 지금 자기비하의 정점에 이르러 있습니다. 에마를 만나 그녀와 하룻밤을 보내십시오. 그녀와 섹스를 하십시오! 라이케씨가 그걸 원하리라는 걸 저는 압니다. 제가 그걸 '허락' 하겠습니다. 라이케씨께 저의 특별 허가증을 드리고, 이로써 라이케씨를 모든 양심의 가책에서 풀어드리겠습니다. 그것을 배신으로 여기지 않겠습니다. 제가 느끼기에 에마는 라이케씨와 정신적으로뿐 아니라 육체적으로도 가까워지기를 바라는 듯합니다. 그녀는 '그것' 을 알고 싶어 하고, '그것' 이 필요하다고 생각하고, '그것' 을 바라는 듯합니다. 하지만 그것은 제가 그녀에게 베풀 수 없는 자극이자 새로움이고 기분 전환입니다. 수많은 남자들이 에마를 흠모하고 갖고 싶어했으나, 저는 그녀 역시 다른 남자에게 성적으로 끌림을 느끼리라고는 생각하지 못했습니다. 그러다가 그녀가 라이케씨에게 쓴 이메일을 보게 된 겁니다. 그걸 보고야 저는 그동안 그녀가 마음에 드는 상대를 못 만났다 뿐이지 '딱 맞는 남자' 를 만나기만 하면 그녀의 욕망이 얼마든지 강해질 수 있다는 사실을 깨달았습니다. 라이케씨, 당신은 그녀에게 선택받은 남자입니다.

그리고 라이케씨가 그녀와 섹스를 하는 것이 거의 제 소망이 되다시피 했습니다. 한 번, 딱 한 번만! (제 아내처럼 저도 절실한 마음을 담아 이 부분을 강조해 쓰겠습니다.) 그것을 그동안 글로써 쌓아올린 열정의 종착지로 삼아주십시오. 그것으로 마침표를 찍으십시오. 그것이 두 사람의 메일 교류의 절정이 되게 해주십시오. 그러고는 메일을 중지해주십시오. 제 아내를 제게 돌려주십시오! 그녀를 놓아주십시오. 그녀가 도로 땅에 발을 딛게 해주십시오. 우리 가족이 계속 존재할 수 있게 해주십시오. 저를 위해, 혹은 제 아이들을 위해 그렇게 하시라는 것이 아닙니다. 에마를 위해 그렇게 해달라는 것입니다. 부탁입니다!

이제 저의 이 수치스럽고 고통스러운 구조 요청도 끝낼 때가 된 것 같습니다. 마지막으로 부탁 하나 더 드리겠습니다, 라이케씨. 저를 드러내지 말아주십시오. 저를 두 사람의 이야기 바깥에 머물게 해주십시오. 저는 에마의 신뢰를 악용하여 그녀의 뒤를 캐고 비밀 우편물을 읽었습니다. 저는 지금 그렇게 한 것을 참회하고 있습니다. 에마가 제 행동을 안다면 저는 에마의 눈을 더는 마주 볼 수 없을 겁니다. 제가 그 편지를 읽었다는 것을 그녀가 알면 그녀 역시 제 눈을 마주 보지 못하겠지요. 그녀는 자기 자신을 증오하고, 똑같은 정도로 저를 증오하게 될 것입니다. 라이케씨, 부탁이오니 이 일은 우리만 아는 걸로 해주십시오. 에마에게 이 편지에 대해 아무 말도 말아주십시오. 다시 한번 부탁드립니다!

제가 여태껏 쓴 글 가운데 가장 끔찍한 이 글을 이제 라이케씨께 보내겠습니다. 안녕히 계십시오. 베른하르트 로트너.

4시간 뒤

Aw:

존경하는 로트너씨, 보내주신 이메일 잘 받아보았습니다. 무슨 말씀을 드려야 할지 모르겠군요. 제가 이렇다 저렇다 대꾸를 하는 게 옳은지조차 모르겠습니다. 몹시 당황스럽습니다. 로트너씨는 스스로 자존심에 상처를 내셨을 뿐 아니라 우리 세 사람 모두를 부끄럽게 만드셨습니다. 생각을 좀 해봐야겠습니다. 잠시 물러나 있겠습니다. 지금으로서는 로트너씨께 아무것도 약속할 수가 없습니다, 아무것도. 정중한 인사를 보냅니다. 레오 라이케.

다음 날

제목: 레오???

레오, 어디에 있어요? 당신 목소리를 마르고 닳도록 듣고 있어요. 계속 똑같은 말, "내가 줄곧 이런 사람이랑 얘기하고 있었던 거야?", 이 말만. 그런데 왜 며칠째 아무 말도 없으신 거예요? 그날 밤 프랑스 토종 와인을 너무 많이 마셨나요? 기억나세요? 저를 호흘라이트너가세 17번지 꼭대기 층 15호로 초대하셨잖아요. 향기 한 번만 맡겠다고. 제가 정말 갈 뻔한 거 모르시죠? 정말 거의 갈 뻔했어요. 지금도 마음으로는 줄곧 당신 곁에 있어요. 왜 연락을 안 하시는 거예요? 제가 걱정해야 할 일이라도 생긴 거예요?

다음 날
제목: 레오????????

레오, 무슨 일 있어요? 소식 좀 주세요!
당신의 에미.

30분 뒤
제목: 로트너씨께

존경하는 로트너씨, 제가 작은 거래를 제안하겠습니다. 저에게 한 가지 약속을 해주십시오. 그러면 저도 그에 합당한 약속을 하겠습니다. 저의 제안은 이렇습니다. 당신 아내에게 당신의 이메일과 그 이메일을 쓰시게 된 배경에 대해 한 마디도 않겠다고 약속하겠습니다. 대신 로트너씨께서는 앞으로 다시는 당신의 아

내가 저에게 쓴 메일과 제가 당신 아내에게 쓴 메일을 단 한 통
도 읽지 않겠다고 약속해주셔야 합니다. 저는 로트너씨께서 일
단 약속을 하면 어기지는 않으시리라 믿습니다. 저 또한 반드시
약속을 지킬 것이니, 저를 믿으셔도 됩니다. 이 거래에 동의하시
면 그렇다고 메일을 주십시오. 동의하지 않으실 경우 당신이 친
절하게도 저에게 털어놓으신 그 모든 진실을 당신 아내에게 숨
김없이 전하겠습니다. 이만 줄입니다. 안녕히 계십시오. 레오 라
이케.

2시간 뒤

Re:

라이케씨, 약속하겠습니다. 더는 제 것이 아닌 이메일을 읽
지 않겠습니다. 이미 읽어서는 안 되는 것들을 너무 많이 읽었
습니다. 실례인 줄 알지만 묻겠습니다. 제 아내를 만나실 건가
요?

10분 뒤

Aw:

로트너씨, 그 물음에는 대답할 수 없습니다. 설혹 대답할 수
있다 해도 하지 않을 겁니다. 저는 로트너씨께서 저에게 메일을

씀으로 해서 엄청난 실수를 저지르셨다고 생각합니다. 아마도 로트너씨의 결혼생활에서 이미 오랫동안 지속되어온 중대한 실수가 그런 식으로 드러난 게 아닌가 합니다. 로트너씨, 번지수가 틀렸습니다. 저에게 하신 그 모든 얘기를 제가 아닌 당신 아내에게 하셨어야 합니다. 그것도 일찌감치. 처음에 바로 하셨어야 합니다. 지금이라도 그렇게 하시라고 권하고 싶습니다. 늦었지만 더 늦기 전에 그렇게 하십시오! 그리고 더는 저에게 이메일을 보내지 말아주시기를 부탁드립니다. 저에게 꼭 해야 한다고 생각하시던 말씀은 이미 다 하신 줄로 압니다. 이미 너무 많은 얘기를 하셨습니다. 안녕히 계십시오. 레오 라이케.

15분 뒤

Aw:

안녕, 에미. 방금 퀼른 출장에서 돌아왔어요. 미안해요. 그쪽에서 일이 하도 정신없이 돌아가는 바람에 잠시도 조용한 시간을 가질 수 없었고, 그래서 당신에게 메일도 못 썼어요. 식구들 모두 건강하게 일상을 회복하기 바랄게요. 나는 날씨 좋은 틈을 타 며칠 여행을 다녀오려고 해요. 그 누구와도 연락이 되지 않는 남쪽 지방 외진 곳으로 갈 생각이에요. 지금 나한테는 그게 필요해요. 너무 진이 빠졌거든요. 돌아오면 연락할게요. 당신도 이 여름날들 한껏 즐기기 바라요. 잘 지내요. 레오.

5분 뒤
Re:

그 여자 이름이 뭐예요?

10분 뒤
Aw:

그 여자라니, 누굴 말하는 거예요?

4분 뒤
Re:

레오! 제 지능과 감각을 모욕하지 마세요. 당신이 출장이 정신없었다는 둥 날씨 좋은 때를 이용하겠다는 둥 진이 빠졌다는 둥 하소연을 하고, 아무와도 연락이 안 닿게 하겠다고 선언하고, 저에게 여름날을 즐기라는 인사까지 남기는 이유는 제가 보기에는 딱 하나뿐이에요. 여자! 그 여자 누구예요? 설마 마를레네는 아니겠죠?

아니에요, 에미, 잘못 짚었어요. 마를레네도 다른 그 누구도 없어요. 그냥 좀 조용히 있고 싶을 뿐이에요. 지난 몇 달 동안 체력이 완전히 바닥났어요. 휴식이 필요해요.

저로부터 물러나야 휴식이 된다는 얘기로군요?

나 자신으로부터 물러나고 싶은 거예요. 며칠 뒤에 다시 연락한다고 약속할게요!

안녕, 레오, 저예요. 당신이 지금 여기 없는 거, 자기 자신으로부터 물러나 휴식을 취하고 있는 거 알아요. 그런데 그게 어떻게 가능해요? 저도 그럴 수 있으면 좋겠어요. 저야말로 나 자신으로부터 물러나 휴식을 취하는 게 절실히 필요해요. 그런데 저는 지금 나 자신에게 골몰하여 스스로를 갉아먹고 있어요. 레오, 고백할 게 있어요. 물론 해서는 안 되고, 하는 게 좋지도 않지만 그냥 하고 싶어요. 레오, 저는 지금 행복하지 않아요. 왜인지 아세요? (알고 싶지 않으시겠지만 그래도 얘기할래요. 미안해요.) 저는 행복하지 않아요. 당신이 없어서. 레오의 이메일들은 제 행복에 속해요. 제가 행복하려면 레오의 이메일이 있어야 하는데, 그게 없어요. 그 메일이 얼마나 그리운지 모르겠어요. 당신 목소리를 알게 된 뒤로 메일이 세 배는 더 그리워요.

요즘 며칠 밤 시간을 미아와 함께 보냈어요. 어제 저녁에도요. 몇 년 만에 처음으로 미아와의 만남이 좋았어요. 왜인지 아세요? (무척 불쾌하시겠지만 그래도 들으셔야 해요.) 드디어 제가 불행하기 때문에 만남이 좋았던 거예요. 미아는 제가 본래 늘 불행했는데 그걸 나 스스로는 물론 자기 앞에서도 인정하지 않았을 뿐이라고 하더군요. 미아는 그게 고맙다고 했어요. 슬픈 얘기죠?

미아는 제가 글이라는 특이한 방식으로 당신과 사랑에 빠졌다고 주장해요. 그리고 제가 지금은 당신 없이 살 수 없을 거라고, 적어도 행복하게 살 수는 없을 거라고 해요. 그리고 당신도 그걸 알 거라나요. 끔찍하지 않아요? 그러면서도 저는 근본적으로 제 남편을 사랑해요, 레오. 아주 솔직히 말할게요. 남편을 고른 건 저예요. 남편과 그 사람의 아이들, 남편과 제 아이들을 제가 선택했어요. 저는 이 가족을 원했어요. 지금까지도 다른 가족은 상상할 수 없어요. 당시 상황은 좀 비극적이었어요. 그 얘기는 다른 기회에 할게요(제가 지금 제 가족 얘기를 아무렇지도 않게 자청해서 하고 있다는 거 아세요?). 베른하르트는 저를 한 번도 실망시키지 않았고 앞으로도 그럴 일은 없을 거예요. 절대로, 절대로요! 그 사람은 저에게 온갖 자유는 다 주고 제가 원하는 건 뭐든 다 들어줘요. 아주 교양 있고, 사심이라고는 없고, 침착하고, 유쾌한 남자예요. 물론 세월이 흐를수록 틀에 박힌 일상은 사람을 숨 막히게 하죠. 프로그램 순서는 정해져 있고, 예기치 않은 깜짝쇼 같은 건 없어요. 우리는 서로를 속속들이 알고, 비밀이란 없어요. "아마 너한테는 비밀이 필요한 걸 거야. 아마 넌 가슴 두근거리는 비밀과 사랑에 빠진 걸 거야." 미아는 이러더군요. 그래서 제가 그랬죠. "어떡하지? 갑자기 베른하르트를 가슴 두근거리는 비밀로 만들 수도 없고." 레오, 제가 베른하르트를 가슴 두근거리는 비밀로 만들 수 있을까요? 팔 년간의 가정생활을 가슴 두근거리는 비밀로 만들 수 있을까요?

아, 레오, 레오, 레오. 지금은 모든 게 너무 힘들게 느껴져요. 게다가 컨디션도 좋지 않아요. 기운도, 아무 의욕도 없어요. 이게 다 레오가 없기 때문이에요. 이런 상태가 어떻게 끝날지 모르겠어요. 알고 싶지도 않고요. 어떻게 되든 상관없어요. 중요한 건 당신이 저에게 빨리 메일을 쓰는 거예요. 휴식을 빨리 끝내주세요. 당신이랑 다시 와인을 마시고 싶어요. 당신이 다시 나에게 키스하고 싶어하면 좋겠어요. 진짜 키스가 필요하진 않아요. 메일을 쓰는 거 말고는 달리 어쩔 수 없는 상황에서 당장 저에게 키스하고 싶어하는 남자가 필요할 뿐이에요. 저는 레오가 필요해요. 혼자 위스키 병을 들고 있자니 무척 쓸쓸하네요. 위스키를 너무 많이 마셨어요, 레오. 눈치 채셨어요? 이 모든 것을, 인생을, 당신과 함께한다면 어떨까요? 당신은 과연 언제까지 저한테 당장 키스하고 싶어 할까요? 몇 주? 몇 달? 몇 년? 아님 영원히? 그런 생각을 해서는 안 된다는 거 알아요. 저는 행복한 결혼생활을 하고 있으니까요. 그런데 불행해요. 모순이죠. 레오, 당신이 모순이에요. 제 얘기 들어줘서 고마워요. 전 위스키나 한잔 더 마실래요. 잘 자요, 레오. 당신이 너무 그리워요.

당신과 블라인드 키스라도 하겠어요. 네, 할 거예요. 바로 지금.

이틀 뒤
제목: 묵묵부답
기온은 30도까지 올라가고, 휴식을 취하러 간 사람에게서는

한마디 말도 없군요. 그저께 이메일은 고통의 문턱에서 쓴 거였어요. 레오, 제가 당신에게 기대하는 게 너무 많았나요? 그건 위스키 때문이었어요! 위스키와 저. 제 안에 숨어 있는 저 말이에요. 위스키가 그걸 저에게서 끌어낸 거예요. 당신이 그리워요. 에미.

다음 날
제목 없음

남풍이 부는데도 저는 침대에서 뒤척이고 있어요. 당신이 그저 아무 글자나 한 자만이라도 적어 보내주면 편히 잠들 텐데요. 잘 자요, 레오.

이틀 뒤
제목: 마지막 메일

답장도 없는데 저 혼자 메일을 쓰는 건 이게 마지막입니다! 레오, 정말 잔인하시군요! 제발 이러지 말아요. 너무 슬퍼요. 침묵하는 것만 빼고 모든 걸 다 허락할게요.

다음 날

제목: 답장

에미, 내 인생을 바꿔놓게 될 결정을 내리고자 고심하는 데는 몇 시간밖에 걸리지 않았어요. 그런데 그 결과를 당신에게 알리는 데에는 구 일이라는 시간이 걸리는군요. 에미, 나는 몇 주 뒤에 보스턴으로 거처를 옮겨 거기에서 적어도 이 년은 살 거예요. 그곳 대학에서 어떤 프로젝트 팀을 꾸리게 될 거고요. 그 일은 학문적으로는 물론이고 재정 면에서도 상당히 매력 있어요. 내 형편상 그 일을 아주 흔쾌히 받아들일 수밖에 없군요. 여기에서 포기해야 하는 일이 몇 가지 있어요. 언젠가 한 번은 다른 대륙으로 옮겨가는 것이 우리 식구들 전통인가봐요. 친한 친구 몇몇이 그리울 테고, 여동생 아드리네가 그립겠죠. 그리고 누구보다 에미가 그리울 테고요.

이것 말고 또 하나의 결정을 내렸어요. 이 결정은 아주 가혹한 것이어서, 당신에게 그걸 알리려고 글을 쓰는 지금, 손가락이 떨리고 있어요. 나는 우리의 이메일 만남을 끝내기로 했어요. 에미, 당신을 내 머릿속에서 떨쳐내야만 해요. 내 생이 끝날 때까지 날마다 당신이 내 생각의 시작과 끝을 장식하게 둘 수는 없는 노릇이에요. 이건 병이에요. 내가 헛물을 켜는 셈이죠. 당신은 가정이 있고, 할 일이 있고, 책임과 의무가 있어요. 당신에게는 행복한 세계가 있고, 당신은 그 세계에 애착을 느끼고 있다고 당신 입으로 분명히 말했어요(지난번 장문의 이메일에 쓴 것처럼 술기운을 빌려 불행한 분위기를 풍길 때도 있지만, 그래봐야 그 메일은 다음 날 깨어나자마자 취소한 거나 다름없잖아요). 나는 당신 남편이 오랜 세월을 함께해온 사람만이 할 수 있는 방식으로 당신을 사랑한다고 믿어 의심치 않아요. 당신이 아쉬움을 느끼는 것은 단지 머릿속에서만 즐기는 약간의 혼외 모험일 거예요. 화장이 지워진 감정의 일상을 위해 약간의 화장이 필요한 거라고나 할까요. 당신이 나에게 기우는 것은 그 때문이에요. 그게 우리의 이메일 관계를 지탱해주었던 거죠. 그런데 그 관계가 당신의 마음을 풍부하게 해주기보다는 혼란을 야기하는 것 같아요.

이제 내 얘기를 좀 할게요. 에미, 나는 서른여섯 살이에요(자, 이제 알았죠?). 나는 메일함에서만 나에게 시간을 낼 수 있는 여자랑 평생을 함께할 생각은 없어요. 보스턴은 새로 시작할 기회를 줄 거예요. 아주 전통적인 방식으로 여자를 사귀고 싶은 욕구가 다시 살아났어요. 먼저 여자를 보고, 그다음엔 목소리를 듣고, 그 다음엔 체취를 맡고, 그다음엔 아마도 키스를 하겠죠. 그리고 언젠가는 그 여자에게 이메일을 쓰기도 할 거예요. 우리가 밟아온 그 반대의 길은 더할 수 없이 흥미진진했지만 목적지가 없어요. 난 내 머릿속의 봉쇄 조치를 해제해야 해요. 몇 달 동안 길에서 마주치는 예쁜 여자를 볼 때마다 나는 에미를 보았어요. 하지만 그 여자들 가운데 누구도 현실의 진짜 에미만 못했어요. 그 누구도 진짜 에미와 경쟁할 수 없었지요. 왜냐하면 나는 세상으로부터 뚝 떼어낸 진짜 에미를 컴퓨터 속에서 완전히 독차지하고 있으니까요. 컴퓨터에서 그녀는 일하고 있는 나를 데리러 오기도 하고, 아침밥도 먹기 전에 나를 기다리고 있기도 했어요. 그녀는 컴퓨터에서 나랑 오래도록 저녁시간을 같이 보내고 잘 자라는 인사로 나의 하루를 닫아주었어요. 때로는 먼동이 틀 때까지 내 방, 내 침대, 내 곁에 머물며 나와 함께 이불 속으로 들어가 있기도 했지요. 하지만 궁극적으로 그녀는 닿을 수 없는 곳에 있었어요. 그녀의 이미지는 너무 부드럽고 연약해서 나의 진짜 시선이 가 닿으면 당장 금이 가거나 깨져버릴 거예요. 이렇게 인공적으로 생겨난 에미는 하도 섬약해서 내가 살짝 건드리기만 해도 바스라져버릴 것 같아요. 물리적으로 따지자면 그녀는 내가 날마다 메일로 그녀를 불러낼 때 쓰는 자판 키와 키 사이의 공기에 지나지 않았어요. 훅 하고 한번 불면 사라져버리는. 그래요, 에미, 난 준비가 끝났어요. 메일함을 닫고, 자판을 훅 불고, 노트북을 접을 거예요. 당신과 헤어질 거예요. 당신의 레오.

다음 날

제목: 이별?

이게 당신의 마지막 메일이었나요? 말도 안 돼요! 이번 메일 때문에 저는 마지막 메일에 대한 신뢰를 잃었어요. 레오, 당신이 사라지고 싶어하는 마당에 제가 무슨 기막힌 유머를 기대하진 않아요. 하지만 이 씁쓸한 코미디는 대체 뭐죠? 무슨 이별이 이 래요? 당신이 멜로드라마 주인공처럼 유치하게 자판을 훅 불고 있는 마당에 제가 무슨 수로 이별을 상상할 수 있겠어요? 그래 요, 좋아요, 제가 막판에 좀 흥분하긴 했죠. 쓸데없이 말이 많아 지기 시작했고요. 제 마음은 본래 플라이급인데 시멘트 자루처 럼 무거울 때가 많았어요. 우리가 주고받은 엄청난 분량의 전자 우편을 어깨에 걸머지고 다녔어요. 얼굴도 모르는 남자를 조금 사랑한 것도 사실이에요. 우리 두 사람은 더는 서로를 그리 쉽게 머릿속에서 떨쳐낼 수 없게 됐어요. 머릿속에서는 그 무엇도 죄 가 되지 않으니까요. 하지만 그렇다고 우리가 굳이 가상의 트리 스탄과 이졸데 노릇을 할 까닭은 없어요.

보스턴으로 갈 테면 가세요. 저와의 이메일을 끊을 테면 끊으 세요. 하지만 이런 식으로는 아니에요!!! 이건 글을 봐도 그렇고 정서를 봐도 그렇고 당신 수준 이하이자 제 자존심 이하에요. 자 판을 훅 불다니…… 레에에에오오! 유치하기 짝이 없어요! "내가 줄곧 이런 사람이랑 얘기하고 있었던 거야?" 하는 생각이 절로 드네요.

제발 이게 당신의 마지막 메일이 아니라는 걸 증명해주세요. 끝마무리를 위해서는 뭔가 긍정적인 것, 뜻밖의 것, 감칠맛 나는 퇴장, 멋진 포인트가 있으면 좋겠어요. 예를 들어, "마지막으로 제안할게요, 우리 만납시다!" 이런 말이라도 하시면 그나마 재치 있는 마무리가 되지 않겠어요? (자, 괜찮으시다면 저는 이제 펑펑 울러 가겠습니다.)

5분 뒤
Aw:

에미, 마지막으로 제안할게요. 우리 만납시다!

5분 뒤
Re:

진심으로 하는 말이 아니잖아요.

1분 뒤
Aw:

진심이에요. 이런 거 가지고 장난할 마음 없어요, 에미.

2분 뒤

Re:

레오, 이걸 제가 어떻게 생각해야 하죠? 일시적 변덕이에요? 제 말 한마디로 당신이 멜로드라마 주인공에서 현실풍자극 주인공으로 바뀐 거예요?

3분 뒤

Aw:

아니, 에미, 이건 변덕이 아니에요. 곰곰이 생각해서 신중하게 하는 말이에요. 당신이 내 생각을 앞질러 얘기했을 뿐이에요. 다시 한번 진지하게 말할게요. 에미, 나는 우리의 이메일 관계를 현실에서의 만남으로 끝맺고 싶어요. 보스턴으로 떠나기 전 단 한 번밖에 없는 만남이 될 거예요.

50초 뒤

Re:

딱 한 번만 만난다고요? 그 만남에서 뭘 기대하세요?

3분 뒤

Aw:

알아보기. 마음 가벼워지기. 긴장 풀기. 우정. 만남 뒤의 좋은 감정. 북풍에 대항할 최상의 처방전. 들뜬 마음으로 보냈던 삶의 한 시기를 품위 있게 마무리하기. 아직 답을 듣지 못한 복잡한 물음들에 대한 단순명쾌한 답변. 아니면 당신 말대로 '적어도 재치 있는 마무리'.

5분 뒤

Re:

아마 전혀 재치 있지 않을 거예요.

45초 뒤

Aw:

그건 우리 두 사람에게 달렸어요.

2분 뒤

Re:

우리 두 사람? 레오, 지금 당신은 혼자예요. 저는 아직 우리의 마지막 만남에 동의하지 않았고, 솔직히 말하면 지금으로서는

만날 마음이 별로 없어요. 우선 뜬금없는 '처음이자 마지막이
될' 데이트에 대해 더 알고 싶어요. 저를 어디에서 만나고 싶으
세요?

55초 뒤

Aw:

에미 당신이 원하는 곳에서요.

45초 뒤

Re:

만나서 뭘 하죠?

40초 뒤

Aw:

우리가 원하는 거요.

35초 뒤

Re:

우리가 뭘 원하는데요?

30초 뒤

Aw:

그건 만나보면 알겠죠.

3분 뒤

Re:

저는 차라리 보스턴에서 오는 이메일을 받고 싶어요. 이 상황
에서 덜컥 만나기부터 하고 그다음에 우리 두 사람 가운데 누가
뭘 원하는지 두고 볼 필요는 없어요. 그리고 적어도 저는 제가
뭘 원하는지 알아요. 제가 원하는 건 보스턴에서 오는 이메일이
에요.

1분 뒤

Aw:

에미, 보스턴에 가면 당신에게 이메일을 쓰지 않을 거예요.
정말로 끝내고 싶어요. 나는 그게 우리 모두에게 좋을 거라 확
신해요.

50초 뒤

Re:

그럼 언제까지 저한테 메일을 보낼 생각이세요?

2분 뒤

Aw:

우리가 만날 때까지요. 당신이 나랑 절대로 만나지 않겠다고
하지만 않으면요. 절대로 만나지 않겠다고 하면 그게 곧 마지막
이별의 말이 되겠지요.

1분 뒤

Re:

협박이로군요, 레오 선생! 게다가 아주 조잡하기까지 해요.
당신이 방금 쓴 그 메일을 한번 소리내어 읽어보세요. 이런 식으
로 말하는 사람을 만나고 싶을 리는 없을 것 같군요. 잘 자요.

다음 날 아침

제목 없음

굿모닝, 레오. 당신을 절대로 후버 카페에서 만나지는 않을 거
예요!

1분 뒤

Aw:

꼭 후버 카페에서 만날 필요야 없죠. 그런데 거긴 왜 안 되는
데요?

1분 뒤

Re:

거기는 직장 동료나 우연히 알게 된 사람들이 만나는 곳이에
요.

2분 뒤

Aw:

우연으로 따지자면 우리보다 더한 사람들이 또 있을까요.

50초 뒤

Re:

당신은 우리 관계를 그런 관점에서 지금까지 이어왔고 이제
끝내려는 건가요? 그렇다면 우린 그냥 우연한 만남, 덧없는 만
남으로 남는 게 낫겠어요.

다음 날
제목 없음

레오, 대체 무슨 일이에요? 왜 갑자기 글 쓰는 게 그리 거칠어졌어요? 왜 '우리의 역사'를 그토록 깎아내리세요? 일부러 무감각하고 화난 척하려고 애쓰는 거예요? 당신이 떠나는 걸 내가 잘됐다고 여기게 만들려는 건가요?

2시간 30분 뒤
Aw:

미안해요, 에미. 난 지금 '우리의 역사'를 머리에서 털어내려 필사적으로 애쓰고 있어요. 왜 그래야 하는지는 이미 설명했죠? 내가 보스턴에 가서 이메일을 쓴다 해도 끔찍하게 사무적인 톤으로 쓰게 될 거예요. 그러고 싶지 않지만 어쩔 수 없어요. 나는 메일을 쓰며 '우리의 역사'에 더는 감정을 투자하고 싶지 않아요. 굳이 더 쌓았다 무너뜨릴 필요는 없잖아요. 정말로 딱 한 번만 만나고 싶을 뿐이에요. 그 만남이 우리 두 사람 모두에게 좋을 거라고 생각해요.

2분 뒤

Re:

한번 만나고 나서 또 만나고 싶어지면 어떡하고요?

4분 뒤

Aw:

그 가능성은 배제할 수 있어요. 난 이미 그 가능성을 배제했어요. 딱 한 번 만나자고 하는 것은 미국으로 떠나기 전에 '우리의 역사'를 품위 있게 마무리하기 위해서예요.

15분 뒤

Re:

'품위 있게 마무리' 한다는 게 무슨 뜻이죠? 다른 말로 물을게요. 제가 만남 뒤에 당신에 대해 어떻게 생각하기를 바라세요?

1) 아주 멋있다. 하지만 글만큼은 그렇게 흥미롭지 않다. 이제 편한 마음, 좋은 감정으로 그 남자를 내 삶의 모든 서류철에서 영원히 지울 수 있다.

2) 이 따분한 남자 때문에 내가 일 년을 넋놓고 살았던 거야?

3) 외도용으로 딱인 남잔데 대서양을 건너간다니 아깝군.

4) 매력적인 타입이야! 대단한 밤이었어! 몇 달간 이메일을

쓴 것에 대한 보상은 충분히 받았어. 그걸로 됐어. 이제 요나스
에게 간식 만들어주는 데 다시 집중할 수 있어.

5) 어우, 내가 원하는 사람이 바로 그런 사람이야! 그런 남자
를 위해서라면 베른하르트를 버리고 가정도 포기하겠어! 그 사
람이 나를 피해 이메일을 쓸 수 없는 나라로 가다니, 안타까워!
하지만 난 그 사람을 기다릴 거야! 날마다 그 사람을 위한 촛불
을 밝혀둘 테야. 그리고 그 사람이 금의환향할 때까지 아이들과
함께 기도해야지.

3분 뒤
Aw:
에미, 당신의 그 빈정거림이 그리울 거예요!

2분 뒤
Re:
정 그러면 한 보따리 싸가지고 가세요. 그거야 저한테 얼마든
지 있으니까요. 그건 그렇고, 우리의 공식 이별에 즈음하여 당신
은 어떤 타입을 보여주고 싶으세요?

5분 뒤

Aw:

어떤 타입이 아니라 그냥 나를 보여줄 겁니다. 당신은 있는 그대로의 내 모습을 보게 될 거예요. 당신은 적어도 당신이 생각하는 나를 보게 될 거예요. 아니면 당신이 원하는 내 모습을 보게 되거나요.

1분 뒤

Re:

제가 당신을 다시 만나고 싶어질까요?

45초 뒤

Aw:

아니요.

35초 뒤

Re:

어째서요?

50초 뒤

Aw:

다시 만나는 게 불가능하니까요.

1분 뒤

Re:

세상에 불가능이란 없어요.

45초 뒤

Aw:

그렇지 않아요. 다시 만난다는 건 애초에 불가능해요.

55초 뒤

Re:

처음에 불가능했던 일이 나중에 가능해지는 경우도 더러 있
어요.

2분 뒤

Aw:

미안해요, 에미. 당신이 나를 다시 만나고 싶을 가능성은 그런

것과는 달라요. 두고 보면 알게 될 거예요.

1분 뒤

Re:

무엇 때문에 제가 그걸 알고 싶겠어요? 처음 만나고 나서 다시 만나고 싶지 않을 거라는 사실을 알고 있는데, 무엇 때문에 제가 당신을 만나야 하죠?

2분 뒤

제목: 라이케씨께

존경하는 라이케씨, 우리는 요즘 아주 괴로운 나날을 견뎌 나가고 있습니다. 이게 그치지 않으면 우리의 결혼생활은 깨지고 말 겁니다. 라이케씨께서 우리 결혼생활이 깨지기를 바라시지는 않을 것으로 압니다. 제발 제 아내를 만나시고 메일 쓰는 걸 중단해주십시오. (저는 두 사람이 서로에게 무슨 얘기를 쓰는지는 맹세코 모릅니다. 알고 싶지도 않고요. 단지 메일 교환이 그치기만을 바랍니다.) 안녕히 계십시오. 베른하르트 로트너.

3분 뒤

Aw:

에미, 당신이 나를 왜 만나고 싶어하는지는(만나고 싶을 경우) 당신 스스로 알 텐데요. 내가 말할 수 있는 건 이것뿐이에요. 나는 당신을 만나고 싶어요! 이유는 이미 마르고 닳도록 설명했잖아요. 좋은 저녁시간 보내요. 레오.

1분 뒤

얼음주머니 레오 라이케. "내가 줄곧 이런 사람이랑 얘기한 거였어?" 슬프네요.

...9장

사흘 뒤

제목: 궁금한 것 몇 가지 더

레오, 당신이 먼저 연락을 주지는 않는군요. 제 질문에 대답은
해주실 건가요? 시간이 얼마나 남은 거예요? 언제 보스턴으로
가세요? 에미.

9시간 뒤

Aw:

안녕, 에미. 집이 지금 뒤죽박죽 엉망진창이에요. 한창 미국으
로 이사할 준비를 하는 중이거든요. 7월 16일에 가요. 그러니까
이 주 뒤네요. 다시 한번 말하는데, 우리가 그전에 만날 수 있으

면 좋겠어요. 당신 자신이 만남을 원하는지 그렇지 않은지 모르
겠거든 그냥 나를 위해 만나주세요. 난 우리의 만남을 무척 원하
고 있어요! 그러마고 해주면 나로서는 몹시 기쁠 겁니다. 만나
고 나면 마음이 훨씬 편해지고, 당신도 잘 지내게 될 것이라고
믿습니다.

12분 뒤

Re:

레오, 이해 못 하겠어요? 우리 만남이 '이별을 위한 만남'이
라는 상황을 고려할 때 만나고 나서 제가 잘 지낼 수 있으려면,
당신의 실제 모습이 지난 일 년간 글로 제게 보여준 모습(당신
이 최근에 보낸 끔찍하게 사무적인 이메일 몇 통은 빼고)과 다
른 것으로 확인되어야만 해요. 당신이 그렇게 '다른 사람'이라
면 만남은 크게 실망스러울 테고, 만나고 나서 제가 잘 지낼 수
있는 건 어차피 그게 마지막 만남이기 때문이겠죠. 만나고 나서
제가 잘 지내게 될 것이라고 그토록 확신하시는 것은 만남 자체
가 저에게 실망스러울 것이라는 얘기를 돌려 하시는 거라고밖에
볼 수 없어요. 그렇다면 다시 한번 물을게요. 제가 그런 실망스
런 만남을 왜 해야 하죠?

8분 뒤

Aw:

만남이 당신에게 결코 실망스럽지 않을 겁니다. 만나고 나면 당신은 예를 들어 오늘보다 기분이 좋아질 거예요.

1분 뒤

Re:

오늘요? 오늘 제 기분이 어떤지 당신이 어떻게 알아요?

50초 뒤

Aw:

에미, 오늘 기분 안 좋잖아요.

30초 뒤

Re:

당신은요?

35초 뒤

Aw:

마찬가지로 안 좋아요.

25초 뒤

Re:

왜요?

45초 뒤

Aw:

당신이랑 같은 이유에서요.

50초 뒤

Re:

하지만 그건 당신 탓이에요, 레오. 아무도 당신에게 제 인생에
서 사라지라고 강요하지 않아요.

40초 뒤

Aw:

강요합니다!

40초 뒤

Re:

누가요?

8분 뒤

Re:

누가 강요하냐니까요?

다음 날 아침

제목: 나

내가요!

내가 강요합니다. 나와 이성.

1시간 30분 뒤

Re:

그럼 제 인생에서 사라지기 전에 저랑 한번 만나기를 원하는
건 누구고요? 그것도 당신과 이성인가요? 아니면 당신과 몰지
각? 아니면 순수하게 몰지각만? 그것도 아니면 순수하게 이성
(가장 나쁜 변수)?

20분 뒤

Aw:

나, 이성, 감정, 손, 발, 눈, 코, 귀, 입, 모든 것이요. 나의 모든
것이 에미 당신과 만나기를 원해요.

3분 뒤

Re:

입이요?

15분 뒤

Aw:

물론이죠. 얘기해야 하잖아요.

50초 뒤

Re:

아, 그렇군요.

이틀 뒤

제목: 오케이

안녕, 레오. 좋아요, 한번 해보죠, 뭐. 만나요. 이번 주에 언제
시간 있어요?

30분 뒤

Aw:

당신 편한 시간에 맞출게요. 수요일, 목요일, 금요일?

1분 뒤

Re:

내일.

3분 뒤

Aw:

내일이요? 좋아요, 내일로 해요. 오전, 점심, 오후, 저녁?

1분 뒤

Re:

저녁. 장소는요?

10분 뒤

Aw:

카페도 좋고 레스토랑, 박물관도 좋으니 당신이 정해요. 산책
을 하자면 산책을 하고, 공원 벤치에서 만나자면 그렇게 할게요.
당신이 고르는 곳이면 어디든 좋아요.

50초 뒤

Re:

당신 집에서 만나요.

8분 뒤

Aw:

왜죠?

40초 뒤

Re:

안 될 건 뭐죠?

1분 뒤

Aw:

뭘 할 생각인데요?

55초 뒤

Re:

레오 당신은 뭘 할 생각이에요? 잊으셨나본데, 이별의 만남을
원한 건 당신이잖아요.

35분 뒤

Aw:

아무 계획도 없어요. 나는 단지 몇 달 동안 나와 함께하며 내 일거수일투족에 영향을 미쳤던 여자를 보고 싶을 뿐이에요. 그 여자의 기분 좋은 목소리를 자동응답기에 녹음된 것 말고 그 이상으로 더 많이 듣고 싶어요. "레오 당신은 뭘 할 생각이에요? 잊으셨나본데, 이별의 만남을 원한 건 당신이잖아요." 하고 말할 때 그 여자의 입술을 보고 싶어요. 그 여자가 그런 말을 할 때 입 꼬리가 어떻게 움직이는지, 눈빛이 어떤지, 눈썹이 어떻게 올라가는지 보고 싶어요. 그 여자가 신랄한 야유를 퍼부을 때는 어떤 표정일지 보고 싶어요. 몇 년간에 걸친 한밤의 북풍이 그 여자 뺨에 어떤 흔적을 남겼는지 보고 싶어요. 나는 에미의 이런 오만 가지 것들이 다 궁금해요.

5분 뒤

Re:

궁금증이 좀 늦게 발동한 감이 없지 않군요, 레오. 하루저녁에 그렇게 얼굴 현장탐사를 하기에는 시간이 빠듯할 텐데요. 시간을 몇 시간이나 낼 생각이신가요? 만나러 나가서 제가 얼마 동안 있어야 하는 거예요?

3분 뒤

Aw:

우리 둘이 원하는 만큼요.

1분 뒤

Re:

서로 보자마자 오래 있고 싶지 않으면요?

4분 뒤

Aw:

그럼 둘 가운데 빨리 끝내고 싶은 사람 의견이 관철되어야겠
죠.

50초 뒤

Re:

당신 의견이 관철될 거라는 얘기군요.

40초 뒤

Aw:

그런 말 아닌데요.

20초 뒤

Re:

우리가 이렇게 계속 애기를 하는데도 얘기하지 않은 게 얼마나 많은지, 놀라워요. 예를 들면, 인사는 어떻게 할까요? 악수를 해요? 서로 어깨를 다독여요? 당신이 제 손등에 입 맞출 수 있게 제가 손가락을 가지런히 모은 채로 당신에게 손을 내밀까요? 아니면 북풍의 흔적이 남은 뺨을 내밀까요? 그럼 당신이 입을 내밀고 저에게 다가오실 거예요? 아님 그냥 외계인들처럼 서로를 잠시 뚫어지게 바라볼까요?

3분 뒤

Aw:

우리 이렇게 해요. 내가 당신 손에 와인 잔을 쥐여줄게요. 그걸로 건배해요. 우리를 위해.

2분 뒤

Re:

위스키도 있어요? 오래 둬서 김빠지고 병 바닥에 이끼 끼고 그런 위스키 말고요. 위스키 상태가 안 좋을 경우 제 의견이 관철되어 짧은 만남이 될 수도 있어요.

1분 뒤

Aw:

위스키 때문에 우리 만남이 괴로워지지는 않을 겁니다.

45초 뒤

Re:

그럼 위스키 말고 다른 건요?

2분 뒤

Aw:

없어요. 아름답고 즐겁고 건강하고 생기 있는 만남이 될 거예요, 에미. 두고 보면 알게 될 겁니다.

3시간 뒤

Re:

시간 조금 더 있어요, 레오? 이미 늦은 거 알아요. 하지만 레드와인 한잔 드세요. 그게 당신한테 좋을 거 같아요. 실은 몇 가지 궁금한 게 떠올라서 만나기 전에 얘기 좀 더 하려고요. 예컨대 우리의 특별 주제 같은 것에 대해 묻고 싶어요. 1) 우리의 이별을 위한 만남에서 당신이 저랑 섹스하고 싶어하는 게 가능할 거라고 보세요? 2) 우리의 이별을 위한 만남에서 제가 당신이랑 섹스하고 싶어하는 게 가능할 거라고 보세요? 3) 둘 다 '그렇다'이고 만약 우리가 실제로 섹스를 한다면, 그게 나중에 우리에게 더 좋을 거라고 생각하세요? "만나고 나면 당신도 잘 지내게 될 거라고 믿습니다." 이러셨죠? 저는 이 말이 거의 약속이나 다름없다고 생각해요. 4) 이 말이 만나고 나서 제가 당신을 다시 만나고 싶어하지는 않을 것이라는 당신의 예언과 어떻게 아귀가 맞죠?

10분 뒤
Aw:

1) 내가 섹스를 원할 수도 있다는 건 가능하다고 봅니다. 하지만 당신에게 그런 내색을 해서는 안 된다고 봅니다.

2) 당신이 섹스를 원할 수도 있다는 것 역시 가능하다고 봅니다. 하지만 그럴 가능성이 아주 높지는 않습니다.

3) 그게 나중에 우리에게 더 좋겠느냐고요? 예, 그럴 거라고 생각합니다.

4) 당신은 나를 다시 만나고 싶지 않을 겁니다. 왜냐면 당신은 가정이 있고, 우리가 만난 다음에는 당신의 자리가 어디인지를 정확히 알게 될 것이기 때문입니다.

7분 뒤

Re:

1) 당신이 섹스를 원한다면 제가 그걸 알아차리지 못할 것 같아요?

2) 제가 그걸 원할 가능성이 아주 높지는 않다는 건 진실에서 아주 동떨어지지는 않은 얘기로군요(당신이 헛된 희망을 품지 않도록).

3) 그게 나중에 우리에게 더 좋을 거라는 말씀, 이렇게 전형적인 남자처럼 얘기하시는 거 좋아요. 당신이 비로소 이 세상 사람으로 느껴져요.

4) 제가 제 자리가 어디인지를 정확히 알게 될 거라는 말씀, 그걸 나 자신보다 당신이 미리 더 잘 판단할 수 있다고 생각하세요?

그리고 자러 가기 전에 마지막 질문이에요, 레오. 저를 조금이나마 사랑하기는 하세요?

1분 뒤

Aw:

조금이나마?

2분 뒤

Re:

잘 자요. 저는 당신을 무척 사랑해요. 우리의 만남이 두려워요. 만나고 나서 당신을 잃게 된다는 것을 상상할 수 없고, 상상하고 싶지도 않아요. 에미.

3분 뒤

Aw:

'잃는다' 는 생각 같은 건 하지 말아요. 그런 생각을 하는 순간 이미 잃는 거예요. 잘 자요, 내 사랑.

다음 날 아침

제목 없음

굿모닝, 레오. 저는 잠을 못 잤어요. 제가 오늘 저녁 정말 당신에게 가야 하는 건가요?

5분 뒤

Aw:

굿모닝, 에미. 나만 잠을 못 이룬 게 아니었군요. 그래요, 나에게 와요. 저녁 일곱시, 괜찮아요? 그 시각이면 잠시 테라스에 앉아 있을 수도 있겠어요.

2분 뒤

Re:

레오, 레오, 레오. 오늘 저녁이 당신이 기대했던 것보다 아름답다고 가정해봐요. 당신이 바라보고 있는 여자에게 완전히 반해버린다고 가정해봐요. 그녀가 야유를 퍼부을 때의 표정이든, 그녀의 말투든, 손짓이든, 눈이든, 머릿결이든(가슴은 빼고 얘기할게요), 오른쪽 귓불이든, 왼쪽 종아리든, 아무튼 그 여자의 무엇인가에 반한다고 가정해보자구요. 우리 두 사람이 인터넷 서버에서보다 훨씬 더 밀접하게 연결되어 있고, 서로에게 빠져든 게 우연일 리 없다는 느낌이 든다고 가정해봐요. 레오, 그래도 당신이 저를 다시 보고 싶지 않을 수 있을까요? 보스턴에서도 계속 저에게 메일을 쓰고 싶지 않을 수 있을까요? 저랑 함께 있고 싶지 않을 수 있을까요? 제 곁에 있고 싶지 않을 수 있을까요? 저랑 살고 싶지 않을 수 있을까요?

10분 뒤

Aw:

에미, 당신은 나랑 살 수 있는 자유로운 몸이 아니잖아요.

35분 뒤

Re:

내가 당신이랑 살 수 있는 자유로운 몸이라고 가정하면요.

45분 뒤

Re:

레에에에에에오, 대답할 말이 안 떠올라요?

3분 뒤

Aw:

사랑하는 에미, 그건 너무 지나친 가정이에요. 당신이 자유롭다는 가정은 할 수 없어요. 이유는 간단해요. 당신은 지금도 자유롭지 않고 앞으로도 자유롭지 않을 테니까요. 당신이 오늘 저녁 가족에게서 벗어나 자유로워진다면 그건 나로서야 좋은 일이죠(당신에게도 그게 좋은 일이면 좋겠고요). 하지만 그게 당신이 자유로운 몸이라는 소리는 아니에요. 그렇지만 않다면 그런 가정을 받아들이기가 그리 어렵지 않을 거예요. 하지만 그 가정이 아주 솔깃하기는 하군요. 아무래도 받아들일 수 없어요.

이 기회에 나도 질문 하나 할까요? 당신이 이런 질문을 좋아하지 않는다는 거 알지만, 맥락이 비슷한 것 같아서요. 남편한테는 오늘 저녁에 어디에 간다고 할 건가요?

9분 뒤
Re:

레오, 정말 집요하군요!!! 남자친구 만나러 간다고 할 거예요. 그럼 남편이 묻겠죠. "내가 아는 사람이야?" 저는 이렇게 대답할 거예요. "당신은 모를 거예요. 내가 그 친구 얘기를 별로 한 적이 없어서." 그리고 이렇게 덧붙일 거예요. "할 얘기가 많아서 좀 늦어질지도 몰라요." 남편은 잘 다녀오라고 할 거예요.

20분 뒤
Aw:

당신이 새벽에 집에 돌아가면요? 그럼 남편이 뭐라고 할까요?

3분 뒤
Re:

제가 새벽이 되어서야 집에 오는 게 있을 수 있는 일이라고 생각하세요? 이건 당신의 전혀 새로운 모습인걸요.

8분 뒤

Aw:

에미 로트너가 뭐라고 했더라? "처음에 불가능했던 일이 나중에 가능해지는 경우도 더러 있어요." 한마디로 불가능이란 없다고 했죠? 나도 차츰 그 생각에 물들어가고 있나봐요.

4분 뒤

Re:

와우, 흥미진진한데요. 저는 당신이 그렇게 말하는 게 좋아요. (아마 그게 제 말투라 그런가봐요.) 그건 그렇고, 이제 네 시간 남았네요. 당신이 후버 카페의 세 에미 가운데 어떤 에미에게 문을 열어주게 될지 귀띔해드릴까요?

3분 뒤

Aw:

아니요, 에미, 얘기하지 말아요! 대신 내가 제안을 하나 할게요. 진지하게 하는 거니까 웃으면 안 돼요. 내가 문을 살짝 열어둘 테니 그냥 들어오세요. 현관에서 왼쪽 첫번째 방으로요. 방은 어두울 거예요. 내가 당신을 보지 않고 포옹할게요. 그리고 눈을 감은 채로 키스할게요. 한 번. 단 한 번의 키스!!

50초 뒤

Re:

그러고 나서 저는 도로 나와요?

3분 뒤

Aw:

아니요! 키스하고 난 다음에 블라인드를 올리고 우리가 누구에게 키스를 했는지 보는 거예요. 그리고 나는 당신 손에 와인 잔을 쥐여줄 거고, 우린 건배를 하겠죠. 그런 다음 계속 서로를 보는 거예요.

1분 뒤

Re:

저는 위스키를 주세요! 그것 말고는 당신이 제안한 우리의 만남 프로그램에 찬성해요. 이건 사실 안대만 없다뿐이지 안대 섹스와 다를 게 없고, 그래서 조금 더 낭만적이네요. 좋아요, 그렇게 해요! 와, 정말 그렇게 하는 거예요? 굉장하겠는데요?

40초 뒤

Aw:

좋아요. 우리 진짜 그렇게 해요!

4분 뒤

Re:

하지만 레오, 그건 좀 위험해요. 당신의 키스 스타일을 제가 좋아할지 모르겠어요. 당신 키스 어떻게 해요? 강한 편인가요, 부드러운 편인가요? 건조한 편이에요, 축축한 편이에요? 치아는 날카로운 편인가요, 무딘 편인가요? 혀는 공격적인가요, 유연한가요? 단단한 플라스틱 같아요, 아니면 스펀지 같아요? 키스할 때 눈은 뜨나요, 감나요? (참, 블라인드 키스일 때 이건 상관없겠군요.) 손은 어떻게 해요? 저를 잡으실 거예요? 잡는다면 어디를, 얼마나 세게요? 숨을 아주 조용히 쉬나요, 씩씩 쉬나요, 입으로 소리를 내나요? 레오, 당신 키스를 어떻게 하는지 얘기해줘요.

3분 뒤

Aw:

글 쓰는 것과 비슷하게 해요.

50초 뒤

Re:

허풍 같기는 하지만 뭐 그다지 나쁘지는 않군요. 하지만 당신
은 글 쓰는 게 때에 따라 몹시 달라요!

45초 뒤

Aw:

키스도 때에 따라 아주 다르게 해요.

4분 뒤

Re:

어제랑 오늘 저에게 메일 쓴 것처럼 키스하겠다고 약속하시
면 위험을 무릅쓰고 해볼게요!

35초 뒤

Aw:

그래요, 한번 부딪쳐봐요!

12분 뒤

Re:

키스하고 나서 더 하고 싶어지면요?

40초 뒤

Aw:

더 하고 싶어하면 되죠, 뭐.

50초 뒤

Re:

그럼 실제로 더 하나요?

35초 뒤

Aw:

그건 그 상황이 되어봐야 정확히 알 수 있겠지요.

2분 뒤

Re:

우리 둘 가운데 한 사람만 그걸 알게 되면 안 될 텐데요.

4분 뒤

Aw:

한 사람이 알게 되면 나머지 한 사람도 자연히 알게 됩니다.
그건 그렇고, 에미, 이제 딱 두 시간 남았어요. 이제 슬슬 메일
쓰는 거 중단하고 공간 이동을 준비해야 하는 거 아니에요? 솔
직히 얘기하면 난 지금 너무너무 흥분돼요.

8분 뒤

Re:

옷은 뭘 입을까요?

1분 뒤

Aw:

그건 에미 당신 취향에 맡길게요.

55초 뒤

Re:

전 레오 당신 환상에 맡기고 싶은데요.

2분 뒤

Aw:

지금은 그 무엇도 내 환상에 맡기지 않는 게 좋아요. 그리고 시간상 뭐가 됐든 벌써 입었을 것 같은데요.

3분 30초 뒤

Re:

우리 두 사람 가운데 누구도 손을 비울 수 없어서 인사용 키스를 한 뒤 블라인드를 곧바로 올리지 않을 가능성을 높여주는 옷을 입을까요?

40초 뒤

Aw:

너무 짧은 대답인 것 같지만, 예스!

1분 30초 위

Re:

'예스!'를 요구하는 질문에 '예스!'라는 답은 결코 짧은 게 아니죠. 그럼 저는 이제 꽃단장을 할게요. 제 심장이 가슴을 뚫고 나오지 않는 한, 한 시간 반 뒤엔 당신 집에서 우리가 만나게 되겠네요, 레오.

3분 30초 뒤
Aw:

여기 오거든 아래층 현관에서 맨 위층 15호 초인종을 누르세
요. 그리고 엘리베이터에서 142를 입력하면 맨 꼭대기 층으로
올라올 겁니다. 꼭대기 층에는 어차피 문이 하나밖에 없어요. 문
은 열려 있을 겁니다. 음악을 따라 왼쪽 첫번째 방으로 들어오세
요. 기쁜 마음으로 당신을 기다리고 있을게요!

50초 뒤
Re:

저도 어서 당신을 만나고 싶어요, 레오. 저는 에미예요. 그리
고 저는 깊이 사귀어서 잘 아는 사람이 아니면 어둠 속에서 키스
하지 않아요. 저는 서른네 살이에요. 당신보다 두 살 어려요.

2분 뒤
Aw:

에미, 아무래도 당신이랑 '보스턴'에 대해 다시 한번 자세히
얘기해야 할 것 같아요. 당신은 지금 보스턴에 대해, 말하자면

나와 보스턴에 대해 완전히 잘못 알고 있어요. 보스턴 문제는 당신이 생각하는 것과 사정이 전혀 달라요. 만나면 그 사정을 설명할게요. 설명할 게 너무 많아요! 이해해야 할 게 너무 많아요! 무슨 말인지 알아요?

1분 30초 뒤
Re:
레오, 하나씩 차례로, 천천히 해요. 보스턴은 급하지 않아요. 여유 있게 설명하고 여유 있게 이해하자구요. 첫 키스부터 하고요. 이따 봐요, 내 사랑!

45초 뒤
Aw:
이따 봐요, 내 사랑!

···10장

다음 날 저녁

제목: 북풍

사랑하는 레오, 용서가 안 되는 일이라는 거 알아요. 당신의 '침묵'이 그걸 보여주고 있어요. 당신은 묻지도 않는군요. 이건 질책이나 마찬가지예요. 분노의 폭발도, 다시 한번 어떻게 해보려는 시도도, 실망의 표현도 없군요. 아무 반응도 보이지 않고 그저 꿀먹은 벙어리마냥 침묵을 지키고 있군요. 당신은 이 모든 것을 말없이 받아들이고 있어요. 어떻게 된 일이냐고 묻지도 않고. 마치 사태를 파악하고 있는 양. 이게 저한테는 곧 벌이라는 거, 아실 테지요. 당신의 실망이 아무리 크다 해도 제 실망의 절반밖에는 되지 않을 거예요. 제 실망은 당신의 실망까지 계산에 넣은 것이니까요.

레오, 제가 마지막 순간에(과장된 말이 아니라 정말 마지막 순간이었어요) 왜 당신에게 가지 못했는지 얘기할게요. 그게 다 철자 하나, 있어서는 안 될 자리에 잘못 들어간(그것도 가장 안 좋은 시점에) 단 하나의 철자 때문이었어요. 레오, 당신이 저더러 베른하르트에게 뭐라고 말할 거냐고 물었던 거 기억해요? 제가 뭐라고 대답했는지도요? "남자친구 만나러 간다고 할 거예요."—저는 실제로 이렇게 말했어요. 그럼 남편이 "내가 아는 사람이야?" 물을 거라고 했죠?—정말 그렇게 묻더군요. "당신은 모를 거예요. 내가 그 친구 얘기를 별로 한 적이 없어서."—저는 실제로 이렇게 대답했어요. "할 얘기가 많아서 좀 늦어질지도 몰라요."—정확히 이렇게 덧붙였고요. "남편은 잘 다녀오라고 할 거예요."—맞아요, 레오, 남편은 잘 다녀오라고 했어요. 하지만 거기서 끝내지 않고 뒤에 한 마디를 더 붙였죠. "잘 다녀와, 에미." 잘 다녀오라는 말까지는 평소와 다름없었어요. 그런데 그다음에 조금 뜸을 들이다가 에미라는 말을 붙인 거예요. 이건 그냥 심상하게 들어넘길 수 있는 말이 아니에요. 저는 그 말이 골수에 사무쳤어요. 남편은 평소에 저를 '에마'라고 불러요. 언제나 에마라고만 해요. 몇 년 동안 저에게 '에미'라고 한 적이 없어요. 그 사람이 마지막으로 나를 에미라고 부른 게 언제였는지 기억조차 나지 않아요.

레오, 'ㅏ(a)' 대신 들어간 'ㅣ(i)', 이 낯선 철자 하나가 저를 충격에 빠뜨렸어요. 저는 그 사람 입에서 나온 에미라는 말이 싫었어요. 그 말이 나와서는 안 되는 거였어요. 너무 많은 것을 폭로하고, 환멸을 느끼게 하고, 파괴하는 말이었거든요. 마치 그 사람이 내 상황을 아는 것 같고 나를 꿰뚫어보기라도 하는 것 같았어요. 마치 나에게 이렇게 말하려는 것 같았어요. "당신이 '에미'이고 싶어하는 거, 도로 '에미'가 되고 싶어하는 거 알아. 그러니까 '에미'가 되어 즐거운 시간 보내고 와." 그 사람에게 뭐라고 대꾸를 해야 하는 상황이었다면 나는 아주 끔찍한 말을 하고 말았을 거예요. "베른하르트 난 단지 에미가 되고 싶을 뿐 아니라 이미 에미예요. 하지만 당신의 에미가 아니에요. 난 다른 남자의 에미예요. 그 사람은 나를 한 번도 본 적 없지만 나를 찾아냈고, 나를 알아봤어요. 그 사람은 나를 내 은신처에서 끌어냈어요. 나는 그 남자의 에미예요. 나는 레오의 에미라고요. 내 말 못 믿겠어요? 증명해줄까요? 그걸 증명한 문서가 있는데."

양심의 가책요? 아니요, 레오, 베른하르트에게 양심의 가책은 느끼지 않았어요. 다만 내 자신이 두려울 뿐이었죠.

저는 제 방으로 올라가 당신에게 이메일을 쓰고 싶었어요. 하지만 아무 말도 할 수 없었어요. "내 사랑 레오, 오늘 당신에게

갈 수 없어요. 이 모든 상황을 감당할 수가 없어요." 이 말만 써 놓고 몇 분 동안 모니터를 들여다보다가 결국 지워버렸어요. 전 당신을 포기할 수 없었어요. 그건 곧 나 자신을 포기하는 것일 테니까요.

레오, 무슨 일인가가 일어났어요. 제 감정이 모니터를 벗어난 거예요. 전 당신을 사랑해요. 그리고 베른하르트는 그걸 알아차 렸어요. 추워요. 북풍이 불어오고 있어요. 이제 우리 어떡하죠?

10초 뒤

Aw:

주의. 변경된 이메일 주소입니다. 보내신 주소에서 수신자가 메일을 불러올 수 없습니다. 전달된 새 이메일들은 자동으로 삭 제됩니다. 자세한 내용을 알고 싶으시면 시스템 관리자에게 문 의하십시오.

지은이 **다니엘 글라타우어**
1960년 오스트리아 빈에서 태어났다. 대학에서 교육학과 예술사를 공부하고, 1985년부터 자유기고가로 일하다가, 1989년 일간지 <데어 슈탄다르트>의 창간 멤버로 문예 섹션과 칼럼을 담당했다. 칼럼집 『개미 세기』『우는 새』, 법정 르포『유죄를 인정하십니까?』 등을 발표했고, 『크리스마스를 아시나요?』『그것 때문에』 등의 소설가로서도 사랑을 받고 있다. 『새벽 세시, 바람이 부나요?』의 이야기는 『일곱번째 파도』로 이어진다.

옮긴이 **김라합**
서강대학교 독문과를 졸업했다. 『스콧 니어링 자서전』『어린이 공화국 벤포스타』『일곱번째 파도』『화요일의 여자들』『아무도 날 사랑하지 않아』 등을 우리말로 옮겼다.

문학동네 세계문학

새벽 세시, 바람이 부나요?

1판 1쇄 2008년 4월 14일 | 1판 29쇄 2021년 11월 5일

지은이 다니엘 글라타우어 | 옮긴이 김라합
기획 김지연 | 책임편집 장선정 김지연
디자인 송윤형 이원경 | 저작권 김지영 이영은 김하림
마케팅 정민호 정진아 김혜연 정유선 | 홍보 김희숙 함유지 김현지 이소정 이미희
제작 강신은 김동욱 임현식 | 제작처 (주)상지사P&B

펴낸곳 (주)문학동네 | 펴낸이 염현숙
출판등록 1993년 10월 22일 제406-2003-000045호
주소 10881 경기도 파주시 회동길 210
전자우편 editor@munhak.com | 대표전화 031) 955-8888 | 팩스 031) 955-8855
문의전화 031) 955-8896(마케팅) 031) 955-2659(편집)
문학동네카페 http://cafe.naver.com/mhdn | 트위터 @munhakdongne
북클럽문학동네 http://bookclubmunhak.com

ISBN 978-89-546-0533-5 03850

잘못된 책은 구입하신 서점에서 교환해드립니다.
기타 교환 문의 031) 955-2661, 3580

www.munhak.com